Cathy Williams
Noce i dnie w Toskanii

Tłumaczenie:
Monika Łesyszak

Trish Morey
Legendy Wenecji

Tłumaczenie:
Stanisław Tekieli

Droga Czytelniczko!

Książki z serii Światowe Życie przeniosą Cię w świat luksusu, podróży, sukcesów i szczęśliwych miłości. W tym miesiącu proponuję następujące tytuły:

Światowe Życie

Pojadę z tobą wszędzie – Lex Satchell zostaje kierowcą swojego nowego szefa Cole'a Thorpe'a. Od pierwszego spotkania zaiskrzyło między nimi, ale romans z szefem nie wchodzi w grę…

Moje serce bije dla ciebie – Eloise Ashworth, jako doradczyni i najbliższa przyjaciółka księżniczki, ma zadanie zorientować się, jakim człowiekiem jest szejk Tarik, narzeczony księżniczki. Tymczasem Eloise i Tarik zakochują się w sobie…

Światowe Życie Ekstra

Coś sobie obiecaliśmy – Sidonie Sullivan i książę Khalil przyjaźnili się podczas studiów w Oxfordzie. Umówili się, że jeśli nie znajdą sobie innych partnerów, to za kilka lat pobiorą się…

Grecja i ty – Zac Adamos na prośbę księcia Marca Zanettiego, swojego przyjaciela, ma poznać bliżej Rose Hill, zaginioną dawno temu siostrę bliźniaczkę żony Marca. Zac zabiera Rose do Grecji…

Światowe Życie Duo

Jak było naprawdę i **Londyńskie negocjacje** – to dwie opowieści o zmiennych kolejach losu i niespodziewanych miłościach…

Noce i dnie w Toskanii i **Legendy Wenecji** – to dwie opowieści o tym, jak wiele tajemnic kryje w sobie każdy człowiek i jak wiele miłości potrzeba, by go zrozumieć…

Życzę przyjemnej lektury
Marzena Cieśla

Harlequin. **Każda chwila może być niezwykła.**

Czekamy na listy!
Nasz adres:
HarperCollins Polska sp. z o.o.
02-672 Warszawa, ul. Domaniewska 34A

Cathy Williams

Noce i dnie w Toskanii

Trish Morey

Legendy Wenecji

HARLEQUIN®

Toronto • Nowy Jork • Londyn
Amsterdam • Ateny • Budapeszt • Hamburg
Madryt • Mediolan • Paryż
Sydney • Sztokholm • Tokio • Warszawa
Rio de Janerio • Mumbaj

Tytuł oryginału: The Italian's Innocent Cinderella
Secrets of Castillo del Arco

Pierwsze wydanie: Harlequin Mills & Boon Limited, 2023
Harlequin Mills & Boon Limited, 2012

Redaktor serii: Marzena Cieśla

Opracowanie redakcyjne: Marzena Cieśla

HarperCollins Polska sp. z o.o.
02-672 Warszawa, ul. Domaniewska 34A

Skład i łamanie: Comptext, Warszawa
Printed in ScandBook

ISBN 97-883-8342-584-9

ŚŻ DUO – 1257

MIX
Paper | Supporting responsible forestry
FSC® C021394
FSC
www.fsc.org

Spis treści:

Cathy Williams

Noce i dnie w Toskanii

ROZDZIAŁ PIERWSZY

– Nie tego się spodziewałem.

Leniwy, głęboki głos Matea dobiegł Maude zza pleców. Powoli odwróciła się twarzą do niego. Od poprzedniego wieczora miała dość czasu, żeby dojść do wniosku, że wpadła na fatalny pomysł, by zaprosić szefa na rodzinną imprezę.

Od dwóch lat należała do zespołu złożonego z pięciu inżynierów budowlanych w jego prestiżowej londyńskiej firmie. Dokładała wszelkich starań, żeby zaimponować mu inicjatywą, zaangażowaniem i efektywnością. W wieku trzydziestu dwóch lat zyskała tak świetną renomę, że kierowała już niewielkim zespołem.

Zawsze starannie rozgraniczała życie prywatne od zawodowego. Dlaczego nagle zlekceważyła własne niewzruszone zasady?

Doskonale wiedziała, dlaczego. Przyłapał ją w chwili słabości.

Poprzedniego wieczora, gdy reszta pracowników dawno opuściła jego biura w imponującym, szklanym wieżowcu, zostali po godzinach, żeby przedyskutować najnowszy projekt i przeanalizować makietę wioski, stojącą na betonowym stole w jego gabinecie. W tym momencie otrzymała wiadomość, od której dostała gęsiej skórki.

Angus, którego poprosiła, żeby towarzyszył jej dzień później na przyjęciu przedślubnym jej brata, przeprosił, że nie może przyjść.

Maude nie rozumiała, po co jej brat urządzał imprezę na kilka tygodni przed planowanym weselem, ale skoro nie mogła uniknąć uczestnictwa, zaprosiła Angusa w charakterze osoby towarzyszącej.

Odetchnęła z ulgą, gdy wyraził zgodę, aż do momentu, kiedy przeczytała, że jego partner uległ wypadkowi. Ron, który nie znosił prac remontowych, pod wpływem impulsu postanowił pomalować sufit w sypialni. Spadł z drabiny i pękły mu dwie kości w stopie. Oczywiście Angus nie mógł skorzystać z zaproszenia, kiedy jego ukochany leżał połamany w szpitalu.

Mateo zauważył, że posmutniała. Kiedy wbił w nią badawcze spojrzenie zniewalających, ciemnych oczu i spytał, co ją trapi, po raz pierwszy mu się zwierzyła.

Wcześniej rozmawiali wyłącznie o pracy. Mateo Moreno posiadał liczne spółki na całym świecie z główną siedzibą w Londynie. Wiele podróżował, toteż nieczęsto go widywała.

Raz w miesiącu organizował zebranie załogi. Za każdym razem prosił Maude o sprawozdanie z aktualnie realizowanego projektu. Wyglądało na to, że zna wszystkie szczegóły, niezależnie od tego, czy nadzorował go z londyńskiego biura, czy nie. Wiedziała, że zadowalają go jej postępy. W ciągu dwóch lat pięciokrotnie dostała podwyżkę. Przydzielono jej też własny, wspaniały gabinet z rozległym widokiem na wieżę Tower w Londynie i ruchliwe ulice poniżej.

Maude zawsze przestrzegała wyznaczonych granic. Odpowiadały jej. Skupiała całą uwagę na karierze.

Spoufalanie się z szefem nie wchodziło w grę, ale po wiadomości od Angusa wpadła w popłoch. Wyobraziła sobie totalny chaos, osiemdziesięciu pięciu gości, drogich dostawców i równie drogich florystów. Najbardziej przerażała ją perspektywa spotkania z matką, babcią i tłumem ciotek ubolewających nad jej panieństwem i dopytujących, kiedy wreszcie znajdzie jakiegoś miłego młodego mężczyznę…

Obecność Angusa pomogłaby jej jakoś przetrwać tę burzę.

Na szczęście nie zdradziła szefowi swych obaw, zwłaszcza przed konfrontacją z matką. Zawsze ją onieśmielała. Mimo błyskotliwej kariery Maude czuła się przy drobnej, energicznej Felicity Thornton jak ostatnia fajtłapa.

Wyjawiła jednak na tyle dużo, że Mateo obiecał zastąpić jej nieobecnego kolegę. Oczywiście taktownie dodał, że też odniesie pewne korzyści, więc nie ponosiła całej winy za fatalną decyzję.

W rezultacie wylądowali razem na przyjęciu.

Na jego widok serce Maude przyspieszyło rytm. Gdy go spostrzegła, przywołała na twarz promienny uśmiech i ruszyła ku niemu.

Szerokie patio z kilkoma kącikami wypoczynkowymi pięknie oświetlono lampionami i latarniami.

W półmroku widziała z daleka tylko kontur jego sylwetki. Jak dotąd potrafiła skutecznie ignorować jego oszałamiający wygląd, ale gdy zobaczyła go z bliska, bez barier w postaci biurka i komputera, zaschło jej w ustach i zaparło dech.

W ciepły, letni wieczór założył szyte na miarę spodnie z kremowego lnu, białą koszulę z podwiniętymi rękawami i brązowe buty. Ten wizerunek świadczył o bajecznym bogactwie, o jakim większość ludzi, łącznie z jej zamożnymi rodzicami z klasy średniej, mogło tylko pomarzyć. Wysoki na prawie metr dziewięćdziesiąt, o pięknie rzeźbionych włoskich rysach, z daleka przyciągał wzrok. Ciemne, kręcone, nieco przydługie włosy sięgały kołnierzyka. Ciemne oczy wiele wyrażały, nic nie wyjawiając.

Nagle uświadomiła sobie, że zamiast biurowego uniformu ma na sobie powiewną, błękitną sukienkę. Matka kupiła ją dla niej i wymogła, żeby ją założyła.

Musiała utrzymać relacje na tak formalnym poziomie jak to tylko możliwe, zważywszy okoliczności.

Poza biurem Mateo nadal pozostał jej szefem. Po co dodawać kolejny błąd do pierwszego?

– A czego się spodziewałeś? – spytała.

– W każdym razie nie tego.

– Czegoś skromniejszego?

– Można to i tak ująć.

– Dlatego, że ukończyłam studia inżynierskie w Cambridge, wyobrażałeś sobie moich rodziców jako parę profesorów z laboratorium w domu? – Świadoma, że okazała zażenowanie, dodała z teatralnym westchnieniem: – Uwierz mi, że z trudem przełamałam opory rodziny, kiedy postanowiłam studiować inżynierię budowlaną, a potem postawić karierę na czele moich priorytetów.

Mateo zerknął z zaciekawieniem na towarzyszkę. Na wysokich obcasach niemal dorównywała mu wzrostem. Nie przypominała sumiennej, poprawnej profesjonalistki, jaką znał. Doskonale wykonywała każde zadanie, ale ze spuszczoną głową, nie zwracając na siebie uwagi.

Nie przypominał sobie, żeby kiedykolwiek rozmawiali o czymś innym niż praca.

Była wyjątkowo inteligentna, najbardziej twórcza z całego zespołu bardzo zdolnych pracowników jego londyńskiej filii. Miała przed sobą świetną karierę. Na tym zaczynały się i kończyły jego dotychczasowe spostrzeżenia. Aż do wczoraj, póki przerażenie nie zaburzyło tego stabilnego wizerunku. Kiedy wyznała, że straciła szansę przyjścia z osobą towarzyszącą na przyjęcie brata, dostrzegł skrywaną wrażliwość.

I nie tylko.

Nie chodziło o wzrost. Tego nie sposób przeoczyć. Musiała mieć ponad metr siedemdziesiąt pięć. Przewyższała wszystkie drobniutkie blondynki, z jakimi chodził. Prócz tego zauważył lśnienie kasztanowych włosów, upiętych z tyłu w ciasny kok, błękit oczu, kontrastujący z ciemnymi rzęsami, i kształt pełnych warg. Dostrzegł też zarys dojrzałych krągłości pod prostą spódnicą i wpuszczoną w nią luźną bluzką.

W ciągu czterdziestu minut awansowała z profesjonalistki, która nigdy nie rozbudziła jego ciekawości, na żywą ludzką istotę, i odpowiednio zareagował.

Dlaczego? Czy dlatego, że zaskoczyły go jej osobiste zwierzenia? A może dostrzegł okazję zawarcia obustronnie korzystnego układu, który nic nie kosztuje i nie pociągnie za sobą żadnych konsekwencji?

Potrzebowała towarzysza, żeby łatwiej przetrwać rodzinną imprezę, która z niewiadomych powodów ją przerażała. On z kolei rozwiązałby palący problem z byłą dziewczyną.

Choć zerwał z Cassie przed dwoma miesiącami, nadal nie dawała mu spokoju. Wydzwaniała, bombardowała go wiadomościami i wpadała do jego apartamentu o najdziwniejszych porach po rzekomo zapomniane, a niezbędne rzeczy. Ostatnio zapowiedziała, że przyjdzie po buty i bransoletkę i poprosiła, żeby ją wpuścił.

Oczywiście wpuści, wyłącznie z poczucia winy. Nie mógł sobie darować, że ujęła go jej bezradność i poruszająca historia dziecka przerzucanego od trzeciego roku życia pomiędzy dwojgiem skłóconych, rozwiedzionych rodziców. Nie jego doświadczenie, ale równie smutne jak jego własne, więc wpadł w pułapkę.

Szybko odkrył, że pod kruchą powłoką Cassie skrywa żelazną wolę. Zanim to zrozumiał, został jej wybawcą. Nie chciała słuchać, gdy cierpliwie wyjaśniał, że nie dla niego rola rycerza w lśniącej zbroi. Przerażała go perspektywa ponownego tłumaczenia w języku, który będzie musiała zrozumieć. Podejrzewał, że będzie próbowała na nowo rozpalić to, co dawno wygasło. Przypuszczał natomiast, że znalezienie nowej partnerki przekona ją, że nie warto próbować.

Bynajmniej nie zamierzał jej szukać. Po Cassie zaczął go pociągać celibat, ale gdy spojrzał w przepastne, błękitne oczy Maude, przyszło mu do głowy, że mogą sobie wyświadczyć wzajemną przysługę. Niewinne kłamstwo nikomu nie zaszkodzi i nikt go nie wykryje. Wiedział, że towarzyszenie Maude na rodzinnej imprezie przyniesie pożądany efekt, bo zawsze odrzucał tego rodzaju zaproszenia Cassie.

Kupił trzy skrzynki najlepszego szampana, żeby zabrać ze sobą. Nie przemknęło mu przez głowę, że jego była dziewczyna wpadnie na to, że ją oszukuje. Nawet jeżeli tak, bez trudu wybije jej z głowy te podejrzenia, bo nie bardzo mijał się z prawdą.

– Czy mogę o coś zapytać? – spytała Maude przed wkroczeniem na przyjęcie. – Jak twoja była dziewczyna przyjęła wiadomość?

– O mojej nowej miłości? No cóż, z niedowierzaniem, wściekłością i rozdzierającym smutkiem.

– Biedaczka! Musiała być w tobie bardzo zakochana.

– Czyżbym słyszał dezaprobatę w twoim głosie?

– Absolutnie nie.

– Czy to dyplomatyczna odpowiedź? Szkoda trudu. Teraz, kiedy zostaliśmy sensacją tygodnia, możemy sobie darować biurowe formalności.

– To nie moja sprawa – odparła, wzruszając ramionami. – Zawarliśmy układ dla obustronnych korzyści. Współczuję jej. Za bardzo się zaangażowała i przeżyła traumę porzucenia.

Maude wspomniała własny zawód miłosny.

W okresie dorastania wysoka, dorodna dziewczyna nie budziła w chłopcach instynktów opiekuńczych. Przez długi czas przewyższała wszystkich kolegów. Nawet kiedy podrośli, mało który dorównywał jej wzrostem. Ukrywała kompleksy pod fasadą obojętności. Wysłuchując zwierzeń koleżanek, nigdy nie okazała żalu, że omijają ją pierwsze miłosne uniesienia.

Później poszła na uniwersytet. W ciągu trzech miesięcy straciła głowę dla kolegi z roku. Był wysoki, przystojny i nie przeszkadzały mu jej pokaźne rozmiary. Żadne wcześniejsze doświadczenie nie przygotowało jej na nagłą burzę uczuć i późniejszy ból odtrącenia.

Odbiła go jej drobna blondynka. Jej ideał grzecznie przeprosił i rzucił ją dla kogoś, kogo mogłaby schować do kieszeni.

Później przyświecał jej tylko jeden cel, ale porzucenie wydobyło na powierzchnię dawne kompleksy, związane z wyglądem. Nie mogła sobie darować, że uwierzyła, że taki przystojniak mógłby właśnie ją pokochać. Coś w niej pękło i wiedziała, że nigdy tego nie sklei, że już nigdy nie odda nikomu serca na ślepo.

Dzięki Bogu były chłopak nie musiał jej okłamywać, żeby się jej pozbyć. Serce ją bolało na myśl o tym, przez co przeszła była dziewczyna Matea. Równocześnie nie rozumiała, jak to możliwe, że nie rozpoznała w nim kobieciarza na pierwszy rzut oka.

Nawet mól książkowy nie mógłby przeoczyć zdjęć w brukowych gazetach, przedstawiających najbardziej pożądanego kawalera z coraz to inną jasnowłosą pięknością, uwieszoną u jego ramienia i wpatrzoną w niego z uwielbieniem.

Kto o zdrowych zmysłach chciałby kogoś takiego?

– Nie poznałaś Cassie. To bynajmniej nie drżąca mimoza – wymamrotał Mateo z gorzką ironią. – Zanim Maude zdążyła stanąć w obronie przedstawicielki własnej płci, dodał: – Mam wprawdzie określoną reputację, ale uwierz mi, że nie robię nikomu złudzeń. Zawsze od razu wykładam karty na stół. Cassie nie stanowiła wyjątku. Nie obiecywałem jej stałego związku.

– Pewnie tym właśnie ujmujesz kobiety – skomentowała z przekąsem.

– Gdzie skrywałaś swoje poczucie humoru, panno Thornton? Dobrze, że wydobyłaś je na światło dzienne. A dla twojej wiadomości, rozpieszczam partnerki. Dostają to, czego zapragną. Jednak Cassie chciała znacznie więcej. Moja wina, że nie wycofałem się, gdy otrzymałem pierwsze sygnały, że zaczyna popadać w uzależnienie.

– A dlaczego ty nie?

Uznał ją za dowcipną. Maude usiłowała nie myśleć, jaką przyjemność sprawił jej tym komplementem. Popatrzyła na jego wspaniały profil. Zachwycał ją zarówno jego wygląd, jak i absolutna obojętność na własne fizyczne walory. Zamrugała powiekami, ale z większym trudem, niż przypuszczała, oderwała od niego wzrok.

– Współczułem jej – wyznał Mateo szczerze ku własnemu zaskoczeniu. – To krucha osoba z rozbitej rodziny. Lekkomyślnie zlekceważyłem dzwonki alarmowe, kiedy zabrzmiały mi w uszach.

– Empatia to nie wstyd.

– Ale ściąga na człowieka kłopoty, kiedy ktoś się narzuca, ryzykując własne zdrowie psychiczne.

– Co masz na myśli?

– Moim niefachowym zdaniem Cassie potrzebuje terapii. Zasugerowałem jej to, a nawet zaproponowałem, że sfinansuję najlepszą.

Zaimponował Maude. Zobaczyła w nim kogoś więcej niż szefa i niepoprawnego kobieciarza.

– Informacja, że chodzę z kimś innym, będzie stanowiła pierwszy krok do definitywnego rozstania.

– Ale to kłamstwo.

– Którego nigdy nie wykryje. Ja odsunę od siebie byłą dziewczynę, a ty zyskasz osobę towarzyszącą. Na czym właściwie miałaby polegać moja rola? Na udawaniu twojego chłopaka? To akurat rozumiem. Nie wiem tylko, dlaczego potrzebujesz do tego aktora.

Maude zaschło w ustach na dźwięk jego zmysłowego głosu. W dodatku jego ciepły oddech owiał jej twarz. Przestała słyszeć śmiechy i odgłosy zabawy, dostrzegać przechodzących kelnerów i kelnerki z tacami pełnymi pyszności. Zmieszana i zaniepokojona, gwałtownie nabrała powietrza. Dokładała wszelkich starań, żeby odzyskać utraconą równowagę.

– Zawsze… łatwiej przejść przez coś takiego z drugą osobą u boku – odpowiedziała.

– Nadal nie wszystko pojmuję. Udział w wielkim wydarzeniu, gdzie nie znasz nikogo, może trochę onieśmielać, ale nie we własnym środowisku wśród rodziny i przyjaciół.

Gdy Maude napotkała jego spojrzenie, ponownie zaparło jej dech. Podczas gdy Mateo ze stoickim spokojem i zaledwie umiarkowanym zaciekawieniem zadawał rzeczowe pytania, ona czuła się tak niepewnie, jakby balansowała na ruchomych piaskach.

Czy dlatego wyciągnął ją na zwierzenia w biurze poprzedniego wieczora, że skupiał wyłącznie na niej całą uwagę? Czy oszołomiło ją samo zamyślone spojrzenie zniewalających, ciemnych oczu?

– Zaprosiłam Angusa nie dlatego, żebym bała się sama przebywać wśród tłumu. Chciałam przekonać moją mamę, że nie marnuję życia tylko dlatego, że obecnie nie mam nikogo. Od moich najmłodszych lat robiła wszystko, żebym poszła w jej ślady. Uwielbia życie towarzyskie. Planuje każde przyjęcie tak starannie, jakby prowadziła kampanię wojenną.

Mateo się uśmiechnął. Ona też.

– No cóż… Chciała mieć „dziewczęcą" dziewczynkę, a dostała… mnie – dodała tytułem wyjaśnienia.

– Absolutnie nie powinnaś mówić takich rzeczy – zaprotestował gwałtownie.

– Mój brat jest sześć lat młodszy ode mnie, a żeni się za pół roku. Ja mam trzydzieści dwa lata, a rodzice wciąż czekają, aż znajdę odpowiedniego życiowego partnera. Tacie nie przeszkadza droga, którą wybrałam, ale mama uważa, że nie zaznam prawdziwego szczęścia, dopóki nie założę rodziny. Chyba obawia się, że zostanę sama na resztę życia, ponieważ wszyscy przyzwoici kawalerowie będą wyłapani. Dlatego dzisiaj…

– Doszłaś do wniosku, że osoba towarzysząca ich uspokoi.

– Coś w tym rodzaju. Chodźmy. Przedstawię cię wszystkim.

Zanim zdążyła ruszyć przed siebie, powstrzymał ją, kładąc jej rękę na ramieniu. Ten delikatny dotyk sprawił, że oblała ją fala gorąca. Równocześnie dostrzegła matkę zmierzającą w ich kierunku. Na widok jej niepewnej miny Mateo zapytał:

– W czym problem?

– Zasugerowałam… że stanowimy parę.

– Czy poinformowałaś mamę, że pracujesz w jednej z moich spółek?

– Nie. Nie zna nawet imienia mojego towarzysza. Uznałam, że im mniej wie, tym lepiej. Poprosiłam, żeby nie zadawała zbyt wielu pytań, bo to nowy związek i nie wiadomo, co z niego wyniknie. Miałam nadzieję, że uniknę…

– Niedyskretnych pytań w rodzaju, czy już czas szukać kapelusza na wesele.

– Mniej więcej – potwierdziła z uśmiechem. Podziwiała jego przenikliwość.

– Uprzedziłaś ich, że przyjechałem tylko na kilka godzin?

– Nawał zajęć nie pozwala ci zostać na cały weekend. Zaznaczymy to na samym początku.

– Musi ci bardzo zależeć na tym, żeby zamydlić jej oczy i trochę zyskać na czasie.

– Nic nie rozumiesz! Uwielbiam ją i wiem, że bardzo mnie kocha, ale ją rozczarowałam – wyznała ze smutkiem po raz pierwszy w życiu. – Mój brat, Nick, otwarty i wysportowany, z tłumem wydzwaniających wielbicielek, zawsze umiał zjednywać sobie ludzi. A ja, cóż? Niespecjalnie. – Napotkawszy jego spojrzenie, dodała pospiesznie, zażenowana nagłym przypływem nadmiernej szczerości: – Spokojna głowa. To nie potrwa długo. Około dziesiątej mój brat z narzeczoną Amy i przyjaciółmi pójdą do baru, a my wyruszymy do jakiegoś klubu.

– A ja…

– Dawno wyjedziesz. Wezwą cię obowiązki. Musisz rano sprawdzić pocztę i odbyć… ważne rozmowy.

– W niedzielę? Wyjdę raczej na nudziarza niż na pracoholika, jeżeli opuszczę miłość swojego życia w godzinie próby…

Maude popatrzyła na jego rozbawioną minę i stwierdziła, że określenie „nudziarz" absolutnie do niego nie pasuje. Umknęła wzrokiem w bok i zobaczyła spieszącą ku nim matkę.

– Mama nas wypatrzyła – ostrzegła, przywołując na twarz uśmiech.

– Ach, wreszcie zaczynam rozumieć… – wymamrotał Mateo.

Zanim zdążył coś dodać, Felicity Thornton dotarła do nich. Roześmiana, pewna siebie, uścisnęła córkę i dokładnie obejrzała go, nie zważając na zasady dobrego wychowania.

– Maude ani słowem nie wspomniała, że przyprowadzi takiego przystojniaka! – wytknęła ze śmiechem. – Najwyższa pora skończyć z tą skrytością, córeczko. Chodź, przedstawię cię wszystkim! – zadecydowała, bezceremonialnie ujmując Matea pod ramię.

Mateo pozwolił, żeby poprowadziła go po niewysokich stopniach na miejsce imprezy poza domem.

Wreszcie dopasował elementy tej zagadkowej układanki. Wystarczyło jedno spojrzenie na żywiołową, drobną Felicity, żeby zrozumieć przyczynę kompleksów Maude. Uważała, że zawiodła matkę, ponieważ w niczym jej nie przypominała.

Tylko dlaczego dorosła, trzydziestodwuletnia kobieta aż tak usilnie zabiegała o akceptację rodziców, że postanowiła odegrać przedstawienie na ich użytek?

On sam pochodził z rozbitej rodziny. Kiedy był jeszcze niemowlęciem, matka zostawiła go z ojcem. Porzuciła go dla kogoś bogatszego. Nigdy jej nie zobaczył. Nie nawiązała z nim kontaktu. Nie znał o niej żadnych anegdot, nie miał żadnych wspomnień.

Ojciec zaskarbił sobie jego lojalność, dokładając wszelkich starań, żeby zapewnić mu edukację, umożliwiającą godne życie. Nie mieli wiele pieniędzy, ale to dobrze, bo bieda nauczyła go, że w życiu tylko one się liczą.

Najgorsze czasy przyszły, kiedy tata zmarł. Osiemnastoletni wtedy Mateo ciężko przeżył jego śmierć. W tych najtrudniejszych chwilach popełnił jedyny błąd, oddając serce nieodpowiedniej kobiecie. Tak jak jego matka nie chciała żyć w ubóstwie. Choć zapewniał ją, że wkrótce zarobi fortunę, opuściła go dla mężczyzny z grubszym portfelem pół roku po tym, jak zostali kochankami.

Gdyby Mateo nie stwardniał po gorzkich doświadczeniach z dzieciństwa, pewnie by się załamał. Stracił wszelkie złudzenia co do miłości.

Choć zepchnął gorzkie wspomnienia do głębokich pokładów podświadomości, nagle wypłynęły, gdy Felicity paplała wesoło wśród rozbawionego tłumu.

Pojął, dlaczego Maude tak bardzo chciała ją zadowolić. Mimo wszelkich różnic w wyglądzie i usposobieniu nie ulegało wątpliwości, że ta towarzyska, zadbana drobna blondyneczka kocha córkę wielką, bezwarunkową miłością, niezależnie od wyborów, jakich dokonała.

Zakompleksiona Maude, pochodząca z klasy średniej i wychowywana dla przyszłości, jaka jej nie pociągała, stawiła opór i pszła własną drogą, ale z miłości zrobiła wszystko, żeby nie zasmucać matki w dniu rodzinnej uroczystości. Czuła się przy niej za duża, niezręczna i nieobyta. Matea ogarnęło współczucie. Uświadomił sobie, że ta wizyta to coś więcej niż prosty układ, jaki zawarli.

Spostrzegł, że nerwowo pochwyciła kieliszek szampana od przechodzącej kelnerki. Pod wpływem impulsu ujął jej dłoń i lekko uścisnął, podczas gdy Felicity ciągnęła ich radośnie do kolejnych gości.

– Zaufaj mi. Nie zawiodę cię – wyszeptał Maude do ucha.

ROZDZIAŁ DRUGI

Mateo trzymał ją za rękę. Pocieszał. Po czym rozpoznał jej zdenerwowanie?

Maude po raz pierwszy zabrała kogoś ze sobą na wielkie, rodzinne przyjęcie. Oczywiście chodziła z kilkoma chłopakami. Rodzice poznali jednego z nich imieniem Steve. Spotykała się z nim przez pół roku bez większego zaangażowania z obu stron. Później zostali dobrymi przyjaciółmi. Nigdy jednak nie budziła tak wielkiego zainteresowania. Jej matka była w swoim żywiole. Nie omieszkała przedstawić Matea nikomu.

– Przepraszam – wyszeptała do Matea, kiedy szli powitać nowo przybyłych krewnych z Yorkshire.

– Za co?

– Nie przewidziałam, że wzbudzimy tak wielką sensację.

Maude piła już czwarty kieliszek szampana. Na szczęście pyszne potrawy neutralizowały alkohol.

– A gdybyś przyprowadziła tego człowieka, którego wcześniej zaprosiłaś?

– Angus zrobiłby mniejsze wrażenie – przyznała uczciwie, machając do przyjaciół z dzieciństwa, którzy przyzywali ją gestami, wskazywali na Matea i bezgłośnie dopytywali, kto to taki.

Rozmowę przerwał powrót Felicity wraz z gośćmi z Yorkshire. W miarę upływu czasu Mateo awansował w oczach obecnych niemal na narzeczonego. Później będzie musiała wyjaśnić rodzicom, że to zwykły flirt.

Po zapadnięciu zmroku podano kolację na długim szeregu stołów pod namiotem. Kiedy letni upał zelżał, większość ludzi weszła do środka. Niewielki zespół muzyczny grał lekkie, wpadające w ucho melodie.

Na zewnątrz niektórzy siedzieli na sofach w szerokim patio. Pomiędzy drzewami rozwieszono lampiony. Ich światła migotały pomiędzy listowiem jak gwiazdy. Felicity ożywiła ogród, przemieniając go w krainę baśni. Zadbała o wszystkie szczegóły. Stworzyła synowi magiczną oprawę przyjęcia.

Mateo dyskretnie odciągnął Maude od tłumu w spokojny zakątek ogrodu, żeby kontynuować przerwaną rozmowę.

Maude z zażenowaniem przyznała sama przed sobą, że cieszy ją jego obecność. Wysoki, przystojny, śniady, robił piorunujące wrażenie. Oczy Felicity błyszczały radością i dumą z jej niespodziewanego podboju. Choć Maude pamiętała, że odgrywają farsę, kusiło ją, by ulec nastrojowi chwili.

– Dlaczego sądzisz, że człowiek, którego planowałaś zaprosić, nie wzbudziłby takiego zainteresowania? – wyrwało ją z zadumy powtórzone przez niego pytanie. – Może to nudziarz?

– Nic podobnego. Przemiły facet.

– Przeklęty komplement! Czy mogę cię o coś zapytać?

– O co? – spytała podejrzliwie.

Choć przez cały czas trzymał ją za rękę, po raz pierwszy przebywali sam na sam w intymnym, nastrojowym otoczeniu. Nerwowo poprawiła sukienkę i uniosła kieliszek do ust, żałując, że już wszystko wypiła.

– Dziwi mnie, że tak piękna kobieta jak ty musiała prosić kogoś o udawanie partnera, żeby zadowolić rodziców.

– No cóż…

Mateo z zaciekawieniem obserwował grę uczuć na twarzy Maude, zdziwiony, że do tej pory widział w niej tylko kompetentną profesjonalistkę. Po raz pierwszy pokazała prawdziwą twarz wrażliwej, niezbyt pewnej siebie kobiety.

Pamiętał zebranie prawników i inżynierów, wspólnie dopracowujących ważny kontrakt do podpisania. Jeden z uczestników wychodził ze skóry, żeby zwrócić na siebie uwagę Maude. Matea bawiło, że jej postawa wyraźnie mówiła: „zostaw mnie w spokoju". Wtedy myślał, że adorator nie jest w jej typie, ale może nie zauważyła jego starań?

Obserwując ją w jej własnym środowisku, dostrzegł, ile starań dokładała, żeby pozostać w cieniu. Mimo doskonałych kwalifikacji brakowało jej pewności siebie, typowej dla ludzi zamożnych.

– Czy brak życiowego partnera to skutek złamanego serca? – zapytał wprost.

– Nie twoja sprawa!

– A może skrywasz gdzieś w tle kogoś niemożliwego do zaakceptowania przez twoją rodzinę? – zapytał, przysuwając się do niej.

Tajemniczo przyciszony, nieco drwiący głos wywołał u Maude przyjemne wibracje pod skórą.

– Na przykład kogo? – spytała nieswoim, piskliwym głosem.

– Na przykład byłego więźnia czy żonatego ojca czwórki dzieci. Pochodząc z zamożnej klasy średniej, lepiej nie ujawniać takich romansów, chociaż... podobno zwykle wcześniej czy później wychodzą na jaw.

Maude spłonęła rumieńcem jak dziewica. Zrobiła wielkie oczy i zaczęła ciężko oddychać, jakby przebiegła maraton.

Sukienka praktycznie nic nie odsłaniała, a mimo to pobudzała jego wyobraźnię. Co w niego wstąpiło? Zwykle bez trudu kontrolował swoje reakcje. Dlaczego nie tym razem? Może pociągał go urok nowości? Kiedy ostatni raz przeżył coś niespodziewanego?

Niepewne czasy dawno minęły. Zaspokoił zarówno głód, jak i niepohamowaną ambicję, dzięki której zarobił fortunę, zaczynając od zera. Zdobył wszystko, do czego dążył: pieniądze, władzę i to, co niosły ze sobą.

Dorastał, widząc, jak jego ojciec z trudem wiąże koniec z końcem. Brakowało mu matki, która tłumaczyłaby mu świat i pocieszała w trudnych chwilach. Ojciec nigdy nie znalazł nowej partnerki. Mateo musiał stwardnieć, ale wiele poświęcił. Teraz świat leżał u jego stóp, ale od dawna nie postrzegał rzeczywistości z innej perspektywy niż własna.

Pozostały mu jeszcze dwie godziny pobytu. Dlaczego nie popłynąć z prądem? Nie pozwoli na to, żeby sytuacja wymknęła mu się spod kontroli. Nie miał więc żadnego powodu do niepokoju.

– Nie pleć głupstw! – upomniała go Maude.

– Przepraszam, jeżeli cię uraziłem.

– Wyraziłeś bezsensowne przypuszczenia.

– Może mężczyźni w ogóle cię nie interesują?

– Ależ jak najbardziej! – wypaliła bez zastanowienia. – Nie mam chłopaka, bo… ja im się nie podobam! – Zakryła usta rękami, przerażona własną szczerością. Co ją skłoniło do wyjawienia tego, co głęboko skrywała przed światem? Gdyby w tej chwili ziemia się przed nią rozstąpiła, bez wahania skoczyłaby w otchłań. – Poza tym zawsze byłam kujonem. W okresie dorastania odkryłam…

Zamilkła, zażenowana swą niezręczną próbą wyjaśnienia. Oblizała wargi i odwróciła wzrok od zaciekawionego spojrzenia ciemnych oczu. Serce jej mocno biło. W ustach zaschło. Kiedy zerknęła ukradkiem na Matea, zobaczyła, że obserwuje ją z poważną miną.

Zabawa trwała w najlepsze. Nie istniała szansa, że ktoś zacznie ich szukać. Nikogo nie zdziwi, że zakochana para poszukała odosobnienia.

– Sądzisz, że nie budzisz zainteresowania dlatego, że lubisz książki? – dociekał niezmordowanie Mateo. – Inteligencja to nie wada. Z powodu wysokiego wzrostu? Wielu uważałoby go za atut. Nawet jeżeli żyłaś w cieniu matki, nie odniosłem wrażenia, żeby robiła cokolwiek, żeby odebrać ci pewność siebie.

– Nie chcę o tym rozmawiać.

– Dlaczego?

– Bo… to nie w moim stylu. Poza tym pracuję dla ciebie.

– W nietypowych okolicznościach zwykłe zasady przestają obowiązywać.

Intrygowała go. Chciał ją lepiej poznać, co go dziwiło. Nie lubił wysłuchiwać wzruszających zwierzeń, które mogłyby zaprowadzić go na manowce, ale tym razem ciekawość zwyciężyła. W życiu nie spotkał tak naturalnej kobiety.

Czy z wiekiem stał się zblazowany? Miał trzydzieści sześć lat. Od dawna rządził własnym imperium. Dostawał wszystko, czego chciał. Czy dorastając w niepełnej rodzinie, bez wskazówek rodziców, zamknął się w złotej klatce przewidywalnego świata, do którego nic nowego nie mogło przeniknąć?

Odpędził niewygodną myśl. Od najmłodszych lat wierzył, że samokontrola pozwala przezwyciężać przeciwności losu. Pojął to w bardzo młodym wieku. Ta zasada dobrze mu służyła. Nie zamierzał z niej zrezygnować.

– Jestem zaciekawiony – ponaglił.

– Czy kiedykolwiek dajesz za wygraną?

– Nigdy.

– No cóż… Mojej mamie niełatwo dorównać. Poznałeś ją. Zawsze była duszą towarzystwa.

– Może tak postrzegałaś siebie na jej tle w dzieciństwie i pozostałaś przy tej opinii.

Maude wzruszyła ramionami. Od zawsze wiedziała, że jej matka marzyła o małej córeczce, którą mogłaby stroić. Maude nie spełniała tych oczekiwań. Jako dziecko była chłopczycą. Potem wyrosła na zbyt wysoką i dorodną, żeby dobrze wyglądać w obcisłych bluzeczkach i dżinsach. Dlatego została molem książkowym.

Może jako dorosła osoba niepotrzebnie tak samo o sobie myślała? A może buntowała się przeciwko wizerunkowi, którego matka właściwie nie próbowała jej narzucić? Czy własne kompleksy nie pozwoliły jej przyjąć do wiadomości prostej prawdy, że miłość oznacza akceptację, a matka ją kochała?

– Niewykluczone – przyznała z westchnieniem. – Ale zawsze myślałam, że nie spełniam oczekiwań rodziców. Ale chyba powinniśmy wrócić pod namiot. Lada chwila zacznie się druga część wieczoru. – Odwróciła się na pięcie, ale zanim zdążyła ruszyć przed siebie, Mateo objął ją i przyciągnął do siebie.

– Naprawdę uważam cię za piękną kobietę – zapewnił z całą mocą. – To, że nie pasujesz do jakiegoś wyimaginowanego wzorca, nie odbiera ci uroku.

– Dziękuję, ale wiem, jakie kobiety cię pociągają. – Roześmiała się, gdy poczerwieniał i przeczesał palcami włosy. – Chyba udowodniłam, że mam rację – dodała na koniec szorstkim tonem.

Mateo obserwował, jak odchodzi. Ruszył za nią i dogonił ją po kilku krokach.

– Zaczekaj! Czyżby ukochana mnie opuszczała? Co ludzie pomyślą?

Kiedy ją objął, Maude natychmiast przystanęła i położyła mu ręce na piersi. Gdy poczuła pod palcami twardość jego torsu, na chwilę przestała myśleć. Potem zamrugała i odpowiedziała rzeczowo:

– Nic nie pomyślą. Przecież tylko odgrywamy przedstawienie.

– Ale tylko my dwoje znamy prawdę.

– To oznacza, że między sobą nie musimy niczego udawać.

Goście już opuszczali namiot. Starsi wracali do domu. Młodsi wybierali się na dalszą zabawę do białego rana. Ktoś ją zawołał, ale nie odwróciła głowy. Dotyk Matea sprawił jej ogromną przyjemność. Skóra przyjemnie wibrowała w miejscu, którego dotknął.

Chwilę później podeszła do nich uśmiechnięta blondynka. Owijając szal wokół ramion, wyraziła żal, że nie zdążyła lepiej poznać zdolnej siostry Nicka, o której Amy wiele mówiła. Potem zwróciła się do Matea:

– Nie pamiętasz mnie, prawda?

– A powinienem?

Mateo zmarszczył brwi. Maude zaczęła podejrzewać, że namierzyła go była dziewczyna, ale nieznajoma zaraz się przedstawiła:

– Georgie, jedna z koleżanek Amy. Spędziłyśmy razem pół roku w Los Angeles. Poznaliśmy się dawno temu na wystawie dzieł sztuki. Chodziłeś wtedy z Cassie Fowler.

Mateo uprzejmie się uśmiechnął. Najwyraźniej nadal jej nie kojarzył, ale dobre maniery zmusiły go do wymamrotania paru miłych słów. Blondynka zareagowała śmiechem.

– Nic nie szkodzi. Nie miałam pojęcia, że ze sobą zerwaliście.

– Rozstaliśmy się przed kilkoma miesiącami – wyjaśnił Mateo, znacząco zerkając na zegarek, żeby dać jej do zrozumienia, że pora zakończyć rozmowę.

– Coś podobnego! – skomentowała Georgie. – Nie wspomniała o tym ani słowem.

Po tych słowach pożegnała się i weszła na niskie schody, prowadzące do domu.

– No cóż… – westchnął Mateo, gdy odeszła. – Tego się nie spodziewałem.

– Nie znam wszystkich młodych gości. Nigdy wcześniej nie spotkałam tej dziewczyny. Pewnie Amy ją zaprosiła. Moja przyszła bratowa jest dziennikarką w magazynie mody. Prawdopodobnie poznała ją podczas jakiegoś pokazu. Robi wrażenie sympatycznej.

Mateo wzruszył ramionami i zatrzymał wzrok na jej twarzy.

– Dam pensa za twoje myśli.

– Stoi u szczytu schodów z kilkoma kolegami Nicka. Wszyscy patrzą w naszym kierunku. Pewnie zastanawia się, co we mnie widzisz po Cassie. Była modelką, prawda? A popatrz tylko na mnie. Nikt by mnie nie zatrudnił w charakterze modelki, nawet gdybym przez następną dekadę zjadała tylko dwieście kalorii dziennie.

– Znowu zaczynasz! Dlaczego nie pokazać im, że jesteśmy parą?

Zanim zdążyła zaprotestować, czy choćby odgadnąć, co zamierza, objął ją za szyję, zebrał w garść długie, gęste włosy i przyciągnął ją do siebie.

Czuł, że tego pragnie. Powiedziało mu o tym ciche, bezwiedne westchnienie. On też. Dopiero teraz uświadomił sobie, że przez cały wieczór chciał jej dotknąć. I nie tylko.

Pragnął ją zapewnić, że jest równie piękna jak pozostałe dziewczyny, żeby była równie pewna swojej urody jak zawodowych kwalifikacji. Skąd taka potrzeba? Na razie wolał o tym nie myśleć.

Objął jej usta pocałunkiem, najpierw delikatnym, zapraszającym, potem coraz bardziej zachłannym.

Nie powstrzymał go nawet nagły przypływ pożądania. To ona pierwsza odchyliła głowę. Odsunęła się od niego i patrzyła na niego rozszerzonymi oczami.

Maude ledwie mogła myśleć. Mateo ją pocałował! Przycisnęła ręce do boków, żeby nie powieść palcami po pulsujących wargach.

W końcu ochłonęła i realnie spojrzała na rzeczywistość. Pocałował ją, żeby uwiarygodnić odgrywane przedstawienie. Albo z litości. Pewna swych zdolności i zawodowych umiejętności Maude nie miała równie dobrego zdania o swoim wyglądzie. Zrobiła to co zawsze w chwilach niepewności: zażartowała z siebie. A on z czystego współczucia automatycznie zrobił to, co mu przyszło do głowy, kiedy wskazała, że ich obserwują. A może dała mu jakiś niewidoczny sygnał, że pragnie pocałunku?

Przeraziła ją ta myśl.

– To nie było konieczne – stwierdziła szorstkim tonem.

Miała nadzieję, że nie usłyszał lekkiego drżenia jej głosu. Nie odrywał od niej oczu, ale w ciemności nie potrafiła nic z nich wyczytać. Czy zawstydził się, że zrobił coś zbędnego pod wpływem impulsu? A może porównywał ją z supermodelkami, z którymi się spotykał?

Nie. W głębi serca wiedziała, że to niesprawiedliwe oskarżenie, ale wolała nie robić sobie złudzeń, że pociągała go choćby przez chwilę. Zdrowy rozsądek podpowiadał, żeby nie wkraczała na tę niebezpieczną drogę.

– To faktycznie nie było konieczne – potwierdził schrypniętym głosem.

– Wiem, że próbowałeś im udowodnić, że naprawdę stanowimy parę, ale wątpię, czy ktokolwiek na nas patrzył.

– Naprawdę myślisz, że pocałowałem cię tylko dlatego, żeby uwiarygodnić naszą zmyśloną historyjkę?

– Tak. Inny powód nie istniał. Chyba że litość. Mam sporo kompleksów.

– Ciii.

Maude zadrżała, gdy położył jej palec na ustach, nadal nie odrywając wzroku od jej twarzy.

– Może miałem ochotę cię pocałować?

– Niemożliwe. Nie czaruj.

– Nigdy nie kłamię w takich sprawach. Naprawdę mnie pociągasz.

Maude zaparło dech. Nogi się pod nią ugięły.

Jak to możliwe? Mężczyźni zwykle wybierają ten sam typ, a on lubił zmysłowe blondynki. Może uległ urokowi nowości albo szukał odmiany? Albo go zaintrygowała, bo zobaczył inną stronę jej natury tak jak ona w nim.

Jeżeli tak, musiała z powrotem postawić go do pionu. Nie urodziła się wczoraj. Mógł mieć każdą na skinienie. Mało która potrafiłaby mu się oprzeć nie tylko z powodu atrakcyjności, inteligencji czy bogactwa. Wielu mężczyzn posiada te cechy, niektórzy nawet wszystkie razem, ale nie w takim stopniu jak Mateo Moreno. Popełniłaby wielki błąd, gdyby uległa jego nieodpartemu urokowi.

– A czy ja ci się podobam? – zapytał.

– To bez znaczenia.

– Dlatego że dla mnie pracujesz?

– Między innymi.

– Uwierz mi, ja też siebie nie rozumiem. Nie uznaję łączenia interesów z przyjemnością. Zawsze oddzielam życie prywatne od zawodowego.

Przeczesał palcami włosy i odstąpił krok do tyłu. Maude zaalarmowało, że brakuje jej jego bliskości i ciepła.

– Pewnie nietypowa sytuacja wytrąciła nas oboje z równowagi. Pilnowanie, żeby nie wypaść z roli w przedstawieniu, niesie ze sobą stres. Nie przewidziałam, że skupimy na sobie tyle uwagi, chociaż pewnie powinnam. Obydwoje zostaliśmy wytrąceni z naszych stref komfortu i zrobiliśmy coś, na co nigdy nie pozwolilibyśmy sobie w zwykłych okolicznościach.

Mateo milczał przez kilka sekund.

Maude poczerwieniała. Oczy jej błyszczały. Dokładała wszelkich starań, żeby zbagatelizować ten drobny incydent i puścić go w niepamięć. Miała rację. Niesłusznie założył, że podczas tej przygody zapanuje nad każdą sytuacją. Skutecznie kontrolował każdy aspekt swojego życia. Nie przypuszczał tylko, że dostrzeże w swojej pracownicy nieodparty kobiecy urok.

Po raz pierwszy życie go zaskoczyło i zachował się niezgodnie ze swymi zasadami i charakterem.

Zdawał sobie sprawę, że najwyższa pora na błyskawiczny odwrót. Maude Thornton nie przypominała żadnej z jego dotychczasowych partnerek. Podchodziła poważnie zarówno do pracy, jak i do życia. Nie cieszyłby jej krótkotrwały flirt, a on nie zamierzał składać pustych deklaracji tylko po to, żeby wciągnąć ją do łóżka, choć nie wątpił, że każda sekunda sprawiłaby jej równie wielką przyjemność jak jemu.

Stali po przeciwnych stronach przepaści nie tylko dlatego, że był jej szefem. Dwoje dorosłych ludzi miało prawo podjąć swobodną prywatną decyzję. Dzieliło ich znacznie więcej: odmienne podejście do życia, cele, nadzieje i oczekiwania. Mimo kompleksów Maude pragnęła miłości. I zasługiwała na nią. Nie powinien sprowadzać jej na ścieżkę, której wybrania później by żałowała.

– Już późno – oświadczył. – Najwyższa pora wracać do Londynu.

– Racja.

Mateo zawahał się. Popatrzył na Maude, odwrócił wzrok i ponownie zwrócił go na nią.

– Dobrze się czujesz? – zapytał.

– Oczywiście. Dlaczego nie?

– Miałaś rację. To, co między nami zaszło… nie powinno się wydarzyć.

– Mam nadzieję, że ruch na drodze nie będzie zbyt intensywny.

Uśmiechnęła się sztucznie, nawijając na palec pasemko włosów, które wymknęło się spod podtrzymującej je korony z cienkich warkoczyków.

Mateo dokładał wszelkich starań, żeby nie patrzeć na jej usta, na gęste falujące włosy spływające kaskadą na ramiona, a tym bardziej na obfity biust, smukłą talię i krągłe biodra. Zachowała zimną krew, podczas gdy on cały płonął.

– Może weźmiesz sobie tydzień wolnego? – zaproponował.

– Po co?

– Żeby odpocząć po przyjęciu. Na pewno przysługuje ci urlop.

– Może w poniedziałek – odrzekła po chwili namysłu. – Pomogłabym mamie posprzątać i spędziłabym trochę czasu z Amy. Ale we wtorek wrócę. Mam spotkanie z Dougiem Smithem. Pracujemy nad projektem na Nabrzeżu Kanaryjskim.

Jak zwykle rzeczowa i skupiona na pracy – pomyślał Mateo ze sporą dozą irytacji, bo sam nie potrafił stłumić swej zgoła niepożądanej fizycznej reakcji na jej bliskość.

– Dobrej zabawy – życzył jej na koniec i ruszył przed siebie, ale podążyła w ślad za nim.

– Zrobię, co będę mogła, ale wolałabym z niej zrezygnować i iść do łóżka.

Mateo ledwie stłumił pomruk zgrozy, gdy jej słowa wywołały w jego głowie bardzo konkretny obraz.

– Nie odprowadzaj mnie do samochodu, Maude – poprosił.

– Zgoda. Szczęśliwej drogi. I dziękuję za towarzystwo.

Maude zafascynował błysk w oczach Matea i zacieniony kontur przystojnej twarzy. Pocałunek nadal parzył ją w usta, ale musiała o nim zapomnieć. Obydwoje się co do tego zgadzali. Odstąpiła od niego, pomachała mu na pożegnanie, po czym odwróciła się na pięcie i pospieszyła do domu, z którego wszyscy zniknęli. Nikt nie widział ich nagłego chłodnego pożegnania.

Nocne powietrze było chłodne i wilgotne. Maude nie rozumiała, dlaczego odniosła wrażenie, że czarodziejska mgiełka rozwiała się w mgnieniu oka.

Może jej matka miała rację, że powinna zacząć szukać odpowiedniego życiowego partnera.

ROZDZIAŁ TRZECI

Następnego ranka Maude obudziło gwałtowne łomotanie do drzwi.

Wstała półprzytomna.

Co za noc! Nerwy, napięcie, strach, towarzyszące odgrywaniu roli, którą przyjęła pod wpływem impulsu. Szybko pożałowała swojej decyzji, stojąc przed lustrem w powiewnej sukience, niepodobnej do urzędowych uniformów, w których widywał ją szef. Co w nią wstąpiło?

Oczywiście, kiedy potwierdziła rodzicom, że przyjedzie z osobą towarzyszącą, nie miała odwrotu. Gdyby zgodnie z pierwotnym zamysłem zabrała Angusa, nie miałaby takiej tremy.

Gdy napięcie opadło po wyjeździe Matea, poszła z Amy i jej towarzystwem do klubu. Za wiele wypiła i za dużo tańczyła przy głośnej muzyce, co poskutkowało bólem głowy. O trzeciej nad ranem z trudem dotarła do łazienki, połknęła dwie tabletki i poszła do łóżka. Nocna wyprawa miała jednak dobrą stronę. Pozwoliła uniknąć pytań rodziców, choć wiedziała, że wcześniej czy później muszą paść.

Na razie nieustające łomotanie do drzwi zmusiło ją do wstania z łóżka. Zerknęła na ekran telefonu i z przerażeniem stwierdziła, że minęła dziesiąta.

Narzuciła szlafrok i podeszła do drzwi, pewna, że przyszła jej matka, rozradowana, z pokaźną listą pytań, dotyczących Matea, na które nie potrafiłaby odpowiedzieć, zwłaszcza walcząc z potężnym kacem. Minął natychmiast, gdy ujrzała go w progu. Aż otworzyła usta ze zdziwienia.

W czarnych dżinsach, szarej koszulce polo i ręcznie robionych pantoflach wyglądał, jakby zszedł wprost z okładki magazynu mody, a ona jak półtora nieszczęścia, rozczochrana i z podkrążonymi oczami. Owinęła ciaśniej szlafrok wokół ciała i uniosła brwi.

– Co tu robisz? – spytała schrypniętym głosem przez wyschnięte gardło.

– Fatalnie wyglądasz.

– Dziękuję, ale nie odpowiedziałeś na moje pytanie.

– Mogę wejść?

– Nie!

Na wypadek, gdyby nie posłuchał, przymknęła nieco drzwi.

– Przemyśl to, Maude.

– Dlaczego? Nadal nie odpowiedziałeś na moje pytanie. Co tu robisz? Powinieneś być w Londynie. Kiedy przyjechałeś?

– Godzinę temu. Wpuść mnie.

– Godzinę?

Serce Maude waliło jak młotem. Nadal nie wiedziała, co go sprowadza, ale jego mina nie wyglądała zachęcająco.

– Zanim zapytasz, powiem ci, że pogadałem z twoimi rodzicami, wypiłem trzy kawy i odrzuciłem kilka zaproszeń na obfite angielskie śniadanie. Naprawdę musisz mnie wpuścić. Zaszło… coś niespodziewanego.

Maude chwiejnym krokiem ustąpiła mu z drogi. Patrzyła szeroko otwartymi błękitnymi oczami, jak wkracza do sypialni i zachęca ją gestem do zamknięcia drzwi.

– Na twoim miejscu bym usiadł – doradził.

– Nie strasz mnie. Co się dzieje?

– Zanim zacznę, zapytam, czy ci coś przynieść.

– Na przykład co?

– Kubek mocnej kawy, paracetamol albo kieliszek whisky w razie gdybyś chciała zastosować zasadę „klin klinem". Ile wczoraj wypiłaś?

– Nie za wiele. I dobrze się czuję.

Opadła na krzesło przy łóżku i patrzyła na niego w ciężkim, onieśmielającym milczeniu. Nadal stał na środku, elegancki, wyrafinowany i opanowany, niezależnie od tego, jaką złą wiadomość przynosił.

Maude krępował jej niekompletny strój. Nie miała pod szlafrokiem nawet biustonosza. Piersi jej ciążyły, frotowy materiał drażnił napięte sutki.

– Powiedz, co masz do powiedzenia – ponagliła ponurym głosem.

Po raz pierwszy Mateo robił wrażenie skrępowanego. Westchnął i usiadł na brzegu łóżka, tak że prawie dotykał udem jej kolana.

– Od czego tu zacząć? Najkrócej mówiąc, rano po przebudzeniu dostałem wiadomość od Cassie. Doradziła, żebym kupił jeden z niedzielnych brukowców, bo znajdę tam coś o sobie.

– I odbyłeś całą tę drogę tylko po to, żeby mnie o tym poinformować? To nie moja sprawa. Zawarliśmy układ, który nam obojgu odpowiadał. Nie obchodzi mnie, co twoja była dziewczyna o tym myśli. Nie pojmuję tylko, dlaczego piszą o tym w gazetach.

– O tobie też wspomnieli.

– Dlaczego?

– Bo Cassie zabawiła się moim kosztem. Blondynka, która wczoraj do nas podeszła, postanowiła uzyskać informacje z pierwszej ręki i nawiązała kontakt z Cassie, żeby powiedzieć jej o tobie.

– Twierdziła, że nie wiedziała, że zerwaliście ze sobą.

– Powiedziałem Cassie, że z kimś chodzę, ale nie wymieniłem nazwiska. Mieliśmy wyjątkowego pecha, że jedna z obecnych na przyjęciu osób ją zna. Kto by pomyślał?

– Amy zna każdego, kto cokolwiek znaczy w świecie mody. Prawdopodobnie ją też. Co tam napisali, Mateo?

– Rozważałem zabranie ze sobą tej gazety, ale zrezygnowałem.

– Dlaczego?

– Ponieważ jesteśmy zaręczeni!

Zaszokował Maude. Szczęka jej opadła.

– Co takiego?

– Podobno znalazłem miłość swojego życia i zaręczyłem się.

– Nie! Nie, nie, nie.

– Uwierz mi, jestem tak samo przerażony jak ty.

– Rozmawiałeś z nią?

– Dyplomatycznie nie odbiera telefonów. Zresztą po co? Postanowiła mnie ukarać za zerwanie i wybrała najbardziej efektywny sposób. Przyjechałem tu z zawrotną prędkością, żeby zminimalizować szkody.

– Moi rodzice! – wykrzyknęła Maude w popłochu.

– Na szczęście nie prenumerują niedzielnych brukowców, ale raczej wcześniej niż później usłyszą od kogoś tę wiadomość. Wolałem najpierw porozmawiać z tobą, zanim cokolwiek im powiem.

– Jak uzasadniłeś swój przyjazd o świcie?

– Podjętą pod wpływem impulsu decyzją odłożenia roboty na później.

Maude uświadomiła sobie, że tak mocno ściska poły szlafroka, że kostki jej zbielały.

– Muszę się ubrać i wszystko przemyśleć – oznajmiła.

– Trzeba opracować jakiś plan, zanim zejdziemy na dół – odrzekł ze stoickim spokojem.

– Jak możesz być tak spokojny?! – wykrzyknęła z niedowierzaniem.

– Wolałabyś atak histerii?

– Przecież to katastrofa!

– Tylko kłopot, z którego można wyjść, jeśli nie natychmiast, to w najbliższych dniach.

– Tylko jak? – Maude zerwała się na równe nogi i zamarła w bezruchu, gdy wyobraziła sobie dalszy rozwój wypadków. – Nie znasz mojej mamy. Czekała na to przez całe życie. Jeżeli potwierdzimy wiadomość o zaręczynach, do wieczora zaprosi wszystkich przyjaciół, a jutro napiszą o nich w miejscowym dzienniku.

– Chyba trochę przesadzasz.

– Mam trzydzieści dwa lata, a już przed moim dwudziestym rokiem życia dokładała wszelkich starań, żeby mnie wydać za mąż.

– Wygląda na to, że naprawdę musiałaś ostro walczyć o realizację własnego pomysłu na życie – stwierdził Mateo, wyobrażając sobie zawzięty opór młodziutkiej Maude, silnej, dzielnej i zdecydowanej.

Sam walczył, żeby zdobyć obecną pozycję. Wiele poświęcił i musiał jeszcze bardziej stwardnieć. Wprawdzie pochodzili z odmiennych środowisk, ale i ona musiała stoczyć batalię. Podziwiał ją za to. Ten podziw wyrażało jego spojrzenie, gdy zatrzymał je na jej zaczerwienionej twarzy.

– To prawda – przyznała, choć miała zamęt w głowie.

Nic dziwnego, skoro wskoczyła bez zastanowienia na głęboką wodę. Rezygnacja Angusa wytrąciła ją z równowagi. Towarzystwo Matea wyglądało na rozsądne rozwiązanie, korzystne dla obojga. Wymagało tylko odgrywania prostego przedstawienia przez kilka godzin. Przemknęła jej nawet przez głowę irracjonalna myśl, że kiedy szef poobserwuje ją poza biurem, może zyska szansę na nowe stanowisko, wymagające częstszych kontaktów z klientami.

Żadnemu z nich nie przyszło do głowy, że życie nie jest takie proste, jak się z pozoru wydaje.

– Tak jak mówiłem, jakoś rozwiążemy problem. To jeszcze nie koniec świata.

– Chcę się przebrać. Idź na dół i…

– I co? Mam wypalić, że zaszło nieporozumienie? Że nigdy nie byliśmy parą? Że odgrywaliśmy farsę? Czy to nie wywoła lawiny pytań, przede wszystkim o to, dlaczego zasugerowałaś wszystkim nieprawdę?

Maude się zawahała. Jeszcze mocniej ścisnęła poły szlafroka i popatrzyła na niego spode łba. Poza miejscem pracy nie dzieliły ich odmienne pozycje w zawodowej hierarchii. Tego też nie przewidziała.

Leniwe, poważne spojrzenie Matea działało na nią niepokojąco silnie. Odwróciła się do niego plecami, pogrzebała w szufladach komody, wyciągnęła pierwsze rzeczy, jakie jej wpadły w rękę, i kazała mu zaczekać na siebie na parterze.

W łazience włożyła dżinsy i podkoszulek. Powinna pomyśleć o stroju na lunch. Po wyjściu zastała Matea nadal w sypialni, w półleżącej pozycji na jej własnym łóżku. Robił wrażenie odprężonego, jakby nic go nie martwiło.

– Mam pewną sugestię…

– Miałeś zejść na dół.

– Nie. Miałem zostać tutaj, póki nie znajdziemy rozwiązania – odparł z rozbawioną miną. – Tyle że jako dżentelmenowi nie wypadało mi zaprotestować, kiedy mnie wypraszałaś.

– Jesteś niemożliwy. – Maude podeszła bliżej i stanęła przy łóżku ze skrzyżowanymi na piersiach ramionami. – Nie wiem, na jaki pomysł wpadłeś, ale go wysłucham.

Mateo skrzyżował nogi w kostkach. Maude usiłowała nie patrzeć na jego wspaniałą postać. Dżinsy podkreślały długość muskularnych nóg i smukłość bioder. Lekko podciągnięta koszulka odsłoniła pasek opalonego brzucha. Na ten widok oblała ją fala gorąca.

– U nas w domu nie wolno wchodzić z butami na łóżko – upomniała go surowo.

– Przepraszam.

Myślała, że wstanie i usiądzie na krześle, co by ją trochę uspokoiło. Tymczasem Mateo zrzucił pantofle i został na bosaka.

– Pomyśl tylko, Maude – zaczął z poważną miną. – Twoja mama angażuje całą energię w organizację wesela twojego brata. Włożyła mnóstwo wysiłku, żeby przebiegło gładko. Chcesz rozczarować ją, brata i jego narzeczoną przed ich wielkim dniem? Jeżeli wyznamy im prawdę, zaszokujemy twoich bliskich. Mama cię kocha i powinnaś uważać tę miłość za wielki dar losu.

– Dlaczego to mówisz?

– Bo dorastałem bez matczynej miłości.

Zapadła cisza. Mateo zmarszczył brwi. Sam nie rozumiał, co w niego wstąpiło. Czekał, aż Maude spróbuje wyciągnąć go na zwierzenia, których nie zamierzał z nią dzielić, ale milczała. Przechyliła głowę na bok i patrzyła na niego spokojnymi, inteligentnymi oczami. Nie zadała żadnego pytania.

Jednym zwinnym ruchem wstał z łóżka i podszedł do okna. Skrzyżował ręce na ramionach tak jak ona.

– Matka opuściła mnie i ojca, gdy byłem niemowlęciem – wyznał ponurym głosem, nadal zaszokowany nagłym przypływem szczerości.

– Bardzo mi przykro – wyszeptała Maude.

– Do miasta przyjechał lepszy kandydat. Wyjechała z nim i nigdy nie wróciła.

Przeczesał palcami włosy i zaczął nerwowo przemierzać pokój, bezwiednie oglądając zdjęcia z dzieciństwa Maude i jej książeczki sprzed lat. Kiedy w końcu stanął przed nią, mocno poruszyło go jej współczujące spojrzenie. Nigdy nie potrzebował niczyjego współczucia, więc dlaczego nie zniechęciła go jej mina? Co więcej, nigdy nie czuł potrzeby rozmawiania o przeszłości z kimkolwiek, więc dlaczego teraz? Przez ułamek sekundy poczuł się bezradny, co go przeraziło.

– To już bez znaczenia – skwitował swą chwilę słabości lekceważącym machnięciem ręki. – W każdym razie rozumiesz, o co mi chodzi.

– Tak – potwierdziła z westchnieniem.

Odgarnęła rozpuszczone włosy za jedno ramię i bawiła się ich koniuszkami, przygryzając wargę. Nie patrzyła na niego tylko w okno, na oświetlony słońcem wielki ogród.

Zaskakujące wyznanie Matea zbiło Maude z tropu. Cisnęło jej się do głowy mnóstwo pytań. Zżerała ją ciekawość, ale za żadne skarby nie przekroczyłaby wyznaczonych granic. Już zbyt wiele ich przekroczyła.

– Wiem, że zdenerwowałabym mamę i tatę, gdybym przyznała, że zmyśliliśmy całą tę historię. Tak jak przewidujesz, na pewno padłoby mnóstwo niedyskretnych pytań. Może lepiej poudawać jeszcze trochę. Nick bierze ślub za kilka tygodni. Właściwie niczego nie musimy zmieniać. Znikniesz, a kiedy tu przyjadę, zawsze mogę skłamać, że przebywasz za granicą.

– Znikający pracoholik – skomentował Mateo.

– Właśnie. To zupełnie niezły początek. W tym czasie zyskam okazję do przygotowania gruntu…

– Pod nasze przyszłe rozstanie?

– Związki zaczynają się i kończą.

– Czy przemawia przez ciebie własne doświadczenie?

Maude zmarszczyła brwi, gdy nieoczekiwanie zmienił temat. Jak on to robił? Ledwie skłonił ją do wejścia na jedną drogę, zaraz skręcał w bok i prowadził ją w zupełnie innym kierunku. Nie znosiła niejasnych sytuacji. Lubiła wiedzieć, na czym stoi. Przez cały okres dorastania balansowała pomiędzy okazywaniem pewności siebie, jakiej od niej oczekiwano, a walką z kompleksami. A potem przeżyła bolesny incydent na uniwersytecie. Bez zastanowienia oddała serce chłopakowi, który ją później odtrącił.

W ciągu następnych lat zapanowała nad swoim życiem. Pewnie dlatego wybrała zawód wymagający precyzji równań i liczb. W inżynierii budowlanej nie było miejsca na rozterki czy wątpliwości. Albo matematyka działała i konstrukcja była stabilna, albo nie, co jej odpowiadało, przeciwnie niż świat emocji i towarzyszących im lęków. Kiedy studiowała projektowanie i dynamikę betonu i drewna, zapominała o kompleksach, związanych z wysokim wzrostem i potężną budową. Czasy, kiedy unikała zabaw, żeby nie podpierać ścian, szły w niepamięć.

– Co masz na myśli? – spytała.

– Pamiętasz, jak spytałem, dlaczego w tym wieku nadal pozostałaś sama?

– Jeszcze nie osiągnęłam starości.

– A pamiętasz, jak uzasadniłem swoje zdziwienie tym, że jesteś inteligentną i piękną kobietą? Czyżbyś się kiedyś sparzyła?

– To moja prywatna sprawa.

– Już nie, odkąd się zaręczyliśmy.

– To wierutne kłamstwo.

Popatrzyła na niego spode łba, a on obdarzył ją figlarnym, niemal chłopięcym uśmiechem.

– Żartujesz sobie ze mnie.

– Trochę – przyznał uczciwie. – Lubię, kiedy się czerwienisz tak jak teraz. Ale, mówiąc serio, powinniśmy trochę wiedzieć o sobie, żeby sprawiać wrażenie, że chodzimy ze sobą na poważnie. Twoich rodziców zdziwiłoby, gdybyśmy różnie odpowiadali na to samo pytanie albo gdybym nie znał podstawowych faktów z twojego życia.

Maude przemyślała jego słowa. Zawarła ten układ, nie zdając sobie sprawy z możliwych konsekwencji. Teraz odnosiła wrażenie, że brnie coraz głębiej w ruchome piaski. Po namyśle przyznała mu jednak rację, zwłaszcza że ona już coś o nim wiedziała. Romansował z blondynkami i doszedł do fortuny od zera. I stracił matkę. Świadomość, że został porzucony, musiała odebrać mu pewność siebie, czy się do tego przyznawał czy nie.

Mateo obserwował grę uczuć na twarzy Maude. Zdawał sobie sprawę, że usiłuje ciągnąć ją za język, ale dorównywała mu skrytością. Trochę ujawniała bez słów: wyrazem twarzy, jakąś nieprzemyślaną uwagą czy unikami, kiedy nie chciała odpowiedzieć na jakieś pytanie. Nie próbowała skupić na sobie jego uwagi ani z nim flirtować. Mówiła tak mało, jak to tylko możliwe, co w jego ocenie dodawało jej uroku.

– Musiałaś mieć dziesiątki chłopaków – wymamrotał, żeby ją zachęcić i obserwował, jak jeszcze bardziej czerwienieje.

– Skupiłam całą energię na budowaniu kariery.

– Nie zostawiłaś sobie ani trochę czasu na…

– No dobra, chodziłam z kilkoma, ale z żadnym na poważnie.

– Nigdy?

Maude wzruszyła ramionami i zacisnęła usta. Dał jej więc na razie spokój, ale zamierzał wrócić do tematu.

– Zejdźmy na dół. – Najwyższy czas spojrzeć w oczy rzeczywistości – zaproponowała. – Zdecydujemy, co dalej robić… może przed twoim wyjazdem?

– Podobno przygotowano wystawny lunch.

– To ostania rzecz, na jaką miałabym ochotę.

– Twoi rodzice niecierpliwie czekają. Przypuszczam, że ogłoszą dobrą nowinę.

Maude wydała głośny pomruk zgrozy na myśl o tym, jakie zadanie czeka ją po ślubie Nicka z Amy, kiedy wielkie wydarzenie już przestanie absorbować rodziców.

– Wygląda na to, że sytuacja wymknęła nam się spod kontroli – wyszeptała w popłochu, stojąc przy drzwiach z ręką na klamce. – Jesteś zatwardziałym kawalerem. Twoja była dziewczyna doskonale wiedziała, jak skomplikować ci życie.

– Czy istnieje coś bardziej niebezpiecznego od wzgardzonej kobiety?

– Nigdy nie rozumiałam chęci zemsty – odpowiedziała. – Moim zdaniem najlepiej iść do przodu i pokazać zdrajcy, że cię nie zranił.

– Naprawdę tak myślisz?

Maude otworzyła drzwi i wyszła na korytarz, przestronny i przewiewny po intymności zamkniętej przestrzeni sypialni. Wzięła głęboki oddech, ciekawa, co Mateo myśli. Wkrótce się dowiedziała, gdy wyszeptał jej do ucha:

– Mamy role do odegrania. Zostawiam ci ułożenie w miarę zwięzłego scenariusza. Jestem równie ciekawy jak twoi rodzice, jak to się stało, że nagle zakochaliśmy się w sobie… w jakim czasie? Sugeruję, że nie w ciągu kilku godzin.

Maude przystanęła gwałtownie. Omal nie upomniała go, że nie ma nic zabawnego w ich sytuacji. Zanim jednak zdążyła otworzyć usta, kontynuował stanowczym, obojętnym i nagle bardzo poważnym tonem:

– Uwierz, że mnie ta sytuacja też nie bawi. Zdaję sobie też sprawę, że ponoszę za nią pełną odpowiedzialność.

– Niby dlaczego? Każde z nas zawarło ten układ z własnej, nieprzymuszonej woli.

– Powinienem był przewidzieć możliwe konsekwencje.

– Jakim cudem? Skąd mogłeś wiedzieć, że jedna z koleżanek narzeczonej mojego brata zna twoją byłą dziewczynę ze świata mody? Nie obwiniam cię.

Obydwoje przekroczyliśmy dopuszczalne granice... i prawdopodobnie na tym polegał nasz błąd.

– Jaki sens miałoby ich wyznaczanie, gdyby człowiek od czasu do czasu ich nie przekraczał? Nie doszedłbym do obecnej pozycji, gdybym przestrzegał wszystkich reguł.

Maude zaimponowała jego szczerość. Jego geniusz zaprowadził go na szczyty. Nie wątpiła, że elity ustalają własne zasady.

– Spróbuję udzielać możliwie enigmatycznych wyjaśnień – zapewniła nieco drżącym głosem.

Jego bliskość silnie na nią działała. Czuła się przy nim delikatna, kobieca i krucha jak nigdy wcześniej.

– Jeżeli brukowce zwietrzą trop, reporterzy natychmiast za nim podążą. Wiem, jak działają i jak szybko sensacje blakną. Najlepiej, żebyśmy zniknęli na kilka dni. Mam miejsce położone blisko projektowanego ekologicznego osiedla z wykorzystaniem lokalnych surowców. Łatwo będzie tam dotrzeć bez niespodziewanych wizyt dziennikarzy i fotografów z szerokimi obiektywami.

– Gdzie? Czy w Szkocji, gdzie otwierasz filię, żeby zbadać możliwości rozwoju miejscowych społeczności? Brzmi wspaniale. Moglibyśmy popracować nad realizowanym tam projektem.

Propozycja zabrzmiała dla niej jak obietnica manny z nieba. Zapowiadała powrót do normalnego zawodowego środowiska bez żadnych sprzecznych emocji. Zamieszkałaby gdzieś, gdzie nikt jej nie zna. Jeśli Mateo twierdził, że dziennikarze ich nie wyśledzą, to na pewno tak będzie. Pomyślała z tęsknotą o pobycie w głębi Szkocji, gdzie mogłaby znowu być sobą, gdzie żadna niespodziewana wizyta nie zaburzy jej uporządkowanego życia. Odetchnęłaby też od rodziców i znajomych. Zanim wróciłaby do Londynu, plotki zdążyłyby ucichnąć, jak to zwykle bywa.

– Świetny pomysł – stwierdziła z ulgą.

Zeszli na dół do kuchni za dochodzącymi stamtąd głosami.

Zastali tam już wszystkich: jej rodziców, brata, przyszłą bratową i kilku krewnych, którzy zostali na noc. Wielką kuchnię z długim, drewnianym stołem urządzono w starym, angielskim stylu. Amy stała przy zlewie w gumowych rękawiczkach, napełniając zmywarkę.

Gdy wkroczyli do środka, wszyscy zwrócili ku nim głowy. Maude nie zdziwiła zadowolona mina matki. Promieniała szczęściem. Widziała w jej oczach ogromne zaciekawienie. Nawet tata, zwykle bardziej dyskretny, robił wrażenie zaciekawionego.

Nie ulegało wątpliwości, że Amy przeczytała artykuły z brukowej prasy.

Matka powitała ich okrzykiem:

– Zaręczeni! Wiedziałam, kochanie! A nie mówiłam ci, Richardzie? Matka widzi wszystko. Mateo, najdroższy! Wyobrażam sobie, jak zasmuciło cię, że ktoś cię uprzedził. Na pewno planowałeś zaskoczyć nas tą wiadomością po weselu. Maude! Nie pisnęłaś ani słowem, jaką rolę pełni w twoim życiu ten czarujący mężczyzna. Teraz musisz opowiedzieć wszystko! Z najdrobniejszymi szczegółami!

– Wybacz, Mateo, musisz przywyknąć do wylewności mojej żony – wtrącił pan Thornton. – Moje gratulacje.

Wyjęto szampana z lodówki. Maude zasypano lawiną pytań, ale jakoś przetrwała, widząc światełko w tunelu. Służbowa podróż do Szkocji pozwoli im zniknąć. Kiedy wrócą, wszystko się uspokoi. W dodatku Mateo położył jej rękę na ramieniu dla dodania otuchy w obliczu śledztwa Świętej Inkwizycji.

Kiedy wreszcie pytania ucichły, Maude z trudem powstrzymała radosny uśmiech, gdy Mateo oświadczył, że nie zostanie na lunch. Gdy ścisnął jej ramię, już miała odpowiedź na końcu języka, ale nie zdążyła otworzyć ust, zanim kontynuował gładko:

– Proponuję, żebyście zwolnili też tę wspaniałą kobietę od obowiązków związanych z lunchem. Niestety podejrzewam, że najbliższe dni będą wymagały mistrzowskich zdolności słynnego iluzjonisty Houdiniego. Dlatego wolimy zniknąć po cichu i zrezygnować z tej zabawy. Mam na myśli… – zawiesił głos, podsycając zaciekawienie słuchaczy – …natrętnych reporterów czatujących za bramą. Im wcześniej wyjedziemy, tym lepiej.

Maude nastawiła uszu, gdy ciągnął tym aksamitnym głosem działającym na nią jak pieszczota:

– Czy masz ważny paszport, kochanie?

Maude zrobiła wielkie oczy.

– Słucham?

Mateo z uśmiechem dotknął opuszką palca czubka jej nosa. Wiedziała, że ten czuły gest miał pokazać, jak wiele ich łączy. Zasługiwał na Oscara.

– Paszport – powtórzył cierpliwie. – Będziesz go potrzebowała za granicą. Zabieram cię do mojego domu we Włoszech. – Uniósł w górę kieliszek, wznosząc toast, a pozostali poszli w jego ślady.

– We Włoszech? – powtórzyła z bezgranicznym zdumieniem.

– Myślę, że ci się tam spodoba. Koniecznie spakuj kostium kąpielowy. Każę przygotować mój prywatny odrzutowiec na dziewiątą rano.

ROZDZIAŁ CZWARTY

Maude nie nadążała za tempem zmian.

Zostali w kuchni jeszcze przed godzinę, póki obecni nie zaczęli wychodzić, żeby przygotować się na uroczysty lunch, w którym nie będzie uczestniczyć. Kiedy ostatnia osoba wyszła, zamknęła drzwi, odwróciła się twarzą do Matea i wsparła ręce na biodrach.

– Paszport? Kostium? Prywatny odrzutowiec?

Rozsadzała ją złość, gdy ze stoickim spokojem podszedł do lodówki, żeby nalać sobie soku pomarańczowego.

– Twierdziłeś, że wyjeżdżamy do Szkocji.

– Ja?

– Nie patrz na mnie tak, jakbym nagle postradała rozum.

– O ile sobie przypominasz, ani słowem nie wspomniałem o Szkocji. Przyznaję, że odpowiada opisowi odosobnionego miejsca, ale jeszcze nie skończyliśmy urządzania tam biura, a budowa jest w stanie embrionalnym. Zaniepokoilibyśmy mieszkańców, gdybyśmy wylądowali tam nagle z parodią projektu.

– Bardzo zabawne!

Maude zmarszczyła brwi i przypomniała sobie, że nie wymienił celu podróży. Wyciągnęła pochopny wniosek, a on chętnie na to pozwolił. Z tysiącem niezadanych pytań w głowie wyprowadził ją z kuchni, nie pozwalając na zadanie żadnego. Zaznaczył, że musi wrócić do Londynu, żeby pozałatwiać różne sprawy przed wylotem.

– Czas nagli – podkreślił z naciskiem, zapisując na serwetce nazwę lotniska, na którym miała się stawić. – Spokojna głowa – zapewnił. – Będziemy pracować i nie grozi nam najazd dziennikarzy. Będą tam też inni ludzie, więc nie zostaniesz ze mną sam na sam.

– Nadal nie powiedziałeś, dokąd mnie zabierzesz – przypomniała.

Prawdę mówiąc, przeraziła ją perspektywa wspólnego wyjazdu z kraju. Wpadła w popłoch, gdy odmalował obraz zagranicznych wakacji.

Dlaczego?

Bo zbyt silnie na nią działał. Jakoś potrafiła zapanować nad swoimi reakcjami na jego oszałamiający wygląd i charyzmę w biurze, wśród tłumu ludzi, komputerów i telefonów, ale jak reagowałaby bez tych zabezpieczeń?

Wróciła myślami do pamiętnego pocałunku. Gdy wyobraziła sobie kilka dni słodkiego nieróbstwa przy basenie, puściły jej nerwy.

Kompletny nonsens. Miała przecież trzydzieści dwa lata, a nie kilkanaście. Nie szła na randkę z najładniejszym chłopcem w klasie. Nie powinny rządzić nią emocje. Straciła zimną krew, bo wiedziała, że Mateo nie ma żadnych oporów przeciwko przebywaniu z nią, w obecności przyzwoitek czy bez. Owszem, nazwał ją piękną, ale nie powinna brać tego komplementu na serio. Ponieważ wyznała mu swoje kompleksy, w odruchu współczucia spróbował podnieść ją na duchu tak jak postąpiłoby wielu dobrych ludzi w podobnej sytuacji.

Nie widząc innego wyjścia, zdecydowała zaakceptować przerwę w rutynie i potraktować wyjazd jako służbowy. W ten sposób znalazła się na lotnisku, niezbyt oddalonym od domu jej rodziców. Wyruszała do Włoch.

Ograniczyła bagaż do minimum.

Mateo wysłał po nią smukłego, czarnego range rovera z szybą oddzielającą pasażerów od kierowcy. Gdy ruszył, odetchnęła z ulgą na widok dwóch samochodów, parkujących przy bramie. Maude żyła w dostatku, ale nic jej przygotowało na podróż samochodem z kierowcą i prywatnym odrzutowcem.

Na lotnisku panował ożywiony ruch. Małe samoloty czekały w szeregu na uczestników kursów pilotażu. Ludzie wychodzili z kawiarni, pili kawę i oglądali maszyny zza ochronnej bariery. Patrzyła na kilka prywatnych odrzutowców, gdy Mateo zagadnął tuż obok:

– Widzę, że niewiele zabrałaś, jako pierwsza ze znanych mi kobiet…

Maude zwróciła ku niemu głowę z mocno bijącym sercem i osłoniła oczy przed słońcem. Wyglądał fantastycznie w wyblakłych dżinsach i białej koszulce z kołnierzykiem. U jego stóp stała zużyta luksusowa torba podróżna. Założył okulary słoneczne, ale zdjął je, żeby na nią popatrzeć.

– Wzięłam tylko kilka rzeczy – odpowiedziała. – Nie zostaniemy tam długo. Gdzie twój odrzutowiec?

– Właśnie podjeżdża.

Maude podążyła za jego spojrzeniem i ujrzała smukły, czarny samolot, wjeżdżający z rykiem silnika na pas startowy. Na jego widok szczęka jej opadła. Wyglądał jak rekin wśród szprotek. Wszyscy obecni zwrócili na niego wzrok.

– Chodź. Zbyt dużo czasu dziś straciłem. Mam umówione spotkania i chciałbym cię zabrać na kilka z nich.

– Oczywiście! – wykrzyknęła z entuzjazmem, zadowolona, że konkretne zadania rozproszą niespokojne myśli.

Za ich plecami kierowca zabrał ich bagaże. Tłum się rozstąpił, gdy podążali w kierunku maszyny. Maude zobaczyła na własne oczy, jak wygląda życie bogacza. Nic nie wytrzymywało porównania. Widziała materialny efekt konsekwentnej wspinaczki na szczyty społecznej hierarchii. Mateo Moreno doszedł z biedy do fortuny i znaczenia. Co poświęcił po drodze? Jak żył?

Jego wyznanie na temat matki pozwoliło jej zobaczyć chłopca dorastającego w świadomości, że został porzucony, co musiało odcisnąć na jego psychice niezatarte piętno. Czy stąd wynikała jego rezerwa wobec płci przeciwnej? Przy niezliczonych romansach nie nawiązał stałego związku.

Mimo odmiennego pochodzenia Maude też nie potrafiła przejść do porządku dziennego nad niektórymi doświadczeniami z dzieciństwa. Miała miłość i wszystkie przywileje związane z przynależnością do klasy średniej. Nie zapomniała jednak drwiących spojrzeń innych dzieci, gdy wystrzeliła w górę szybciej niż inne, chichotów za plecami i braku zaproszeń na imprezy.

Wypracowała sobie mechanizmy dostosowawcze, ale zabrała ze sobą w dorosłość wspomnienia przykrych doświadczeń. Czy to one ukształtowały jej charakter i reakcje? Czy dlatego nie śmiała oddać nikomu serca, że wystraszył ją brak akceptacji przez rówieśników i pierwsza uczuciowa porażka, jakie przeżywa wielu młodych ludzi?

Oczywiście zdawała sobie sprawę, że czas płynie nieubłaganie, a przeszłość nie powinna determinować teraźniejszości ani tym bardziej przyszłości, ale co miała zrobić? Praktycznie od lat nie miała żadnego życia uczuciowego. Od czasu do czasu poszła z kimś na niezobowiązującą randkę, ale zawsze na pierwszym miejscu stawiała karierę.

Czy słusznie postępowała? Może gdyby kilka razy zaryzykowała, zyskałaby odporność na ewentualne odrzucenie. Marzyła o rodzinie i dzieciach. Jak długo będzie szukać takiego kandydata, który jej nie zrani?

Z niewesołej zadumy wyrwało ją wkroczenie do luksusowej kabiny.

– Wspaniała! – skomentowała z zachwytem.

– Po raz pierwszy lecisz prywatnym odrzutowcem?

– Nie. Niemal codziennie korzystam z takiego na krótkich dystansach – zażartowała.

– Czemu nigdy wcześniej nie dostrzegłem twojego poczucia humoru? – wytknął Mateo ze śmiechem.– Częstuj się wszystkim, na co ci przyjdzie ochota. Ja zamierzam pracować podczas lotu.

– Jeszcze nie zdradziłeś, gdzie zamieszkam.

– Nie miałem okazji.

Usiadł wygodnie na jednej z obitych skórą sof, seledynowej, godnej pięciogwiazdkowego hotelu. Maude zajęła miejsce na kremowej naprzeciwko.

– Zostaniemy tam bardzo krótko – poinformował Mateo. – To bezpieczne miejsce, zapewniające pełną prywatność. Nie miałem szansy zapytać… czy dyskusja nadal trwała po moim wyjściu?

Maude westchnęła.

– Wszyscy w pośpiechu wychodzili na lunch. Oczywiście kiedy wrócili, już zdążyłam wyjechać do Londynu.

– Świetnie. Wystarczy kilka dni, żeby szum ucichł.

– Nie przy moich rodzicach. Na szczęście prawdopodobnie zobaczą mnie następnym razem dopiero wieczorem przed ślubem Nicka. Wymyślę jakieś wyjaśnienie twojej nieobecności. Zresztą wtedy będzie panował spory zamęt. Potem zacznę przygotowywać grunt pod rzekome rozstanie. Wytłumaczę im, że nie pasujemy do siebie.

– Jesteś bardzo rzeczową osobą.

Nie w jego typie. Odgadła to z rozbawionej miny Matea.

– Czy mogę zapytać, nad jakim projektem będziemy pracować we Włoszech? I jak dużym?

– Wszystko w swoim czasie, Maude. Lepiej odpocznij przez dwie godziny zamiast wypytywać o pracę jeszcze przed wylądowaniem.

Jego słowa zabrzmiały jak łagodna, żartobliwa reprymenda. Skinęła głową i odwróciła wzrok.

Przybyła tu przygotowana na powrót do wizerunku, który znał: opanowanej, kompetentnej podwładnej, gotowej podjąć każde wyznaczone zadanie. Nie bacząc na zmianę warunków klimatycznych, włożyła nawet biurowy strój: porządną szarą spódnicę, białą bluzkę i pantofle na płaskim obcasie.

Zacisnęła usta i udała, że obserwuje otoczenie. Niewielką przestrzeń urządzono elegancko i wyposażono w luksusowe, skórzane fotele i stoliki z orzechowego drewna. Rozmieszczono je w dogodnych miejscach do ustawienia komputerów i napojów. Przegroda na środku oddzielała biurko i krzesło od części wypoczynkowej. Za nią dostrzegła jasną kanapę, służącą też za łóżko.

Pilot przystanął, żeby pogawędzić przez pięć minut. Młody steward w błękitach i bieli zaoferował im przekąski i napoje, ale przez większą część lotu zostawiono ich samych sobie.

Mateo przystąpił do pracy, gdy tylko wystartowali, a Maude zastanawiała się, jak spędzi najbliższe dni.

W niecałe półtora dnia Maude zorientowała się, że szef nie zabrał jej w służbową podróż, na jaką liczyła.

Po luksusowym locie ujrzeli rozległą panoramę wzgórz poniżej stromych, górskich szczytów. Oczekiwała lądowania na lotnisku. Tymczasem ze zdumieniem stwierdziła, że dotarli na prywatne lądowisko na terenie rozległej posiadłości Matea, sięgającej niemal po horyzont. Widok zapierał dech w piersiach.

Mateo od niechcenia wskazał hektary winnic w oddali. Poinformował ją, że tutejsze wyborne wino jest przeznaczone wyłącznie do miejscowej konsumpcji, w tym również dla niego, ilekroć znajdzie czas, żeby tu wrócić.

Wprowadził ją do olbrzymiej willi w kolorze sepii z obszernym, okrągłym dziedzińcem od frontu z fontanną na środku. Do urządzenia wnętrza użyto jasnego drewna, jasnych marmurów i jasnych mebli. Na zewnątrz urządzono basen, przemyślnie wpuszczony w grunt, przypominający dziki ogród z barwnymi kwiatami i dającymi cień drzewami.

Oczywiście sztab ludzi dbał o wszystko od gotowania po sprzątanie. W przylegającym budynku biura pracownicy winnicy prowadzili interesy.

Nie brakowało przyzwoitek, a jednak Maude nie określiłaby tego otoczenia mianem środowiska pracy. Nie przy jasnym, złocistym jak płynny miód słońcu i spektakularnym widoku wzgórz.

Przeniosła wzrok z ogrodu za oknem na basen, którego postanowiła za wszelką cenę unikać.

Minęła osiemnasta i powinna zejść na krótko, żeby się czegoś napić.

– Niestety musimy wrócić do spraw zawodowych – zapowiedział Mateo. – Projekt, który widziałaś wczoraj na rysunkach, przedzieli miasto w pobliżu miejscowego kościoła. Musimy go dopracować i dopilnować, żeby wszystko harmonizowało ze sobą i otoczeniem. Jego realizacją kieruje Alberto Hussi. Dołączy do nas przy kolacji.

Serce Maude podskoczyło z radości. Im więcej zadań, tym lepiej. W najpiękniejszym miejscu na planecie, gdzie spokój natury zachęca do zwiedzania i wypoczynku? Tam, gdzie komputery powinny być schowane, a telefony komórkowe zamknięte w szufladzie? Doskonale!

Nie spłonęła rumieńcem, gdy napotkała nieprzeniknione spojrzenie cicmnych oczu, tylko skinęła głową na znak akceptacji.

– Tu nie musimy odgrywać przedstawienia, ale też nie widzę potrzeby, żebyś nosiła biurowy uniform – stwierdził Mateo.

Stojąc na obszernej, marmurowej werandzie z widokiem na krajobraz w zapadającym zmroku i robotników, wracających po pracy z winnicy, Maude zadrżała.

Za ich plecami dwoje praktycznie niewidocznych pracowników obsługi sprzątało kieliszki, z których próbowali różnych czerwonych win – dwóch z winnicy Matea, a pozostałych z innych gospodarstw z sąsiedztwa. Wcześniej zjedli kolację w jadalni.

– Nie włożyłam rozmyślnie służbowego ubrania – odpowiedziała, na co zareagował uniesieniem brwi.

– Nie zapominaj, że widziałem, jak wyglądasz w sukience. Oficjalnie nie zabrałem cię na wakacje. Faktycznie trochę popracujemy, ale chciałbym, żebyś się odprężyła w moim domu.

Wprawił ją w zakłopotanie. Sztywny, formalny strój zdradzałby, że nie potrafi się przy nim zrelaksować. Nie mogła wykluczyć, że wyciągnąłby z tego jakieś wnioski. Z pewnością zastanowiłoby go, dlaczego onieśmiela tak pewną siebie dotychczas profesjonalistkę. Jak szybko by odgadł, że dlatego, że ją pociąga? Przywykł do podobnych reakcji płci pięknej.

W mgnieniu oka zdecydowała zamienić trzy wyprasowane spódnice i dwie luźne, zapinane pod szyję bluzki na spodnie, szorty khaki i podkoszulki, które dorzuciła do bagażu w ostatniej chwili.

Doszła do wniosku, że wyjście ze strefy komfortu dobrze jej zrobi.

Mateo czekał na werandzie, aż Maude do niego dołączy.

Zapomniał, jak wysoko sobie ceni prywatność swej obszernej willi i winnicę, która od dziecka była jego ambicją. Przyjeżdżał tu najwyżej dwa razy w roku, nigdy nie dłużej niż na weekend. Nigdy nie przywiózł tu kobiety. Patrząc na ciemne kontury wzgórz i równe rzędy winorośli, myślał, że jak na ironię zabrał tu jako pierwszą rzekomą narzeczoną, żeby uniknąć zainteresowania, które przedłużyłoby czas trwania niepożądanej sytuacji.

Chłodny wiaterek szeleścił liśćmi drzew i szumiał wśród winorośli. Powietrze wypełniał wspaniały aromat. Jak mógł zapomnieć tutejszą ciszę i spokój?

Oczywiście czekała ich praca. Nie okłamał Maude. Wraz z trzema właścicielami małych, ale dochodowych winnic planowali ekspansję, żeby tchnąć nowe życie w region, w którym świetnie prosperowali od lat. Wpadli na ten pomysł półtora roku wcześniej. Nadeszła najlepsza pora, żeby rozpocząć prace ziemne… ale na razie kusiło go, żeby zrobić sobie wagary.

Nigdy wcześniej nie odczuwał takiej pokusy, nawet w szkole. Uważał, że to rozrywka dla nieudaczników bez ambicji. Dlaczego więc teraz? Dlatego że jego umysł zajmowało coś innego: kobieta, która go zaskoczyła i nadal nieodparcie pociągała. Nie mógł sobie na to pozwolić.

Stojąc przy szklanych drzwiach na tylną werandę, dyskretnie oddzielających wnętrze od otoczenia, wyprostował plecy na cichy odgłos kroków. Odwrócił głowę i ze świstem wciągnął powietrze.

Jak mógł skupić uwagę na czymkolwiek innym niż osoba o takich atutach? Luźne, jasnozielone spodnie podkreślały długość nóg, a dekolt białej bluzeczki w kształcie litery V krągłość obfitego biustu.

Spuścił oczy i ruszył ku niej, w pełni świadomy, że jego ciało reaguje wbrew nakazom umysłu. Sięgnął po butelkę ze srebrnego kubełka z lodem, ustawionego na jednym ze stolików na werandzie.

– Niestety Alberto dzisiaj nie dotrze. Jego matkę zabrano do szpitala z powodu bólu w klatce piersiowej.

– Och! Bardzo mi przykro to słyszeć.

– Wina?

– Mały kieliszek, jeżeli mamy pracować.

– Bez niego będzie trudniej, ale spróbujemy. Widzę, że zabrałaś laptop. Siadaj.

Nie dyskutowali długo na tematy zawodowe, tylko do wyczerpania tematu. Mateo chciał, żeby odpoczęła i odprężyła się, żeby nie miała poczucia, że przebywając na jego terytorium, jest na jego łasce. Umówili się na przyjęcie za obopólną zgodą, a potem z jego winy musieli umykać przed zemstą jego byłej dziewczyny.

Odczekał, aż zajmie miejsce naprzeciwko niego, zanim oświadczył:

– Oczywiście mamy pewne zadania do wykonania, ale przeznaczyłem też sporo czasu na relaks. Nikt nas tu nie wyśledzi. Przy tak dobrej pogodzie mogę cię zabrać na zwiedzanie winnicy czy lokalnych atrakcji turystycznych.

– Nie musisz, Mateo.

– Wiem.

– Bardzo tu pięknie. Od jak dawna masz tę posiadłość, tak odległą od „wyścigu szczurów"?

– Niemal zapomniałem, jaki spokój tu panuje.

Przesunął krzesło, tak żeby obydwoje oglądali ten sam widok, obserwując gwiazdy na tle aksamitnej ciemności nieba. Ogarnął go błogi spokój. Po raz pierwszy od niepamiętnych czasów pozwolił sobie na odpoczynek.

– Jak często tu przyjeżdżasz? – spytała.

Gdy przyniesiono kanapki, równocześnie po nie sięgnęli. Ich palce się zetknęły. Mateo nie cofnął dłoni ani na nią nie spojrzał. Dotyk jego ręki niemal parzył skórę, rozpalał krew w żyłach. Serce Maude przyspieszyło rytm. Najchętniej pozostałaby w tej pozycji jak najdłużej. Musiała zmobilizować siłę woli, żeby unieść kanapkę do ust.

– Niezbyt często – odpowiedział na jej pytanie.

– Dlaczego?

– Z powodu nawału obowiązków.

– To równocześnie błogosławieństwo i przekleństwo – skomentowała. – Bez pracy nie doszedłbyś do bogactwa.

– Czy też do niego dążysz?

– Nie. Pieniądze nic dla mnie nie znaczą.

– Bo nigdy ci ich nie brakowało.

Mateo wrócił myślami do czasów dzieciństwa, do drogi, którą przebył.

– Przypuszczalnie tak. Łatwiej być rozpieszczonym dzieciakiem.

Mateo uśmiechnął się. Zaimponowała mu jej szczerość.

– Wiele takich w życiu spotkałem.

– Uwierz mi, że ja też. Czy mogę zapytać, dlaczego wybrałeś tę część Włoch? Czy tutaj dorastałeś?

Mateo natychmiast pojął, że wbrew zasadom pozwoli sobie na osobiste zwierzenia. To miejsce, cisza, tutejsze wspomnienia i ta opanowana, inteligentna kobieta, niepodobna do wszystkich, które znał, skłaniały go do zdjęcia ochronnego pancerza. Odrzucił podszept rozsądku, że to niebezpieczne.

Tylko to, co nieznane, stanowi zagrożenie. Ze znanym potrafił sobie poradzić, a choć Maude sprawiła mu parę niespodzianek, dobrze ją znał. Każdy miał jakąś niewidoczną stronę, a ona pozostała jego rozsądną, oddaną, unikającą ryzyka pracownicą. W przeciwieństwie do Cassie nic od niego nie chciała i zdawała sobie sprawę z dzielących ich różnic, mimo że pocałunek rozpalił w nich ogień.

– Spędziłem dzieciństwo niedaleko stąd – wyznał. – Mój ojciec pracował w winnicy, nie w jednej z tych lokalnych, ale w dużym, komercyjnym koncernie. Zakwaterowano go tam. Nigdy nie zarabiał tyle, żeby mógł sobie pozwolić na własną posiadłość.

– Martwiło cię to?

– Uświadomiło mi, że jeżeli kiedykolwiek zamieszkam w winnicy, to tylko we własnej.

– I osiągnąłeś cel.

Mateo rozejrzał się po swoim królestwie. Włożył w nie krew, pot i łzy, ale je zdobył. Cenił je najbardziej ze wszystkich swoich posiadłości na całym świecie. Jak to możliwe, że tak rzadko tu docierał? To miejsce weszło mu w krew.

– Jedzenie stygnie – oznajmił, wstając z miejsca.

Maude poszła w jego ślady. Podał jej rękę. Gdy ją pochwyciła, pociągnął ją, tak że wpadła na niego. Gdy poczuł miękki biust na twardym torsie, zaparło mu dech. Ciało walczyło z rozsądkiem. Słyszał swój nierówny oddech, gdy oblała go fala gorąca. Trzymał ją przy sobie, usilnie odpierając pokusę pocałowania jej.

– Przepraszam – wyszeptał nieswoim, schrypniętym głosem.

– Za co?

– Naprawdę chcesz wiedzieć?

Wiedziała. Dostrzegł, że drży. Widziała ogień w jego oczach, czuła bijący od niego żar, ale rozsądek kazał odeprzeć pokusę. Tu nikt ich nie obserwował. Nie potrzebowali pocałunku dla potwierdzenia rzekomego związku. Nie mogli sobie pozwolić na zaspokojenie pragnień.

Maude raz pozwoliła się uwieść chłopakowi, którego uważała za odpowiedniego dla siebie. Czas pokazał, że błędnie go oceniła. Popełniłaby szaleństwo, gdyby nawiązała romans z kimś nieodpowiednim pod każdym względem.

Odstąpiła do tyłu, ale nie oderwała od niego oczu.

– Kolacja czeka – przypomniała przez ściśnięte gardło.

Patrzyli na siebie jeszcze przez kilka sekund. Wreszcie Mateo skinął głową i przeczesał palcami włosy. Wyświadczył jej przysługę, nie wypowiadając ani słowa. Nie wiedziała, co by zrobiła, gdyby postąpił inaczej.

ROZDZIAŁ PIĄTY

Maude ze zdziwieniem stwierdziła, jak łatwo zapomnieć o Londynie, rodzicach, weselu brata i rozpuszczonej przez byłą dziewczynę Matea wieści o ich rzekomych zaręczynach. Nie mogli uciec w lepsze miejsce niż ta piękna wilia z rozległymi widokami wzgórz obsadzonych ciężkimi od gron krzewami winorośli. Ta spokojna okolica szybko ukoiła jej napięte nerwy. Uświadomiła sobie, jak szybko potrafi się zrelaksować.

Spędziła całe lata na udowadnianiu, że może zrobić upragnioną karierę i być szczęśliwa, poświęcając pracy większą część swojego czasu.

Zaraz po trudnych studiach wkroczyła na rynek pracy bez żadnej przerwy na wypoczynek. Jej przyjaciele brali rok wolnego, żeby podróżować, wykonywać różne prace dorywcze w nowych miastach. W tym czasie Maude wypełniała niezliczone formularze przez internet, póki nie dostała pierwszej posady.

Teraz mogłaby osiągnąć absolutny spokój, gdyby Mateo tak silnie na nią nie działał. Przez dwa minione dni krążyli wokół siebie na paluszkach, nie wspominając o tych kilku ulotnych chwilach, kiedy czas jakby stanął w miejscu i musiała zawzięcie walczyć z pokusą dotknięcia go.

Obydwoje się wycofali. Odzyskali zdrowy rozsądek.

Później kontynuowali pracę, przerwaną wyprawami do trzech pobliskich miasteczek. Wędrowała po nich sama, podziwiając domki w kolorze sepii, zbudowane na wzgórzach wśród bujnej zieleni. Raz Mateo do niej dołączył. Zabrał ją na stary rynek i do zabytkowego kościoła ze ścianami udekorowanymi średniowiecznymi i renesansowymi dziełami sztuki.

Chętnie i ze znajomością tematu udzielał jej obszernych informacji, co ją okropnie drażniło. Jak mogła nie skosztować zdradzieckiego smaku zakazanego owocu, kiedy dostała go na tacy? Niestety straciła okazję. Coś w niej obudził i nie potrafiła tego stłumić.

Mateo najwyraźniej nie miał takiego problemu. Widocznie wyczuł, że ją pociąga i robił wszystko, żeby nic z tego nie wyszło.

Przez dwa wieczory towarzyszyli im znajomi z pobliskich majątków. Gdy tylko wychodzili, Mateo grzecznie przepraszał i znikał w czeluściach willi, żeby pracować.

Gdzie był teraz, o piątej po południu?

Dał jej czas na odpoczynek. Przy śniadaniu, na które kucharka imieniem Luisa przyniosła im świeże pieczywo, zapowiedział:

– Wrócę dziś dość późno. – Zerknął przy tym na zegarek i wstał, dając do zrozumienia, że nie ma czasu na pogawędki. – Możesz poprosić kucharkę, żeby przygotowała ci na kolację to, czego sobie zażyczysz.

Odpowiedziała równie uprzejmie, że zjadłaby sałatkę.

Nie mogła oderwać od niego oczu. W kremowych spodniach i białej lnianej koszuli z podwiniętymi rękawami powinien wyglądać nieporządnie, a mimo to rozpalał jej zmysły: śniady, męski i zabójczo przystojny.

Powinna być wdzięczna za wytchnienie od jego obecności, ale gdy usłyszała warkot silnika jego sportowego samochodu, odczuła rozczarowanie. Na próżno tłumaczyła sobie, że im mniej go widzi, tym lepiej.

Rano zapyta, jak długo tu zostaną. Nie omówili jeszcze tej kwestii.

Przystąpił do pracy, a ona razem z nim w przyjacielskiej atmosferze. Spodobała jej się wizja wsparcia dla kilku małych wiosek, którą tworzył wraz z innymi właścicielami winnic.

Kiedyś poznała pracowników kilku winiarni. Urządzono ucztę pod płóciennym zadaszeniem na otoczonym starymi, kamiennymi budynkami kwadratowym placu z kościółkiem w rogu w centrum jednej z wiosek.

Maude zaimponował duch wspólnoty, jaki trudno znaleźć w Londynie. Słońce świeciło na jasnym niebie. Zobaczyła wtedy innego Matea: zrelaksowanego, swobodnie gawędzącego, gotowego wysłuchać każdego z zaciekawieniem. Uśmiechnęła się, gdy przeprosił, że dawno tu nie był. Mówił szybko po włosku, żywo gestykulując.

Matka codziennie pisała do niej, relacjonując postępy w przygotowaniach do ślubu Nicka. Taktownie nie poruszała tematu jej narzeczeństwa. Jednak po ich przyjeździe do Toskanii wyznała, że zdobyła gazetę, która pierwsza opublikowała plotkę i cieszy się, że jej córka w końcu znalazła wymarzonego mężczyznę.

Nic dziwnego. Mateo wyglądał jak spełnienie marzeń każdej kobiety.

Maude czasami zastanawiała się, jak zakończą tę farsę, ale w tym czarownym miejscu łatwo było ulec iluzji.

Przedmieścia, zamieszkane przez przedstawicieli angielskiej klasy średniej nie wytrzymywały porównania z pięknem tutejszego krajobrazu. Przystanęła na chwilę, żeby podziwiać widoki.

Po raz pierwszy zamierzała skorzystać z basenu. Mateo wyjechał na cały dzień. Zwolniła wcześniej kucharkę, Luisę, ponieważ nie musiała przygotowywać kolacji, i uśmiechniętą starszą pomoc domową.

Trochę się ochłodziło, ale tylko nieznacznie. Słońce barwiło akwarelowe niebo jaśniejszymi i ciemniejszymi odcieniami błękitu z pomarańczowymi smugami. Niewyraźne kontury wzgórz w oddali zamykały widok na zielone hektary posiadłości Matea.

Maude świetnie pływała. Pod wodą najwyraźniej słyszała własne myśli. Po przemierzeniu wielu długości basenu postanowiła zrobić sobie przerwę. Gdy odgarnęła włosy z twarzy i przetarła oczy, zobaczyła nad brzegiem opalone kostki, muskularne łydki i uda i wreszcie parę czarnych kąpielówek.

– Wychodzisz? – zapytał Mateo.

Nie! Za nic w świecie by przy nim nie wyszła, ale nie zaprzeczyła, bo zaschło jej w ustach i odebrało mowę. Gdy zebrała odwagę, by podnieść wzrok wyżej, ujrzała wspaniały tors, biały ręcznik na ramionach i okulary słoneczne na twarzy.

– Daj rękę. Pomogę ci wyjść – zaproponował.

– Zamierzałam jeszcze trochę popływać. Co tu robisz? Myślałam, że nieprędko wrócisz.

– Rozczarowana?

– To twój dom. Możesz wychodzić i wracać, kiedy ci pasuje.

– Wielkie dzięki za pozwolenie! – zażartował, zrzucił ręcznik i odłożył na najbliższy leżak. – Skusiła mnie woda. Rzadko korzystam z basenu, więc postanowiłem odpocząć, zamiast siedzieć na następnym spotkaniu, które może poczekać do jutra. Mogę do ciebie dołączyć?

– To twój dom! Twój basen! – przypomniała nieswoim, piskliwym głosem, zaczerwieniona z zażenowania swoją solidną posturą, jeszcze zniekształconą optycznie przez wodę.

Pospiesznie przepłynęła na drugą stronę i usiadła na schodkach, patrząc, jak leniwie płynie ku niej zwinnymi, wprawnymi ruchami. Z zapartym tchem obserwowała grę mięśni szerokich ramion.

Dołączył do niej, ułożył się wygodnie na schodkach z twarzą zwróconą ku słońcu i zamkniętymi oczami. Gdy je otworzył, umknęła wzrokiem w bok. Wolała nie patrzeć na siebie, żeby dawne kompleksy nie wypłynęły na powierzchnię.

– Od jak dawna tu jesteś? – zapytał.

– Mniej więcej od czterdziestu minut.

– Dobrze widzieć, jak wypoczywasz. Podczas pobytu tutaj sporo pracowałaś.

– Tak ustaliliśmy.

– Przede wszystkim umknęliśmy przed dziennikarzami. Przypadkiem mieliśmy akurat zadanie do wykonania.

– Co mi przypomina, że miałam zapytać, jak długo tu jeszcze zostaniemy. Amy trzyma rękę na pulsie. Na razie krąży mnóstwo plotek. Wolałabym uniknąć sfotografowania, ale jakoś bym przeżyła. Przypuszczam, że reporterzy znikną z horyzontu przed naszym powrotem do Londynu.

– W przyszłym tygodniu odbędzie się prestiżowy maraton na cele dobroczynne. Kiedy dotrze do Londynu, zwrócą obiektywy na biegaczy.

– Zapomniałam o tym. Dziwi mnie, że cię to zainteresowało.

– Zaproszono mnie na uroczyste otwarcie imprezy. Nie moja dziedzina. W każdym razie proponuję zostać tu jeszcze tydzień. Maraton na sto procent da lepszą pożywkę dziennikarzom. W tym czasie zakończymy przygotowanie projektu i podpiszemy wszystkie kontrakty. Mam nadzieję, że nie przeszkadza ci przedłużenie pobytu?

Maude czuła na sobie jego spojrzenie, a na policzku ciepło jego oddechu, co utrudniało jej skupienie uwagi.

– Oczywiście, że nie – odrzekła w końcu. – Myślałam tylko… że chciałbyś wrócić do pracy.

– Przecież tu też pracuję. Prawdę mówiąc, przebywanie w tym miejscu przynosi mi odprężenie. Dawno tu nie byłem.

Ona też świetnie się przy nim czuła, do tego stopnia, że zapominała o postanowieniu zachowania dystansu. Przeklęła w duchu własną słabość.

– Ciekawi mnie, choć to nie moja sprawa… – zaczęła ostrożnie.

– Mimo że jesteśmy zaręczeni?

Maude spłonęła rumieńcem, ale zignorowała żarcik.

– Dlaczego powierzasz gospodarowanie tą przepiękną winnicą innym ludziom, a sam siedzisz w zimnym, zatłoczonym, szarym Londynie?

– Bo tam można lepiej zarobić – wyjaśnił zwięźle. – Bardzo mi się podoba twój dobór słownictwa, ale nigdy nie postrzegałem Londynu jako celi więziennej.

Maude ucieszył powrót przyjacielskiej atmosfery. Równocześnie uświadomiła sobie, jak bardzo nie odpowiadał jej wcześniejszy dystans.

– Wiesz, co mam na myśli – odrzekła z uśmiechem.

– Owszem, ale winnice to tylko hobby, dochodowe, ale przede wszystkim sentymentalne, jedyne, jakie mam. Tu praktycznie nic się nie dzieje. Nie mogę sobie pozwolić na bezczynne czekanie przez kilka miesięcy, aż grona dojrzeją.

– Dla mnie brzmi wspaniale – westchnęła. – Nie wiedziałam, że wcześniej wrócisz, więc wysłałam panie do domu. Miałam ochotę na lekką kolację i nie potrzebowałam obsługi.

– Wspaniały plan.

– Przepłyniemy jeszcze klika długości basenu przed powrotem?

Mateo nie odpowiedział tylko ruszył przed siebie.

Maude zaszokowała jego prędkość. Zawsze uważała, że świetnie pływa, ale z trudem dotrzymywała mu tempa. Zapomniała o swoich kompleksach, kiedy piętnaście minut później wyszła zmęczona na brzeg.

Mateo sięgnął po ręcznik i zamarł w bezruchu. Na kilka sekund zaniemówił z wrażenia. Kiedy wycierała włosy, pochylona, obfity biust omal nie wypadł z dekoltu staroświeckiego, mocno zabudowanego jednoczęściowego kostiumu. Miała prawie metr osiemdziesiąt, długie, zgrabne nogi, kobieco zaokrąglone biodra i szczupłą talię.

Nie pojmował, co widział w drobnych, szczupłych blondynkach, kiedy dopiero zaokrąglona, silnie zbudowana brunetka naprawdę rozpaliła mu zmysły. Sprawdził, czy dobrze owinął ręcznik wokół bioder, żeby nie narobić sobie wstydu.

Maude z rumieńcem na policzkach odwróciła się ku niemu, żeby zadać niewinne pytanie:

– Kto cię nauczył tak świetnie pływać?

Z trudem oderwał od niej wzrok i pospieszył ku domowi. Oddychał już swobodniej, gdy go dogoniła.

– Sam się nauczyłem – wyjaśnił schrypniętym głosem przez ściśnięte gardło.

– Imponujące. Ja wzięłam mnóstwo lekcji i uważałam, że świetnie mi idzie. Przeganiałam większość chłopców z klasy, ale tobie nie dorównuję.

Weszli już do willi i zamknęli za sobą drzwi. Marmurowe podłogi dawały przyjemny chłód. Mateo odwrócił się twarzą do niej, nadal walcząc z nieposłusznym ciałem. Zdawał sobie sprawę, że za wszelką cenę musi zachować dystans. Żałował, że Maude nie narzuciła czegoś na siebie. Ileż może wytrzymać pełnokrwisty mężczyzna?

– Wyglądałeś, jakby…

– Idę na górę, Maude. Muszę odpowiedzieć na kilka zaległych mejli. Spędź pozostałą część wieczoru beze mnie, tak jak zaplanowałaś.

– Dobrze, oczywiście.

– Do zobaczenia rano.

Maude ze smutkiem odprowadziła go wzrokiem. Dlaczego wyobraziła sobie, że zostali przyjaciółmi? Pewnie dlatego, że gawędzili swobodnie i beztrosko pływali w basenie, jakby naprawdę stanowili parę.

W popłochu popędziła do swojej sypialni i zamknęła za sobą drzwi. Przez chwilę stała wsparta o nie, usiłując odzyskać spokój. Choć dzięki jasnym, drewnianym podłogom w środku panował miły chłód, bezzwłocznie włączyła wentylator.

Posiedziała długo w wannie, ale kąpiel nie przyniosła jej odprężenia.

Gdy półtorej godziny później szła do kuchni, doszła do wniosku, że nie widzi sensu pozostania we Włoszech jeszcze przez tydzień, bez względu na to, czy reporterzy odpuścili, czy nie. Mateo właściwie nie potrzebował jej porad czy konsultacji. Tutejsi inżynierowie czuwali nad realizacją projektu. Mogłaby wrócić do Anglii, zostać u rodziców i przygotować grunt pod zburzenie domku z kart dzień po ślubie Nicka z Amy, kiedy rodzice przestaną skupiać uwagę na młodej parze.

A jeżeli reporterzy nadal będą czatować w krzakach? Z pewnością stracą zainteresowanie, gdy zamiast zakochanej pary zobaczą ją samą. Jeżeli jednak zechcą zadać niedyskretne pytania, będzie umiała się uśmiechać i kiwać głową, nie mówiąc absolutnie nic. Weźmie sobie też dwa tygodnie zaległego urlopu. Kiedy ponownie zobaczy Matea, już prawdopodobnie nie będzie jej tak do niego ciągnęło.

Po formalnych posiłkach przygotowanych przez kwalifikowaną kucharkę z przyjemnością buszowała w lodówce w poszukiwaniu składników do samodzielnego przyrządzenia posiłku.

Umyła głowę, ale nie rozczesała włosów. Podejrzewała, że się poskręcają. Skoro została sama, nie musiała nikomu imponować strojem. Poprzestała więc na obciętych dżinsach, podkoszulku i klapkach. Zabrała na dół telefon i włączyła sobie muzykę. Dlatego dostrzegła obecność Matea, dopiero kiedy odwróciła się z talerzem sałatki w jednej ręce i kieliszkiem wina w drugiej. Dziwne, że nie wypuściła ich z ręki, kiedy stanęła jak wryta, zaskoczona jego nagłym pojawieniem.

Zostawił ją w przekonaniu, że go śmiertelnie znudziła. Przerwał jej w pół zdania i pospiesznie wyszedł. Nie zaszczycił jej nawet jednym spojrzeniem, jakby dawał do zrozumienia, że nie zostali kumplami ani tym bardziej niczym więcej, w razie gdyby za dużo sobie wyobrażała. Nagle wrócił, zabójczo przystojny, nieodparcie pociągający, obracając wniwecz starannie opracowany plan.

– Myślałam, że pracujesz – warknęła ze złością.

Usiadła za kuchennym stołem, nie patrząc na niego. Nie mogła go powstrzymać przed swobodnym poruszaniem się po jego własnym domu, ale rozsadzała ją złość.

– Nie mogłem – odpowiedział.

Maude wzruszyła ramionami ze wzrokiem wbitym w talerz sałatki, która smakowała jak tektura. Wyłączyła muzykę i zaraz tego pożałowała, bo cisza aż dzwoniła w uszach. Podniosła na niego wzrok, dopiero gdy przysunął sobie krzesło tak blisko, że nie mogła dłużej go ignorować.

– Przepraszam, że nie przygotowałam sałatki również dla ciebie – zagadnęła uprzejmie. – Dałeś do zrozumienia, że cię nie będzie.

– Nie lubię sałaty. Wolę zostawić ją królikom. Muszę z tobą porozmawiać.

– Świetnie, bo ja z tobą też. Doszłam do wniosku, że najwyższy czas, żebym wróciła do Londynu. Jeżeli nie masz nic przeciwko temu, wzięłabym sobie dwa tygodnie zaległego urlopu.

– Myślisz, że zniknąłem, bo nie odpowiada mi twoje towarzystwo?

– Nonsens – zaprzeczyła, ale poczerwieniała jak burak. – Wiem, że dla ciebie to wyjazd służbowy. Mam nadzieję, że nie przyszedłeś dlatego, że dręczą cię wyrzuty sumienia, że zostawiłeś mnie samą.

– Widziałem po twojej minie, że cię zraniłem.

– Nieprawda.

– Musiałem wyjść, żeby ci się nie naprzykrzać. Gdy zobaczyłem cię w basenie… chyba nie zdajesz sobie sprawy, jak wyglądałaś.

– Jak?

– Nieodparcie kusząco.

– Ja?

– Tak, ty. Nie rób takiej zdziwionej miny. Chyba zauważyłaś, że mnie pociągasz? Musiałaś to czuć podczas pocałunku i później…

– Niemożliwe! Możesz mieć każdą. Wiem, jaki typ wybierasz. Na pewno nie solidne brunetki, skupione na karierze!

– Maude! Ty wcale mnie nie słuchasz. O czym ty mówisz?

– Raz oddałam komuś serce! – wyrzuciła z siebie pod wpływem impulsu. – Zaraz po rozpoczęciu studiów. Miał na imię Colin. Myślałam, że taki wysoki, przystojny inteligentny chłopak drugi raz na mnie nie spojrzy… ale spojrzał. Chodziłam z nim przez kilka miesięcy, zanim… – Przerwała, gdy łzy napłynęły jej do oczu.

Później doszła do wniosku, że wcale go nie kochała, ale była podatna na porywy uczuć jak każda młoda osoba.

– Zanim…? – ponaglił Mateo, ujmując jej dłoń, której nie cofnęła.

– Zanim znalazł prawdziwą miłość z drobniutką blondynką.

– Dawne wydarzenia nie mają nic wspólnego z obecnymi. Moje ciało silnie reaguje na twoją obecność, wbrew woli. Niechętnie ci to mówię, bo nie lubię tracić kontroli nad sobą, ale dziś nie potrafiłem skupić uwagi na pracy przez cały wieczór tak jak planowałem, wiedząc, że jesteś tak blisko.

Maude odwróciła wzrok. Policzki jej płonęły. I nie tylko. Jego słowa rozpaliły w niej ogień.

Mateo delikatnie ujął ją pod brodę i odwrócił jej twarz ku sobie.

– Popatrz na mnie, Maude – poprosił. – Pociągasz mnie. Nie wiem, co z tym zrobić, ale musiałem ci to wyznać. Złe doświadczenie z dawnych czasów wpędziło cię w kompleksy. Z nieznanych mi powodów nigdy nie odzyskałaś pewności siebie. Dlatego wolisz prezentować walory umysłu niż ciała, przypuszczalnie po to, żeby uniknąć kolejnego zranienia. Mam rację?

– Nikt o tym nie wspomniał – wymamrotała Maude.

– Możliwe, ale… mimo że uchodzimy za zakochanych, planujących wspólną przyszłość, to, co czuję, to nie miłość, tylko fizyczny pociąg. Moje oczy same za tobą podążają, a ręce świerzbią, żeby cię dotknąć. Muszę brać zimne prysznice, ilekroć o tobie pomyślę. Świat może sobie myśleć jedno, ale my wiemy swoje. Znaleźliśmy się w nietypowej sytuacji, ale to nie miłość, prawda?

– Oczywiście, że nie!

– Ludzie cierpią, ponieważ oddają komuś serce. Ja nie. Pragnę z tobą spać. Mówię ci o tym dlatego, że jeżeli nie podzielasz moich pragnień, wystarczy jedno słowo, żeby na tym zakończyć tę rozmowę.

– Ja…

– Powiedz, czy cię pociągam, Maude?

Maude nie wiedziała, co odpowiedzieć. Po raz pierwszy w życiu walczyła z napływem mieszanych uczuć jak niedoświadczona nastolatka. Przez całe życie łączyła seks z miłością. Po Colinie zdecydowała, że nigdy nie pójdzie na kompromis z płcią przeciwną. Sporządziła listę swoich oczekiwań w stosunku do przyszłego życiowego partnera. Jeżeli ich nie spełniali, skreślała z niej kolejnych kandydatów, łącznie z kilkoma, z którymi chodziła, jeszcze zanim padła propozycja pójścia do łóżka.

Co innego Mateo…

Kusił ją, nie obiecując niczego prócz kilku przyjemnych nocy. Na samą myśl o jego dotyku zaczęła szybciej oddychać.

Czy tego właśnie jej brakowało? Czy traciła czas, szukając odpowiedniego mężczyzny, podczas gdy nieodpowiedni pod każdym względem uleczyłby zadawnione rany?

Z mocno bijącym sercem spuściła oczy i odpowiedziała:

– Tak, Mateo. Pociągasz mnie.

ROZDZIAŁ SZÓSTY

– Co w takim razie twoim zdaniem powinniśmy z tym zrobić? – wymamrotał Mateo schrypniętym z pożądania głosem.

Oblała go fala gorąca, ale pod żadnym pozorem nie zamierzał przyspieszać rozwoju wypadków. Intuicja podpowiadała mu, że Maude nie jest tak twarda jak jego dotychczasowe kochanki. Nie wątpił w jej szczerość. Kiedy potwierdziła, że jej się podoba, oczy jej błyszczały. Chciał jednak, żeby czuła się przy nim pewnie.

– Nikogo prócz nas tu nie ma… – przypomniała.

– Może celowo odprawiłaś służbę, żeby przygotować grunt pod uwiedzenie niczego niepodejrzewającego faceta… – zażartował z szelmowskim uśmieszkiem.

Maude parsknęła śmiechem. Zachęcona niewinnym żarcikiem, przysunęła się bliżej. Podjęła decyzję.

Zanim zdążyły ogarnąć ją wątpliwości, utwierdził ją w niej, wstając z miejsca i przytulając. Objął ją za pośladki i uniósł do góry, tak że poczuła, jak bardzo jej pragnie.

Zmiękła w jego objęciach. Wsparła dłonie o jego klatkę piersiową i powoli przesuwała ku ramionom. Westchnęła, gdy wyczuła pod palcami twardość muskułów.

Pocałował ją delikatnie, zapraszająco, bez pośpiechu, jakby miał nieograniczoną ilość czasu. W miarę jak pogłębiał pocałunek, coraz bardziej tęskniła za większą bliskością. Wplotła palce w sprężyste włosy, a on objął ją w talii, a potem ujął w dłonie jej piersi.

– Chodźmy na górę – wydyszała wśród nierównych, przyspieszonych oddechów.

– Twoje życzenie jest dla mnie rozkazem – odpowiedział z uśmiechem. – Ale czy na pewno tego chcesz?

– Tak – potwierdziła, patrząc mu prosto w oczy.

Choć zawsze potępiała kobieciarzy zmieniających partnerki jak rękawiczki, zaimponowała jej szczera troska Matea o jej odczucia. Wiedziała, że gdyby go odtrąciła, odszedłby bez protestu, tak jak obiecał, i nigdy więcej by jej nie tknął. Wzięła go za rękę i pociągnęła ku kuchennym drzwiom.

– Uwielbiam, jak kobieta przejmuje inicjatywę. To zaspokaja moją tęsknotę za dominacją partnerki.

– Uważaj, czego sobie życzysz – odparła ze śmiechem.

– Dlaczego? Obiecujesz mi jakieś perwersje?

Maude znieruchomiała, zatroskana i popatrzyła na niego poważnie.

– Muszę cię ostrzec…

– Ciii. Nie mów nic więcej. Sprawimy sobie przyjemność i nic poza tym. Jeżeli postanowisz przywiązać mnie do łóżka i robić, co zechcesz, nie mam nic przeciwko temu, ale do niczego nie będę cię nakłaniał.

– Jak ty to robisz, że czuję się przy tobie tak swobodnie?

– Nie widzę powodów do zdenerwowania. Robimy coś całkiem naturalnego.

Tym razem on przejął prowadzenie. Weszli na górę ciasno objęci, w pełnej harmonii.

– Czy kiedykolwiek doświadczyłaś tak silnej żądzy, że nie potrafiłaś się jej oprzeć? – zapytał.

Maude wspomniała Colina i spróbowała odtworzyć w pamięci rysy jego twarzy. Pociągał ją, ale nie tak mocno, nie tak nieodparcie jak Mateo.

– Chyba nie – odpowiedziała po chwili namysłu.

– Nawet z twoim ukochanym ze studiów?

– To było dawno – odrzekła enigmatycznie, zdziwiona, że Mateo próbuje poznać jej myśli.

Niechętnie przyznała, że nigdy czegoś podobnego nie przeżyła. Świadomość, że dla niego to nie nowina, powstrzymała ją przed wyznaniem całej prawdy.

– Ty z całą pewnością nie pierwszy raz doświadczasz szału namiętności – stwierdziła ze śmiechem.

Słowa Maude z niewiadomych powodów zabolały. Przystanęli właśnie przed drzwiami jego sypialni. Mateo znieruchomiał z ręką na klamce. Chętnie romansował, ale żadna do tej pory tak nie zawróciła mu w głowie.

Zauważył, że Maude niechętnie wspomina byłego chłopaka. Czy pierwsza nieodwzajemniona miłość zostawiła tak głęboką ranę, że nikt jej nie uleczy? Ta myśl go zasmuciła, ale nigdy nie był zazdrosny, więc chyba teraz też nie?

Niepotrzebnie analizował swoje uczucia. Nic dobrego nie mogło wyniknąć z roztrząsania tego, czego nie można zmienić, ani z zadawania pytań, na które nie sposób znaleźć odpowiedzi.

Przez całe dzieciństwo na próżno próbował dociec, czemu matka go porzuciła. Od tego czasu przestał łamać sobie głowę nad nierozwiązywalnymi zadaniami. Pojął, że to daremny wysiłek i wyciągnął wnioski z tej gorzkiej lekcji.

– Dość gadania – wymamrotał zmysłowym głosem, otwierając drzwi i ustępując jej z drogi, żeby weszła pierwsza.

Chłodna bryza wpadała przez szereg szklanych drzwi od podłogi do sufitu, otwartych na wyłożone czarno-białymi płytkami patio z ławeczkami. Sypialnia była dwa razy większa niż jej, a spała w ogromnej.

Popatrzyła na imponujące biurko w wydzielonej przestrzeni, ograniczonej z tyłu regałem, a z boku ręcznie robionymi z tekowego drewna z szafkami na dokumenty.

– Czy ty kiedykolwiek przestajesz pracować? – spytała.

– Zaraz się przekonasz – odrzekł z uśmiechem, wodząc po płatku jej ucha i linii warg najpierw opuszką palca, a potem językiem.

Westchnęła błogo i oplotła mu szyję ramionami. Sprawiał, że mimo wysokiego wzrostu i solidnej budowy czuła się przy nim krucha, kobieca i otoczona opieką. Rzeczowa, skupiona na karierze Maude nigdy nie przypuszczała, że żądza potrafi odebrać człowiekowi zdolność logicznego myślenia.

Obsypał jej szyję gorącymi pocałunkami i podprowadził do olbrzymiego łoża. Opadła na miękką, jedwabną narzutę i obserwowała, jak za pomocą pilota zasuwa żaluzje, pogrążając pokój w przytulnym półmroku.

Nie wrócił do niej natychmiast. Postał trochę tyłem do okien, z ręką na zapięciu spodni. Maude kusiło, żeby go ponaglić. Rozbierał się powolutku, a ona nie śmiała mrugnąć, by nic nie stracić z fascynującego widoku. Gdy został w samych bokserkach, gwałtownie zaczerpnęła powietrza.

Choć nigdy nie przemknęło jej przez głowę, że drugi raz na nią spojrzy, Mateo Moreno stał przed nią całkiem nagi. I piękny. Z nieznacznym uśmiechem podszedł do łóżka i stanął tuż przed nią.

– Jeżeli podoba ci się to, co widzisz, dotykaj mnie, gdzie chcesz – zachęcił.

Maude cicho jęknęła. Zamknęła oczy, gdy usłyszała jego śmiech.

– Wszystko mnie w tobie pociąga – wyznał, opadając na materac obok niej.

Odwrócił ją na bok, twarzą do siebie, ale nadal pozostała w ubraniu. Przypuszczała, że celowo daje jej czas na dostosowanie, żeby czuła się przy nim komfortowo i bezpiecznie. Co więcej, nie odczuwała nawet skrępowania. Jak to osiągnął?

– Na przykład co? – spytała.

– Ciało, umysł i poczucie humoru.

– Myślę, że przede wszystkim urok nowości.

– Może ja też jestem dla ciebie nowością.

– Być może.

– To mi przypomina, że znów za dużo gadamy.

– Nie prowadzisz pogawędek w łóżku?

– Z reguły nie. – Wsunął jej rękę pod bluzkę i położył na brzuchu. Gdy drgnęła pod jego dotykiem, stwierdził: – Muszę dodać do listy twoich zalet sposób, w jaki na mnie reagujesz.

– To bardzo egoistyczne podejście.

– Traktuję twoje słowa jak komplement, ale dość gadania. Chcę cię widzieć na mojej pościeli nagą i wspaniałą.

Rozebrał ją powolutku, sztuka po sztuce, całował i pieścił, aż do szczytu rozkoszy. Dał jej trochę odpocząć, zanim sięgnął do szuflady po zabezpieczenie przed spełnieniem wspólnego pragnienia.

Obdarzył ją niewyobrażalną rozkoszą. Gdy opadła na poduszki, wyczerpana i nasycona, zapytał?

– Żałujesz?

– Nie. Kiedy coś postanowię, nie zmieniam zdania.

– Wiem. Dla twojej wiadomości, ja też nie żałuję – odrzekł z uśmiechem.

– Chyba powinnam teraz wrócić do swojego pokoju albo moglibyśmy zejść na dół coś zjeść.

– Dobrze, że nie zasugerowałaś, żeby popracować.

– Uważasz mnie za taką nudziarę? – rzuciła lekkim tonem, ale z nutką rozżalenia.

Dokładała wszelkich starań, żeby nie odgadł, że zbudowała wokół siebie barierę, żeby ukryć swoje kompleksy. Na próżno.

– Absolutnie nie – zaprzeczył z uśmiechem, zakładając jej za ucho kosmyk włosów. – Chociaż chowasz twarz pod profesjonalną maską, widzę pod nią najbardziej fascynującą kobietę, jaką kiedykolwiek poznałem.

– Niczego nie ukrywam – zaprotestowała.

– Czyżby? Moim zdaniem ilekroć wykraczasz poza swoją zwykłą strefę komfortu, wracasz na grunt spraw zawodowych, bo daje ci poczucie bezpieczeństwa. Nie wiem, czy zdajesz sobie z tego sprawę, czy robisz to tylko z nawyku, ale być może właśnie to powstrzymywało cię przed popłynięciem z prądem i zobaczeniem, co z tego wyniknie.

– Właśnie to zrobiłam. I nie mam dość.

– Ja też. A skoro już jesteśmy zaręczeni i życzymy sobie tego samego... może warto kontynuować to, co zaczęliśmy?

Tylko jak długo jeszcze? – myślała Maude, popijając mrożoną kawę w ulicznej kawiarence. Siedzieli obok siebie, obserwując wchodzących i wychodzących ludzi.

Obydwoje włożyli okulary słoneczne. Bez wątpienia zabójczo przystojny Mateo, opalony toskańskim słońcem, wyglądał bardziej światowo niż ona. Przechodnie płci obojga zerkali na niego z zaciekawieniem, jakby próbowali rozpoznać, czy to ktoś sławny zasłonił twarz ciemnymi okularami.

– To najdłuższy okres, jaki od dawna spędziłem poza biurem – wyznał minionej nocy, gdy leżeli w łóżku po miłosnej gorączce.

Przebywali w Toskanii dopiero od dziesięciu dni, co świadczyło o tym, jak mało czasu poświęca na odpoczynek.

Maude odpoczywała wspaniale. Cieszył ją blask słońca i uroki Sieny, rozłożonej wokół średniowiecznego placu, obudowanego urokliwymi, zabytkowymi kamienicami w barwie akwarelowej sepii.

Tego dnia po raz pierwszy robiła zakupy w towarzystwie mężczyzny. Gdy paradowała przed nim w wybranych strojach, patrzył na nią jak na kogoś wyjątkowego, co sprawiało jej ogromną przyjemność.

Gdy spletli palce na stoliku z kutego żelaza też poczuła się wyjątkowa. Jednak znów powróciło pytanie: jak długo jeszcze?

Czekał ich powrót do rzeczywistości. Zgodnie z przewidywaniami media straciły zainteresowanie, gdy sławne osoby popełniły jakieś głupstwa albo wpadły w tarapaty.

Była dziewczyna Matea nadal brylowała na wybiegach i w życiu towarzyskim Los Angeles. Napisała do niego, że kogoś poznała i życzyła mu wszystkiego najlepszego z nową partnerką.

Nawet jeżeli Cassie czekała, aż jej zemsta wyda owoce, odegrana przez nich farsa odniosła pożądany skutek: przestała próbować odzyskać Matea. Będzie się śmiała ostatnia, kiedy zerwą sfingowane zaręczyny.

A jej rodzina… Maude wysłała im kilka zdjęć, ale matka była zajęta ostatnimi przygotowaniami do ślubu syna i zadowolona, że zamiast tyrać po całych dniach, córka wreszcie posłuchała jej rady i znalazła sobie kogoś odpowiedniego.

Faktycznie znalazła dobrego człowieka, tyle że nie na stałe.

– Dam pensa za twoje myśli – wyrwał ją z zadumy głos Matea.

– Myślę o tym, jak tu wspaniale – odrzekła zgodnie z prawdą.

– Nie mów, że nigdy wcześniej nie byłaś we Włoszech. To chyba ulubiony cel podróży angielskiej klasy średniej?

– Jesteś bardzo cyniczny.

– Stare nawyki niełatwo wykorzenić, ale czy mam rację?

– Owszem, bywałam tu, ale krócej i inaczej.

– To znaczy jak?

Nie z facetem, dla którego tracę głowę – pomyślała, a na głos powiedziała:

– Z rodzicami, którzy ganiali nas po zabytkach, żeby jak najwięcej pokazać dorastającym dzieciakom.

Czy naprawdę zaczęła się zakochiwać w notorycznym kobieciarzu? Chyba tak, bo serce mocno jej biło, ale nie potrafiła powiedzieć kiedy i jak. W każdym razie niewątpliwie bez wzajemności. Złamała wszelkie najtwardsze postanowienia, narażając się na ból złamanego serca, bo choć był dżentelmenem, nie zamierzał zakładać rodziny.

Mateo uśmiechnął się, gdy wyobraził sobie dwunastoletnią Maude, włóczoną po kościołach i zmuszoną do oglądania starych pomników.

Nawet nie usłyszała jego komentarza. Jej umysł tworzył kolejne scenariusze, jeden gorszy od drugiego. Czy gdyby wykrył, co do niego czuje, próbowałby się jej pozbyć równie desperacko jak swojej byłej dziewczyny? Wyobraziła sobie, jak umyka chyłkiem w środku nocy i znika bez śladu.

Choć serce jej pękało, przywołała na twarz sztuczny uśmiech, zadowolona, że ciemne okulary zasłaniają oczy.

– Mama chciałaby, żebym wróciła do domu. Potrzebuje pomocy przy organizacji wesela. Chyba pora opuścić ten raj. Gończe psy już zwietrzyły nowe tropy.

– Kiedy chciałabyś wyjechać?

– Może rano, o ile to nie za wcześnie… to znaczy, o ile uważasz, że twoje problemy zostały rozwiązane.

Mateo dokładał wszelkich starań, żeby nie zmarszczyć brwi. Jak łatwo zepsuć wspaniałą chwilę!

Z niechęcią przyznał jej w duchu rację. W Londynie czekało go mnóstwo pracy. Dlaczego więc przeciągał wagary pod toskańskim słońcem?

Przez Maude. Oczarowała go. Powolutku, stopniowo, oplotła go siecią. Uwiodła go i wciągnęła w leniwy, wakacyjny rytm, który mu bardzo odpowiadał, co dopiero w tej chwili go zaniepokoiło.

Chociaż go do niej ciągnęło, instynkt samozachowawczy nakazywał zwiększenie dystansu i powrót do Londynu. Powinien odczuć ulgę, że sama to zasugerowała, ale sprawiła mu przykrość, pewnie dlatego że to on zwykle ustalał reguły. Poza tym trochę go kusiło, żeby jeszcze trochę przedłużyć wagary we Włoszech.

– Po powrocie wzięłabym dwa tygodnie urlopu, żeby pomóc mamie – zasugerowała.

– Chyba doskonale sobie radzi bez ciebie?

– Nigdy wprost nie poprosiłaby o pomoc, co nie znaczy, że chętnie jej nie przyjmie – odpowiedziała w miarę zgodnie z prawdą.

Maude krótko uścisnęła jego dłoń i odwróciła wzrok, czekając na jego decyzję. W jej sercu rozbłysła nikła iskierka zakazanej nadziei, że w obliczu tego ostrożnego ultimatum Mateo zadeklaruje dozgonną miłość i stwierdzi, że nie potrafi bez niej żyć. Ta nadzieja zgasła w ciągu kilku sekund, gdy wyczytała z jego milczenia coś, co zmroziło jej krew w żyłach.

A jeżeli poprosi o przedłużenie romansu? Nie wątpiła, że dobrze mu z nią, tak samo jak jej z nim. I że nie lubi sobie niczego odmawiać. Z jego punktu widzenia stali na równych pozycjach. Wyreżyserowali przedstawienie, które przekształciło się w coś innego. Dlaczego więc nie „popłynąć z prądem", jak zwykł mawiać? Namiętność z czasem wygaśnie, ale zanim to nastąpi, przeżyją miłe chwile bez zobowiązań.

Nic gorszego nie potrafiła sobie wyobrazić. Oddała mu serce na tacy. Nie pozostało jej nic innego, jak wyszarpać je z powrotem, odcierpieć swoje i odczekać, aż ból minie.

Przez dwa tygodnie bez niego zdąży nabrać dystansu. Może poprosić o przeniesienie na inne stanowisko albo złożyć wymówienie i poszukać nowej posady. Istniało wiele możliwości. Tylko jedna nie wchodziła w grę: czekanie na propozycję, którą trudno jej będzie odrzucić. Zanim zdążył otworzyć usta, uprzedziła go:

– Korzystajmy z tego, co tu mamy. To czas dla nas, szalony, ale fascynujący. I niczego nie żałujmy.

– Wyjaśnij, co masz na myśli.

– Myślę, że po powrocie do Londynu najlepiej zakończyć romans. To dla nas tylko zabawa, prawda?

Mateo zdjął jej okulary słoneczne, a swoje zsunął na czoło, żeby popatrzyć prosto w głębię jej błękitnych oczu. Nie zdołał z nich jednak nic wyczytać.

– Czyżbyś mnie porzucała? – spytał łagodnie, niemal żartobliwie, jakby nie dowierzał własnym uszom.

– Nie. Proponuję jedyne rozsądne rozwiązanie, nie sądzisz?

Nie – myślał Mateo. Zraniła go. Sama myśl o tym, że nigdy jej nie dotknie, nie sięgnie po nią w nocy, sprawiała mu ból.

Czasami nad ranem, ciągle w półśnie, nie potrafił rozstrzygnąć, czy tylko śnił, czy naprawdę uprawiali seks. Bez zabezpieczenia.

Zaniepokoiło go, że dopiero teraz o tym pomyślał. Jeszcze bardziej martwiło go, że popadł w niebezpieczne uzależnienie od bliskości Maude, jej śmiechu, słownych utarczek, od błyskotliwej inteligencji połączonej ze starannie ukrywaną wrażliwością. Musiał je zwalczyć.

Klamka zapadła.

– Masz absolutną rację – odpowiedział, nasuwając z powrotem okulary, a jej parę kładąc na stół. Poprosił o rachunek, nie odrywając od niej wzroku. – Z łączenia interesów z przyjemnością nigdy nie wynika nic dobrego.

– Dobrze, że nie zmartwiła cię moja propozycja – odrzekła z chłodnym, niewesołym uśmiechem.

– Zmartwiła? – Roześmiał się krótko. – Chyba mnie z kimś pomyliłaś. Ale co dalej? Wrócisz pomóc zorganizować wesele…

– Na które lepiej, żebyś nie przybył. Nie warto podtrzymywać wizerunku zakochanej pary. Oczywiście fikcyjnego.

Po tych słowach zamilkła na kilka sekund. Policzki jej płonęły.

– Nie sądzisz, że twoich rodziców zaalarmuje nieobecność twojego narzeczonego na tak ważnej uroczystości?

– Bardziej by ich zaniepokoiła twoja nieobecność na naszej ceremonii.

Żart nie zabrzmiał zabawnie.

– Wysłałam im kilka zdjęć, twoich i otoczenia. Zanim stąd wyjedziemy, mogę poprosić kogoś, żeby zrobił nam kilka kolejnych. Skłamię, że wezwały cię obowiązki, a potem…

– Przekroczymy most – dokończył za nią bezbarwnym głosem. – To krótkotrwałe, ale bardzo przyjemne zaręczyny, moja droga. Jutro będzie nowy dzień…

ROZDZIAŁ SIÓDMY

Maude stała przed winnym barem, czekając na przybycie Matea.

Mogła umówić się z nim w biurze albo w jego domu w Chelsea, ale odrzuciła obydwie opcje. W biurze byłoby jej trudno znieść zaciekawione spojrzenia byłych współpracowników. Dom też odpadał, ponieważ pamiętała, jak narzekał, kiedy nachodziła go była dziewczyna. Zresztą przebywanie w jego naturalnym środowisku osłabiłby jej siły obronne.

Dlatego wybrała modny pub w Kensington z częścią gastronomiczną z modnymi, rustykalnymi stolikami i wesołymi krzesłami w różnych kolorach i wzorach. Drugą połowę wyposażono w półokrągły bar, mnóstwo stołków wokół wysokiej lady i kwadratowe stoły i krzesła.

Minęły trzy tygodnie, od kiedy ostatni raz widziała Matea.

Ostatnią noc spędzili razem. Uprawiając z nim seks, uśmiechała się, choć wiedziała, że żegna miejsce, do którego nigdy nie wróci, a które zostawi po sobie trwałą ranę w sercu. Chciała wziąć wszystko: ostatni raz czuć jego nagość, dotyk, widzieć jego reakcje, żeby zachować każdy detal w pamięci.

Rozstali się jak przyjaciele. Maude z uśmiechem na ustach, a on najwyraźniej zadowolony, że wykonała za niego brudną robotę, że nie postawiła go w niezręcznej sytuacji, zmuszając do porzucenia.

Pojechała później do Berkshire, do rodziców. Mogła tam wpadać od czasu do czasu, żeby trochę pomóc, ale postanowiła zostać, żeby stała aktywność oczyściła jej umysł.

– A co z twoją pracą, kochanie? – zapytała któregoś dnia matka, nagle zatroskana o jej karierę, która niegdyś tak bardzo ją martwiła.

– Wzięłam urlop – wyjaśniła krótko. – Zresztą Mateo wyjechał, najprawdopodobniej prawie na cały miesiąc. Załatwia jakiś ważny kontrakt na Dalekim Wschodzie. To globtroter, wiecznie w rozjazdach, szczerze mówiąc, bynajmniej nie ideał.

W ten sposób zapowiedziała jego nieobecność na weselu. Ponieważ wszyscy mieli ręce pełne roboty, zdołała uniknąć kłopotliwych pytań. W każdym razie przygotowała grunt. Amy spytała ją mimochodem o pierścionek zaręczynowy.

– Oczywiście w dzisiejszych czasach nikt nie przywiązuje wagi do takich drobiazgów – dodała pospiesznie.

Maude zrobiła smutną minę i wyraziła wątpliwość, czy dobrze wybrała.

– Potrzebuję partnera przy sobie, a nie kogoś, kto poślubił swoją pracę – wyznała zgodnie z prawdą. – Czasami to, co się dobrze zaczyna, w zetknięciu z rzeczywistością obraca się w popiół i zgliszcza.

Amy była zbyt zajęta, by drążyć głębiej, ale ziarno zostało zasiane. Nic innego jej nie pozostało, ale nie wyrzuciła Matea z serca i pamięci.

Ciężko przeżyła dzień ceremonii ślubnej. Widok zakochanej młodej pary boleśnie przypominał jej własne niespełnione marzenie o dozgonnej, wzajemnej miłości, której nigdy nie zazna, bo pokochała człowieka niezdolnego ją dać.

Zaraz po weselu wróciła do Londynu, napisała do działu kadr i złożyła wymówienie przez internet, nie pytając Matea o zdanie.

Czy jeszcze chociaż raz o niej pomyślał?

Napisał do niej w dniu ślubu jej brata, że ma nadzieję, że wszystko dobrze poszło. Przysłał nowożeńcom w prezencie ślubnym nieprzyzwoicie drogi zestaw walizek, przepraszając za nieobecność.

Odpowiedziała, że planuje złożyć wymówienie i że tak będzie najlepiej. Wyraziła przypuszczenie, że ucieszy go wiadomość, że przygotowała grunt pod zerwanie rzekomego narzeczeństwa. Dołączyła emotikon z buźką, figlarnie mrużącą oczko.

Tłumaczyła sobie, że kiedyś dojdzie do siebie, że czas leczy rany, również złamanych serc.

Nic nie przygotowało jej na nieprzewidziane komplikacje.

Prawie nie zwróciła uwagi na opóźnioną miesiączkę, choć do tej pory miesiączkowała regularnie jak w zegarku.

Kiedy wreszcie kupiła test ciążowy, przeżyła szok na widok delikatnej kreski, wskazującej na dodatni wynik. Zamiast spędzić pierwszy tydzień po powrocie do Londynu na szukaniu nowej posady, zrobiła jeszcze trzy testy. Na każdy pozytywny wynik patrzyła z takim samym zdumieniem jak na pierwszy.

W końcu zrobiła to, co należy: napisała do Matea i poprosiła o spotkanie, właśnie tu, w publicznym miejscu, niezbyt zatłoczonym, ale i nie za cichym.

Trzy tygodnie temu zostawiła za sobą jasne, słoneczne niebo. Tu z szarych chmur siąpiła mżawka. Nadal było ciepło, ale nie na tyle, żeby nosić letnie sukienki. Wcisnęła je do walizki w kredensie, żeby nie przypominały jej Toskanii.

Włożyła spodnie, tenisówki, podkoszulek z krótkimi rękawami i skafander. Niezbyt szykowny strój, ale nie myślała o tym, gdy brała głęboki oddech i wkraczała do środka, żeby spotkać Matea.

Mateo nie uświadamiał sobie, jak wielkie wrażenie zrobiła na nim niespodziewana propozycja spotkania z Maude, póki jej nie zobaczył.

Minęły trzy tygodnie. Mógłby bez trudu przeliczyć je na minuty i sekundy, co go martwiło, bo świadczyło o emocjonalnej słabości, jakiej nie uznawał.

Porzuciła go. Nigdy wcześniej nie został porzucony.

Odeszła i ponownie na niego nie spojrzała, a on nie potrafił wyrzucić jej z pamięci. Dlaczego? Czy dlatego, że uraziła jego męską dumę? Nie uważał się za tak małostkowego, ale istniało tylko jedno alternatywne wyjaśnienie, którego nie przyjmował do wiadomości: że za nią tęsknił. Przywykł do jej obecności. Nie odpowiadała mu już samotność w pustym łóżku. Otworzyła mu oczy na radość spania obok drugiej osoby. Gdy zniknęła, zabrała tę radość ze sobą…

Skupił całą energię na pracy. Potem wyjechał z kraju, żeby nadal pracować, ale po raz pierwszy w życiu niezawodny sposób nie zadziałał.

A potem napisała do niego z prośbą o spotkanie.

Miała czas na przemyślenie. Musiała sobie uświadomić, jak dobrze im było razem. Inny powód nie przyszedł mu do głowy. Nie stanął jej na drodze, kiedy zrezygnowała z posady. Nie zażądał, żeby dopracowała do końca okresu wymówienia. Dał jej wspaniałe referencje. Przypuszczał, że niektórzy będą go podejrzewać o stronniczość, ponieważ uchodzili za zakochaną parę, ale cudze opinie nigdy nie wpływały na jego postępowanie.

Wszystko wskazywało na to, że chciała kontynuować romans, co budziło w nim mieszane uczucia. Z jednej strony pragnął, żeby wróciła. Dlaczego nie? Zawsze lepiej, jak namiętność stopniowo wygasa w naturalny sposób. Inaczej pozostawia po sobie bolesny niedosyt. Niepokoiło go jednak, że zbyt głęboko zapadła mu w serce. Musiałby jasno wyłożyć swoje zasady. Nie szukał długotrwałego związku i nic tego nie zmieniło.

Wszystkie te myśli mknęły mu przez głowę, gdy czytał jej krótką, konkretną wiadomość, gdzie i kiedy proponuje spotkanie.

Po raz pierwszy od tygodni był... zadowolony.

Teraz, kiedy obserwował, jak marszczy brwi, próbując go zlokalizować, czekał niecierpliwie, aż do niego podejdzie.

Jakże mu brakowało tych krągłych kształtów, ciężaru obfitych piersi w jego dużych dłoniach... i całej Maude.

Włożyła sportowy strój, z jakiego zrezygnowała we Włoszech. Nagle z niewiadomych powodów przestał mu przeszkadzać. Im mniej spojrzeń przyciągała, tym lepiej dla niego. Niemal rozśmieszyła go jego własna, staromodna zaborczość. Od kiedy to został męskim szowinistą? To przecież nie w jego stylu.

Gdy do niej pomachał, wyczytał wahanie z jej twarzy, zanim podeszła do jego niskiego stolika w barowej części lokalu.

Z wyprzedzeniem zamówił wyborne czerwone wino, wprawdzie nie z własnej winnicy, ale z tego samego regionu. Chętnie by wysłuchał opinii Maude na jego temat. Jak na osobę, nieprzepadającą za alkoholem, w Toskanii odkrył, że ma wrażliwe podniebienie.

Wstał, żeby ją powitać. Przypomniał sobie, że choć stoją na tym samym gruncie, musi jasno ustalić granice, przede wszystkim dla siebie, żeby nie stracić kontroli nad sobą.

Gdy Maude stanęła przy nim, ogarnęły ją wątpliwości, czy słusznie postąpiła, prosząc o spotkanie.

– Cześć – rzuciła krótko.

– Czy wolisz, żebyśmy przeszli do części gastronomicznej? Jesteś głodna? – zapytał.

– Nie, dziękuję. Nie zostanę tu długo.

– Nie ma powodu do pośpiechu. Wygospodarowałem dla ciebie dużo czasu – zapewnił z tym zniewalającym uśmiechem, od którego miękły jej kolana.

Gdy kelner nalał im wina, zamówił hiszpańskie przekąski na świeżym pieczywie o nazwie tapas. Odczekał, aż zostawi ich samych, zanim ponownie przemówił:

– Wyglądasz na skrępowaną. Zupełnie niepotrzebnie. Cieszę się, że do mnie wróciłaś. Ja też o tobie myślałem. Brakowało mi naszych wspólnych gorących nocy. I dni. Odkryłem, że puste łóżko jest dla mnie za duże bez kobiety, z którą powinienem je dzielić. Pragniemy tego samego. Myślę, że obydwoje możemy uczciwie przyznać, że rozstanie wprawdzie wyglądało dobrze w teorii, ale fatalnie w praktyce.

– Hm…

– Przyznaję, że po raz pierwszy w życiu wracam do partnerki. Kiedy coś kończę, to definitywnie, zwłaszcza gdy to druga strona ze mną zrywa. Nie wiem tego na pewno, bo nigdy wcześniej nikt mnie nie zostawił.

– Nie wątpię – wtrąciła Maude uprzejmie.

– Ale ponieważ to mój pierwszy raz. Nie chciałbym, żebyś sobie zbyt wiele wyobrażała. Łączył nas tylko romans, nic więcej. Mam wielką ochotę go kontynuować.

– Rozumiem. Jasno dajesz do zrozumienia, że to tylko krótkotrwała, erotyczna przygoda bez większego znaczenia.

Mateo zmarszczył brwi i zmienił pozycję. Opróżnił kieliszek, podczas gdy Maude nie tknęła swojego. Poprzestała na wodzie mineralnej. Całkowicie skupiony na wykładaniu ustalonych przez siebie zasad, ledwie zauważył nadejście kelnera z zamówionymi przekąskami.

Dopiero teraz uświadomił sobie, że Maude niewiele mówiła i nie wykazała spodziewanego entuzjazmu. Dlaczego? Przecież jej nie odtrącał. Wręcz przeciwnie. Nie pozostawił wątpliwości, że pragnie kontynuacji romansu równie mocno jak ona.

– Nie ująłbym tego w ten sposób – zaprotestował.

Maude wzruszyła ramionami.

– Nie przyszłam tu po to, żeby cię odzyskać.

– Co takiego? Powtórz, proszę.

Maude napotkała jego zdumione spojrzenie. Szybko zrozumiała, dlaczego nie wierzył własnym uszom. Nie musiała przez czterdzieści minut wysłuchiwać, że pragnie do niej wrócić, ale jego słowa sprawiły jej zbyt wielką przyjemność, by wyprowadzić go z błędu, mimo że nie zadeklarował miłości. Mimo to jego schrypnięty głos przypominał jej najpiękniejsze chwile, kiedy czuła, że naprawdę żyje. Zwyczajna, ludzka słabość kazała jej zbierać te okruchy wspomnień, żeby zatrzymać je przy sobie jeszcze przez chwilę.

– Mateo, jestem w ciąży – oznajmiła, po czym obserwowała, jak krew odpływa mu z twarzy.

– Co takiego?

– Oczekuję dziecka.

Mateo przeczesał palcami włosy. Na kilka sekund odwrócił głowę i patrzył niewidzącym wzrokiem na bar jak człowiek szukający drogi wyjścia z koszmaru.

Współczuła mu. Od początku wiedziała, że przeżyje wstrząs, ale ani przez chwilę nie rozważała zatajenia przed nim tej informacji. Tylko od niego zależało, jak ją przyjmie, ale musiała jak najszybciej uświadomić go, że nie zamierza namieszać w jego życiu.

– Jak to możliwe? Przecież uważałem…

– Nie zawsze. Kilka razy nad ranem uprawialiśmy seks bez zabezpieczenia. Nie notowałam dat, ale dam głowę, że pamiętasz.

– Myślałem, że to sen… raz i drugi... niemożliwe… – mamrotał bezładnie.

– Przyszłam tutaj, ponieważ uważałam, że należy tak postąpić, a nie dlatego, żebym czegoś od ciebie chciała.

Mateo popatrzył na nią z bezgranicznym zdumieniem. Nie planował ojcostwa, przeżył szok, ale wiadomość, że zostanie ojcem przewróciła nie tylko jego świat, ale i sposób myślenia do góry nogami.

– Nie nadążam za tobą.

– Nie potrzebuję ratunku i nic mi nie jesteś winien – wyjaśniła Maude. – Nie obwiniam ani ciebie, ani siebie. W szale namiętności ludzie nie myślą logicznie, co czasami przynosi niespodziewane konsekwencje.

– Nie wierzę własnym uszom. Kiedy to odkryłaś?

– Przed tygodniem.

– Dlaczego od razu mnie nie zawiadomiłaś?

– Musiałam dojść do siebie. Nie tylko ty przeżyłeś wstrząs.

– Racja – przyznał z ociąganiem. – Rozumiem.

– Usiłuję ci wytłumaczyć, że nie potrzebuję twojego wsparcia. Sama dam sobie radę, finansowo i emocjonalnie. Wychowam to dziecko z miłością.

– Niewiarygodne!

– Ile razy mam ci powtarzać, że błędy się zdarzają? – spytała z rosnącym zniecierpliwieniem.

– Nie o to chodzi. Trudno mi uwierzyć, że uważasz mnie za kogoś, kto próbowałby uniknąć odpowiedzialności za własne dziecko, planowane czy nie.

Maude poczerwieniała.

– No cóż… oczywiście przypuszczam, że zechcesz aktywnie uczestniczyć w jego lub jej życiu…

– Bardzo szlachetnie z twojej strony – wpadł jej w słowo.

– Nie musisz ze mnie kpić.

Matco nadal był zaszokowany, ale szok stopniowo ustępował miejsca akceptacji nowej rzeczywistości.

– Mam powody – odparł lodowatym tonem. – Najpierw rzucasz bombę, a potem jednym tchem stwierdzasz, że nie spodziewasz się ode mnie niczego. Co sobie wyobrażałaś? Że zniknę ze sceny i zostawię cię w spokoju, kiedy już oczyścisz swoje sumienie?

– Oczywiście, że nie.

– Czy poinformowałaś rodziców?

– Nie. Jak już mówiłam, sama musiałam ochłonąć.

– To dobrze.

– Dlaczego?

Maude nie potrafiła oderwać od niego wzroku. Zwątpiła, czy kiedykolwiek przestanie ją do niego ciągnąć. Czy na tym polega miłość? Na nieopisanej przyjemności, a potem straszliwym bólu? Zamrugała powiekami, żeby powstrzymać napływające do oczu łzy.

– Powiemy im razem – oświadczył Mateo. – Zważywszy, że jesteśmy zaręczeni, nie zaszokujemy ich.

– Ależ nie jesteśmy!

– Tylko od ciebie zależy, kiedy do nich pojedziemy. Przypuszczam, że oszaleją z radości, gdy usłyszą, że czeka ich następne wesele w rodzinie. Im wcześniej tym lepiej.

– Co takiego?

– Przyszłaś tu, żeby udzielić mi zezwolenia na zniknięcie z twojego życia. Taka opcja nie wchodzi w grę. Weźmiemy ślub. – Uniósł kieliszek, patrząc jej prosto w oczy. – To okazja na toast. Z braku szampana wzniosę go winem, a ty wodą mineralną.

Maude straciła wątek.

– Przed chwilą jasno wyłożyłeś, że interesuje cię tylko seks bez zobowiązań, żebym nie robiła sobie złudzeń, co do przyszłości…

– Zanim poinformowałaś mnie, że oczekujesz mojego dziecka.

– Już zadeklarowałam, że nie będę ci z nim bronić kontaktu. Jeżeli zechcesz łożyć na jego utrzymanie…

– Nie mówimy o akcji dobroczynnej, Maude! – wpadł jej w słowo z wściekłością. – Wprawdzie nigdy nie myślałem o założeniu rodziny, ale w obecnej sytuacji to jedyne rozsądne rozwiązanie.

– Moim zdaniem nie.

– Dlaczego? – zapytał z autentycznym zdumieniem.

– Bo się nie kochamy.

To zdanie z trudem przeszło jej przez usta, ponieważ nie zawierało całej prawdy. Jej serce wypełniała miłość.

– Tu nie chodzi o nas, Maude.

– Nic z tego nie wyjdzie. Obserwuję moich rodziców i widzę, jak się kochają. Gdyby zawarli małżeństwo z rozsądku, nie przetrwałoby próby czasu. Przy najlepszej woli potrzeba czegoś więcej niż dziecko, żeby scementować związek. Daję ci wyjście, Mateo. Możesz nadal prowadzić życie, jakie ci odpowiada, spotykać się, z kim chcesz, i uczestniczyć w wychowaniu naszej córeczki lub synka w takim stopniu, jaki uznasz za stosowny. Nie rozumiem, dlaczego uważasz takie rozwiązanie za odrażające.

– Dorastałaś przy obojgu rodzicach. Pomyśl o tych, którzy nie mieli takiego luksusu, o tych, którzy zazdrościli takim jak ty. Chcę dać naszemu dziecku to, czego mnie brakowało. Miłość jest jak wygrana na loterii. Ludzie wierzą w magię, która rzadko komu się przydarza. Potem się rozwodzą, zamiast zaakceptować bardziej prozaiczną, ale opartą na solidniejszych podstawach rzeczywistość. Lubimy się, szanujemy. To w zupełności wystarczy, żeby stworzyć stabilny związek.

– Oczekuję od małżeństwa znacznie więcej, Mateo – odpowiedziała, choć jego argumenty trafiły jej do przekonania.

Zawsze wiązała małżeństwo z miłością. Czy nie myślała racjonalnie? Z jego punktu widzenia wychowanie przez dwoje rodziców zawsze będzie lepsze niż przez jednego, bo żył w cieniu porzucenia przez matkę. Dlatego mieli odmienne marzenia.

– Czego oczekujesz? Powiedz – ponaglił.

– Nawet gdybym postanowiła poświęcić życie w małżeństwie bez miłości…

– Na Boga, Maude! Poświęcić?

– No, może trochę przesadziłam…

– Grubo!

– Ale wiesz, co mam na myśli.

– Co poza sympatią, szacunkiem i fantastycznym seksem? Bo musisz przyznać, że dobrze nam ze sobą w łóżku. Czego ci jeszcze brakuje do wyimaginowanego ideału?

Schrypnięty głos, jakim przypomniał o tym, co usilnie próbowała przez ostatnie tygodnie wyrzucić z pamięci, wywołał niekontrolowaną fizyczną reakcję. Policzki jej płonęły, piersi nabrzmiały, a sutki stwardniały. Właśnie dlatego nie mogła za niego wyjść, że miłość czyniła ją bezbronną.

Gdyby zawarli układ z rozsądku, miałby szansę na przetrwanie. Tylko czy ona by przetrwała? Jak zdołałaby ukrywać dzień po dniu, tydzień po tygodniu, rok po roku, że go kocha, podczas gdy on zaledwie ją lubi? Czy w którymś momencie nie wpadłaby w rozpacz prowadzącą do rozwodu, kiedy ich synek lub córeczka podrośnie i będzie bardziej cierpieć z powodu rozpadu rodziny?

Takie myśli krążyły jej po głowie jak złośliwe insekty. Objęła głowę rękami na kilka sekund. Gdy podniosła wzrok na Matea, dostrzegła w jego oczach nagłą troskę.

– Stres ci nie służy – przypomniał.

– Przeżyję. Musimy przeprowadzić tę dyskusję. Pytałeś, czego jeszcze wymagam. Otóż wierności. Namiętność nie trwa wiecznie. Co zrobisz, kiedy wygaśnie? Czy poszukasz jej gdzie indziej? Nie tolerowałabym zdrady.

– Daję słowo, że będę ci stuprocentowo wierny. Zakładasz, że mi się znudzisz, ale może to ty pierwsza będziesz znudzona albo to, co nas połączyło we Włoszech, przetrwa dłużej, niż przewidujemy.

Niemal ją przekonał. Czy dobro dziecka nie jest najważniejsze? Przypomniała sobie jednak wzajemną czułość rodziców, żarty, sposób, w jaki nadal trzymali się za rękę. Tych prostych gestów nie sposób powtórzyć bez miłości, w małżeństwie z rozsądku. Dziecko zasługuje na kochającą się wzajemnie rodzinę, nie na bezduszną umowę dwojga uprzejmych dorosłych, jakkolwiek Mateo zechce ją nazwać. W tej drugiej wcześniej czy później rozgoryczenie dojdzie do głosu, choćby w to nie wierzył.

– Czy wyjdziesz za mnie, Maude? – ponaglił Mateo.

Popatrzyła mu w oczy i odrzekła łagodnie:

– Nie, Mateo. Nie mogę.

ROZDZIAŁ ÓSMY

Pięć dni później Mateo podjechał sportowym samochodem, żeby zabrać Maude z jej domu.

Od dnia spotkania w barze nie wrócili do tematu małżeństwa. Raz się oświadczył, raz spróbował ją przekonać, raz został odtrącony i dał jej spokój.

Czy była zadowolona? Oczywiście, że tak. Nie chciała zostać zmuszona do zawarcia związku, który na dłuższą metę nie miałby sensu.

Mimo wszystko rozczarował ją jego pospieszny odwrót. Prawdopodobnie, gdy oczyścił sumienie, odetchnął z ulgą. Postąpił honorowo i to nie jego wina, że nie przyjęła oświadczyn.

Dzwonił do niej codziennie. Pytał, jak spędziła dzień i czy czegoś nie potrzebuje. Wiedziała, że czeka ich zasadnicza rozmowa, ale odłożyła ją na później. Postanowiła wykorzystać jego ponowne pojawienie się na uporządkowanie najpilniejszych spraw. Ustalili, że razem pojadą do rodziców.

– Wprawdzie nie wyjdę za ciebie – oznajmiła pięć dni wcześniej – ale dobrze, żebyś pojechał ze mną, oznajmić im wiadomość. Wyjaśnimy, że lepiej, jak zostaniemy przyjaciółmi, ale obydwoje pozostaniemy związani z naszym dzieckiem.

Mateo umknął wzrokiem w bok z nieprzeniknionym wyrazem twarzy i skinął głową. Ustalili, że odwiedzą jej rodziców wkrótce po ich powrocie z trzytygodniowych wakacji, na które wyjechali zaraz po ślubie Nicka z Amy.

– Twój tata jest niemożliwy – chichotała jej matka w słuchawkę dwa dni po weselu. – Po prostu poszedł i zarezerwował wyjazd. Stwierdził, że potrzebuję odpoczynku po stresie związanym z organizacją uroczystości. Lecimy na Karaiby. Mówi, że najwyższy czas, żeby zobaczył żonę w bikini i zostawił komu innemu obsługę. Znasz swojego ojca. To niepoprawny romantyk.

Maude stwierdziła, że to doskonała okazja do praktycznych ustaleń, które nadal pozostały do przedyskutowania. Zyskała też czas na dojście do siebie i spojrzenie w przyszłość bez oporów czy przerażenia. Doszła do wniosku, że powinna docenić błogosławieństwa takie jak wspierająca rodzina i deklaracja Matea, że będzie aktywnie uczestniczył w życiu swego potomka.

Usiłowała przywyknąć do radykalnych zmian w swoim życiu. Codzienne telefony od Matea dały jej nadzieję, że jej oszalałe serce odzyska spokój przed ponownym spotkaniem. Liczyła na to, że nie nastąpi ono przed powrotem rodziców. Skoro ona potrzebowała czasu na uporządkowanie myśli, to Mateo chyba też.

Próżne nadzieje.

Poprzedniego wieczora zadzwonił, że następnego dnia po nią przyjedzie.

– Około czwartej. I nie pytaj, dokąd cię zabiorę. To niespodzianka.

– Nie sądzisz, że miałam ostatnio dość niespodzianek, żeby wypełnić całe życie?

Śmiech z drugiej strony przypomniał jej najpiękniejsze chwile we Włoszech.

Teraz, obserwując ruchliwe ulice poniżej wynajętego mieszkania, dostrzegła czarne ferrari i serce jej mocniej zabiło. Przez kilka zakazanych sekund śledziła zwinne ruchy Matea, gdy wysiadał i podążał ku frontowym drzwiom. Przybył, ubrany w czerń. Czarne dżinsy i koszula z długimi rękawami podkreślały każdy mięsień.

Gdy domofon zabrzęczał, zerknęła w lustro, chwyciła plecak i przeczesała palcami włosy. Włożyła dżinsy, kolorowy sweter w paski i tenisówki. Brzuch jeszcze nie zaczął rosnąć, ale ciekawiło ją, co Mateo pomyśli, gdy będzie wyglądać jak balon.

Przed otwarciem drzwi wzięła głęboki oddech dla uspokojenia nerwów. Mimo to musiała sobie przypomnieć, żeby mówić normalnym głosem, gdy na jego widok odebrało jej mowę.

Wyglądał oszałamiająco. Lekki, chłodny wiatr rozwiał mu włosy. Z nieogoloną żuchwą wyglądał jeszcze bardziej atrakcyjnie.

– Gotowa? – sprowadziło ją na ziemię jego pytanie.

– Dokąd jedziemy?

– Już mówiłem, że to niespodzianka.

Obszedł auto, otworzył dla niej drzwi, odczekał, aż zajmie miejsce i dopiero opadł na skórzany fotel.

– Doszedłem do wniosku, że skoro Mahomet nie przyszedł do góry, to góra musi przyjść do Mahometa.

– Co to ma znaczyć?

– Że jeszcze na poważnie nie dyskutowaliśmy o przyszłości. Jeżeli czegoś nie zrobię, będę codziennie dzwonił, daremnie czekając na twoją inicjatywę – odparł z uśmieszkiem rozbawienia.

Maude poczerwieniała.

– To nieprawda. Myślałam, że potrzebujesz trochę czasu na uporządkowanie myśli.

– Bardzo szlachetnie z twojej strony, ale już je uporządkowałem.

Maude niepomiernie drażniło, że uparcie odmawia informacji, dokąd ją zabiera.

Nie naciskała jednak, a Mateo posiadał zdolności dyplomatyczne. Wolał przyjacielskie stosunki niż wojnę, z której nic dobrego by nie wynikło. Nigdy nie potrafiłby jej dać jedynej wielkiej rzeczy, na której jej naprawdę zależało.

Skręcił w wąską uliczkę. Maude stwierdziła, że wywozi ją z miasta, ale nie w kierunku domu rodziców. Skierował auto w serię wąskich dróg prowadzących przez wioski, których nie rozpoznawała.

– Zżera cię ciekawość, prawda? – raczej stwierdził, niż zapytał, bo zaraz skupił uwagę na licznych zakrętach.

– Mam nadzieję, że jestem odpowiednio ubrana do jakiejkolwiek restauracji.

– Dlaczego sądzisz, że zapraszam cię na posiłek?

– A gdzieżby indziej? – Maude westchnęła. – Jak sam przypomniałeś, trzeba omówić ważne sprawy. Przypuszczam, że wybrałeś jakieś spokojne miejsce, gdzie można słyszeć własne myśli.

– Londyn jest okropnie hałaśliwy… zatłoczony i zanieczyszczony. Nie jedziemy do żadnej restauracji, aczkolwiek w pewnym momencie będziemy musieli coś zjeść.

– W takim razie dokąd?

– Zaczekaj dziesięć minut, a sama zobaczysz.

Maude zafascynowała ta tajemnicza podróż. Z przyjemnością oglądała zielone drzewa z polami w tle, jeszcze jedno spokojne miasteczko z ładnym placem i stawem na jego środku, białymi domkami wokoło i dominującą bryłą kościoła.

– Nigdy tu wcześniej nie byłam – stwierdziła.

– Myślałam, że zwiedziłaś tę część świata podczas wypadów z rodziną.

– Ślicznie tu.

– Miło to słyszeć.

Wyjechali z centrum i za dziesięć minut dotarli do różowej chaty z łukowatym stropem górnego piętra i oknami z matowego szkła, oprawionego w ołów. Ze wszystkich stron rosły drzewa owocowe. Ogród otaczał niski murek z cegieł, za którym posadzono żywopłot.

Maude wysiadła z samochodu i przez kilka sekund podziwiała posiadłość.

– Co mi pokazujesz, Mateo? – spytała.

– Ostatni zakup, jeszcze nie sfinalizowany, ale jak dotąd nie widzę przeszkód. Chodź, powiesz mi, co o nim myślisz.

Otworzył kluczem drzwi do obszernego holu z kamiennym portalem, mnóstwem pomieszczeń ze wszystkich stron i krótką klatką schodową na górę.

Wnętrze wypełniał zapach stęchlizny, jakby od dawna nikt tu nie mieszkał. Wprawne oko Maude natychmiast wychwyciło oznaki zaniedbania: złuszczoną farbę czy zapadnięte podłogi. Te mankamenty traciły na znaczeniu wobec uroku całości. Oceniła wymiary jako idealne. Zostawiła Matea, zapominając o jego obecności, i wyruszyła na zwiedzanie.

Wysokie pokoje miały nisze okienne, w których można było usiąść i podziwiać zieleń, słuchając skrzypienia starych podłóg, wymagających pilnej renowacji. Z sześciu sypialni trzy urządzono na parterze w kształcie podkowy, otaczającej z trzech stron mały, wewnętrzny dziedziniec z fontanną i zdziczałymi krzewami róż. Okna pozostałych trzech na piętrze wychodziły na pola z tyłu. Każdy pokój miał własną werandę.

Maude w mgnieniu oka oceniła, jakich nakładów i ile roboty będzie wymagał remont. Po zakończeniu zwiedzania otworzyła drzwi do kuchni z widokiem na warzywnik.

– To szaleństwo, kupować dom w moim guście tylko po to, żeby mnie przekupić.

– Ach! To znaczy, że ci się podoba?

– Doskonale wiesz, że tak. Jest przecudny, ale przesiąknięty wilgocią, a klatka schodowa pamięta lepsze czasy.

– Chciałabyś obejrzeć otoczenie?

Maude skrzyżowała ręce na piersiach i zmusiła się do popatrzenia na niego spode łba.

– O nie, Mateo! Jeżeli przekupstwem próbujesz mnie nakłonić do małżeństwa, to nic z tego!

Mateo posmutniał. Przywykł do zwycięstw, ale przegrywał w tej grze o wielką stawkę. Ogarnęło go poczucie bezradności.

– Bo nie oferuję miłości… – skomentował.

– Przestań.

– Dobrze. Dla twojej wiadomości, nie kupuję tego domu dla ciebie, moja droga.

– Nie?

– Nie. Dla siebie.

Mateo oprowadził Maude po tych miejscach, których nie widziała, wewnątrz i na zewnątrz posiadłości, która okazała się większa, niż na to wyglądała.

Wyraźnie widział, że ją zaszokował. Czy myślała, że pozwoli, żeby przejęła inicjatywę i narzuciła mu swoje plany? Myśl, że zostanie ojcem, nie opuszczała go ani na chwilę i obudziła w nim opiekuńcze instynkty, których istnienia nie podejrzewał.

Ani przez chwilę nie wątpił w swoje ojcostwo. Przede wszystkim pamiętał chwile, kiedy w szale namiętności zlekceważył zasady bezpieczeństwa. Nie widział też powodów do kłamstwa. Maude wyraźnie zadeklarowała, że niczego od niego nie chce. Za wyjątkiem jedynej rzeczy, której nie potrafiłby nikomu dać.

Tylko dlaczego nie widziała, jak wiele oferuje? Nie tylko stabilizację finansową, ale też chęć podporządkowania swojego życia powołanej przez siebie do życia istotce. Jak to możliwe, że nie zdołał jej przekonać, że kiedy na świat przychodzi dziecko, własne preferencje muszą zejść na drugi plan?

Jego ojciec wiele poświęcił, żeby go wychować i zastąpić nieobecną matkę. Dopiero teraz uświadomił sobie, jak wielki wpływ na niego wywarło jej odejście.

Zamknął serce dla miłości. Czy same jego narodziny skłoniły ją do ucieczki? Zdawał sobie sprawę, że to nielogiczne, ale ta myśl, zagrzebana głęboko w podświadomości, sprawiła, że schronił się w stalowej fortecy, chroniącej przed uczuciami i związanym z nimi ryzykiem.

Kiedy Maude poinformowała go o ciąży, odkrył w sobie tęsknotę za wypełnieniem pustki, w której dorastał. Sam nie podjąłby z własnej woli decyzji o założeniu rodziny, ale skoro los zadecydował inaczej, zrobiłby wszystko, żeby jego dziecko dostało to, czego mu brakowało – stabilny dom z dwojgiem rodziców.

Z drugiej strony rozumiał punkt widzenia Maude. Nie wycierpiała tego co on. Nic dziwnego, że nie zadowalała jej propozycja małżeństwa z praktycznych powodów. Dlatego zaproponowała całkiem sensowne rozwiązanie.

Grunt, że będą dzielić rodzicielskie prawa i obowiązki. To już więcej niż sam miał w dzieciństwie. Ich dziecku nie zabraknie miłości. Niestety to mu nie wystarczyło. Gdyby Maude w końcu znalazła swój ideał, jeżeli w ogóle istniał, pozwoliłaby mu najwyżej na odwiedziny raz na dwa tygodnie, a ktoś inny wychowywałby jego córkę lub syna.

Nie zamierzał do tego dopuścić. Nie mógł jej jednak zmusić do małżeństwa wbrew woli. Nie żyli w czasach wiktoriańskich. Dlatego traktował kupno tej chaty jako pierwszy krok do udowodnienia, że może być im razem dobrze.

Wykaże cierpliwość i pozwoli jej dojść do własnych wniosków. Jeżeli nie zmieni zdania, będzie musiał zrezygnować, choć z żalem. Nie zamierzał jednak dawać za wygraną, póki nie zrobi wszystkiego, co w jego mocy.

– Naprawdę kupujesz ten dom dla siebie? – spytała z niedowierzaniem.

– Tak.

– Jesteś mieszczuchem, Mateo. Naprawdę wierzysz, że będzie ci dobrze na pustkowiu?

– Trasa M4 jest o rzut kamieniem. Zresztą w dzisiejszych czasach wiele można załatwić na odległość. Ciężkie czasy przywiązania do biurka minęły bezpowrotnie.

– Czy kiedykolwiek byłeś przywiązany do biurka?

– Na szczęście ominął mnie ten los.

– Nigdy nie wspomniałeś, że planujesz ten zakup.

Odwróciła się z rękami wspartymi na biodrach, żeby spojrzeć mu w oczy. Nisko wiszący konar jabłoni rzucał na nią mozaikowy cień. Powietrze wokół pachniało zdziczałym sadem: owocami, wilgotną ziemią, liśćmi i naturą.

– Nie przyszło mi do głowy, że powinienem, skoro planujemy żyć osobno – odrzekł z udawanym zdziwieniem i obserwował, jak rumieniec zabarwia jej policzki. – Nie tylko ty ostatnio myślałaś o przyszłości. Ja też.

– Naprawdę?

– Chciałabyś tu jeszcze coś obejrzeć?

– Nie, dziękuję.

Mateo zerknął na zegarek.

– W takim razie zjedzmy coś przed powrotem do Londynu. Tylko nie mów, że chcesz już wracać. Czy ci pasuje, czy nie, musimy ustalić kilka spraw. Proponuję zacząć od dzisiaj. Zrobiłem pierwszy krok, pokazując ci tę nieruchomość.

Czekając na jej protest, spuścił wzrok na płaski jeszcze brzuch. Ten widok nadspodziewanie mocno go poruszył. Zacisnął zęby i przeczesał ręką włosy.

– Chyba masz rację – westchnęła, bezwiednie rzucając ostatnie tęskne spojrzenie na dom, który uznała za doskonały pod każdym względem.

– Wypatrzyłem miły lokal przy skwerku…

– Obejrzałeś miasteczko?

– Jeżeli coś robię, to starannie. Najwspanialsza posiadłość traci urok przy hałaśliwych sąsiadach albo gdy się okaże, że zameldowano tam pół miasta.

Szybko dojechali do centrum. Po drodze wskazywał jej kolejne zalety lokalizacji, w razie gdyby jakieś jej umknęły. Spośród rozmaitych sposobów na osiągniecie wyznaczonych celów uważał perswazję z najbardziej skuteczne narzędzie. Zwrócił jej uwagę, że z chaty można szybko dojść do centrum miasteczka z malowniczymi parkami i bogatym życiem społecznym. Spora liczba prywatnych sklepików i warsztatów stanowiła miłą odmianę od monotonii wielkich sieci handlowych i gastronomicznych.

Mógłby tak ciągnąć dalej, ale uświadomił sobie, że przemawia jak natrętny agent nieruchomości. Zamilkł więc, gdy weszli do wybranej przez niego restauracji, pozwalając jej dokonać własnej oceny.

Trudno było nie polubić tego otoczenia. Stanowiło wzorcowy obrazek angielskiego, targowego miasteczka. Minęli sklep mięsny, rybny i dwa warzywniaki, zamknięte w tym momencie, ale kolorowe szyldy i zadbane fasady obiecywały najwyższą jakość towaru. Kawiarenki też były zamknięte, ale w restauracjach i co najmniej trzech pubach panował ożywiony ruch.

Lokal przy jednej z bocznych uliczek już wypełniali goście. Zaprowadzono ich do stolika na końcu sali i zamówili lekki posiłek.

Wykorzystując ostatnie dni lata, ogród oświetlono latarenkami na stołach i szeregiem rozwieszonych pomiędzy drzewami lampionów. Mateo pogratulował sobie dobrego wyboru.

– Rzeczywiście sprawiłeś mi niespodziankę – przyznała Maude nieśmiało.

– Mam nadzieję, że miłą?

– Jak zdołałeś znaleźć takie miejsce w ciągu kilku dni?

– Zatrudniłem do tego sztab ludzi. Powiedziałem im, czego szukam, że cena nie gra roli, że nie boję się gruntownej renowacji i że zależy mi na czasie – wyjaśnił, podczas gdy kelnerka nalewała jej wody, a jemu wina. – Jako że jeszcze nie zadeklarowałaś, czy zostaniesz w Londynie, stwierdziłem, że potrzebuję otwartej przestrzeni. Stolica to dobre miejsce dla miejskich profesjonalistów, ale rola ojca stawia nowe wymagania, które chętnie spełnię.

– Doskonale. Ja jeszcze nie myślałam…

– Gdzie będziesz wychowywać nasze dziecko?

– Zostało sporo czasu.

– To prawda, ale jak sama widziałaś, chata wymaga mnóstwo pracy. Przewiduję sfinalizowanie transakcji w ciągu kilku tygodni. Ekipa remontowa już czeka, aż podpiszę dokumenty.

– Bardzo skutecznie działasz – podsumowała Maude. – Planujesz się przeprowadzić natychmiast?

– Nie widzę przeszkód. Oczywiście zachowam mieszkanie w centrum Londynu, żeby móc tam mieszkać, kiedy nie będę mógł widzieć dziecka.

– Mówisz tak, jakbym planowała bronić ci do niego dostępu, a to nieprawda – wytknęła z irytacją.

– Przepraszam, że tak to zabrzmiało. W każdym razie ilekroć przyjdzie moja kolej, przyjadę tutaj. Zatrudnię nianię na telefon. Oczywiście sprawdzę, czy aprobujesz mój wybór, chociaż zamierzam zredukować moje godziny pracy, żeby spędzać maksymalnie dużo czasu z synkiem lub córeczką. – Spuścił oczy i zamilkł na chwilę, jakby coś rozważał. W końcu przemówił poważnym tonem: – Mam kilka pomysłów na rozwój regionu. Można wykorzystać tutejsze źródła mineralne, co stworzy możliwość integracji z tutejszą społecznością. Jako samotny ojciec chciałbym prowadzić jakieś życie towarzyskie.

– Słucham?

– Doszedłem do wniosku, że w zmienionych okolicznościach pora skończyć ze swobodą kawalerskiego życia – oświadczył, patrząc jej prosto w oczy.

Maude zamarła ze zgrozy. Wiedziała, że Mateo czeka, aż dokona odpowiednich skojarzeń, ale przypuszczała, że konkluzja jej się nie spodoba.

– Nie po to poinformowałam cię o ciąży, żeby zmusić cię do zmiany stylu życia – przypomniała.

– W takim razie musiałaś sobie wyobrażać, że masz do czynienia z kimś o bardzo elastycznych zasadach moralnych.

– Nieprawda!

– Chętnie korzystałem ze swobody, ponieważ nie planowałem założenia rodziny, ale to nie znaczy, że zamierzam unikać odpowiedzialności. Jak już ci mówiłem, dorastałem w niepełnej rodzinie. Wiem, co to znaczy tęsknić za tym, co mają inni – za dwojgiem rodziców. Co innego rozwód z jakichkolwiek powodów, a zupełnie co innego nie widzieć od najmłodszych lat, jak wygląda prawdziwe życie rodzinne. Podjęłaś decyzję i nie mogę cię zawlec siłą do ołtarza, ale zrobię, co w mojej mocy dla naszego dziecka. To oczywiście oznacza definitywny koniec erotycznych przygód. Znajdę sobie kogoś, z kimś zbuduję przyszłość. Może nie stworzę idealnego związku, ale lepszy niedoskonały niż żaden. W dzisiejszych czasach dzieci dzielą swój czas pomiędzy rodziny ojców i matek, nawiązują więzi z przyrodnimi siostrami i braćmi i życie toczy się dalej.

Maude opadła szczęka, gdy słuchała jego rzeczowej wypowiedzi.

Czego się spodziewała? Czy wyobrażała sobie, że będzie pełnił rolę samotnego ojca, żyjąc jak mnich?

Z własnej woli zrobił pierwszy krok i bez żalu zrezygnował z kawalerskich przyjemności.

Zainwestuje we wspaniały dom z ogrodem i huśtawką w zadbanym sadzie i zintegruje się z miejscową społecznością. Bogaty, przystojny i zainteresowany rozwojem miasta, bez wątpienia zostanie ulubieńcem mieszkańców, zwłaszcza płci żeńskiej. Wolne panie będą stać w kolejce, żeby usidlić przystojnego kawalera pchającego wózek.

Mateo myślał, że Maude szuka wielkiej, dozgonnej miłości, bo nie widział innego powodu odrzucenia oświadczyn. Jemu nie zależało na wzniosłych uczuciach, więc bez trudu znajdzie odpowiednią żonę. Maude nie wątpiła, że zostanie wiernym i dobrym mężem.

– Pobladłaś, Maude – zauważył. – Zjedz coś konkretnego i zmienimy temat na jakiś lżejszy, chociaż w pewnym momencie będziemy musieli do niego powrócić.

Maude napotkała spojrzenie ciemnych oczu i oblizała wargi, niepewna, co dalej nastąpi.

Co zrobiła? Czy mogłaby spokojnie patrzeć, jak ukochany mężczyzna wyklucza ją ze swojego życia? Jak zniosłaby jego małżeństwo z inną?

Co poświęci i czego pozbawi ich dziecko w pogoni za ideałem?

Po pozbawionych cienia romantyzmu oświadczynach wyobraziła sobie nieszczęśliwy związek, okupiony bólem i daremną tęsknotą za tym, czego nie zaoferował. Mateo mimo szlachetnych intencji coraz bardziej rozgoryczony sytuacją, o którą nie zabiegał, czułby się schwytany w pułapkę. W końcu wzajemne pretensje doprowadziłyby do rozwodu.

Stawiła opór, ponieważ uważała, że każdy zasługuje na miłość, a małżeństwo nie powinno być pułapką. Nie dostrzegła innej, lepszej możliwości, którą Mateo przewidział: harmonii, zadowolenia i kto wie, może nie wielkiej miłości, ale jednak odrobiny uczucia? Alternatywa, jaką właśnie przedstawił, zmroziła jej krew w żyłach. Nic dziwnego, że pobladła, kiedy jej wysłuchała.

– Nie! – zaprotestowała przez ściśnięte gardło. – Musimy porozmawiać.

Patrząc w oczy Maude, obserwując grę uczuć na jej twarzy, Mateo pojął, że wygrał. Choć nigdy wcześniej nie planował założenia rodziny, teraz dorósł do tej decyzji.

– Wyjdź za mnie, Maude – poprosił schrypniętym głosem. – Musisz sobie zdawać sprawę, że to najrozsądniejsze rozwiązanie. Uwierz mi, nie mogłabyś sobie wymarzyć lepszego męża ani bardziej oddanego ojca dla naszego dziecka – dodał na koniec, nakrywając jej dłoń swoją.

ROZDZIAŁ DZIEWIĄTY

Maude myślała, że Mateo nigdy nie powtórzy oświadczyn, ale widziała, jak mu błyszczą oczy. Czy wyobraził sobie taki sam scenariusz jak ona? Czy deklarując chęć założenia rodziny z inną, myślał o tym, co by czuł, gdyby ona wyszła za innego? Udowodnił, że zrobi wszystko dla ich dziecka. Czy uświadomił sobie, jak trudno mu będzie zaakceptować ojczyma w jego życiu? Czy przedstawiając taką samą wizję własnej przyszłości, zastosował szantaż moralny, żeby osłabić jej opór, pokazując jej jego przyszłe konsekwencje?

Mógłby powiedzieć jeszcze wiele rzeczy, które prawdopodobnie pomyślał. Jak osądziłoby ją dziecko, gdyby kiedyś dowiedziało się, że mogłoby żyć w pełnej rodzinie, gdyby nie odrzuciła oświadczyn?

Choć uważała roztrząsanie różnych możliwych scenariuszy za bezsensowne, wiedziała, że rodzice by jej nie zrozumieli. Ani nikt inny. Zostałaby zupełnie sama. Nie znalazłaby nikogo innego. Patrzyłaby bezradnie, jak Mateo zastępuje ją kimś innym. Nie miałby żadnych oporów, ponieważ nie potrafił kochać.

Ogarnęła ją rozpacz. Kiedy nieco zelżała, wzięła głęboki oddech i spojrzała mu głęboko w oczy.

– Dlaczego mącisz mi w głowie?

– Bo nic w życiu nie jest proste. Możemy udawać, że zostaniemy najlepszymi przyjaciółmi, zgodnie dzieląc prawa i obowiązki rodzicielskie, kiedy znajdziemy sobie innych partnerów, ale to niemożliwe. Przynajmniej nie z mojej strony.

– Czy to groźba?

– Nie – zaprzeczył łagodnie, ale stanowczo. – Nigdy nie upadnę tak nisko. Uświadamiam ci tylko, że trudno byłoby mi obserwować, jak jakiś obcy człowiek podejmuje decyzje dotyczące mojej córki lub syna.

Mówił szczerze, logicznie i bez owijania w bawełnę. Pokazał jej konkretną wizję, pozbawioną emocjonalnej otoczki.

– Przypuszczam, że mnie też byłoby przykro patrzeć, jak obca kobieta wychowuje moje dziecko – przyznała z ociąganiem.

Wytrzymał jej spojrzenie, po czym spuścił wzrok niżej. Kiedy ponownie przemówił, głos mu lekko drżał:

– Naprawdę cieszy mnie, że w twoim łonie rośnie moje dziecko – wyszeptał schrypniętym głosem, a Maude spłonęła rumieńcem.

Mateo odczuwał głęboką satysfakcję. Już widział obrączkę na palcu Maude i maleństwo, rosnące w jej łonie. Nie przewidział tego, ale nie miał nic przeciwko temu.

– Chodźmy – poprosił.

– Mateo…

W odpowiedzi pogładził ją palcem po policzku i patrzył, jak czerwienieje jak nastolatka. Jakże mu brakowało takich reakcji!

– Tęskniłem za tobą – wyszeptał prawie bez tchu. – A ty za mną?

Rozdarta między pragnieniem zachowania zimnej krwi a prawdomównością Maude tylko energicznie skinęła głową.

Jej serce wypełniała miłość do przyszłego męża.

Nie dotarli z powrotem do Londynu. Mateo wyjechał z miasta z ręką Maude na swoim udzie. Głaskała go tak, że musiał walczyć z narastającą żądzą. Pierwsze dwie wsie nie oferowały noclegu. Za to w trzeciej znaleźli pub z szyldem, reklamującym możliwość zakwaterowania. Błyskawicznie podjęli decyzję. Nie miały dla nich znaczenia małe rozmiary gospody, pokoju czy łóżka.

Ledwie zamknęli za sobą drzwi, Mateo zaczął zrzucać ubranie. Ręce Maude błądziły wszędzie: po torsie, ramionach, brzuchu i niżej. Rozbierał ją pospiesznie, szepcząc schrypniętym z pożądania głosem. Szybko padli na łóżko.

– Już nie potrzebujemy zabezpieczenia. Co za ulga – wyszeptał.

– Racja! Zyskaliśmy pełną swobodę w momencie zajścia w ciążę – zawtórowała mu ze śmiechem.

Mateo ukląkł i pożerał wzrokiem jej nagość.

– Czy w twoim ciele już zaszły jakieś zmiany? – zapytał.

Maude przymknęła oczy. Wprawdzie nie czekało jej bajkowe zakończenie, o jakim skrycie marzyła, ale kiedy ciemne oczy patrzyły na nią z zainteresowaniem i troską, wierzyła, że wszystko będzie dobrze. Zależało mu, jeżeli nie na niej, to w stu procentach na dziecku. Doszła do wniosku, że połowa to zawsze więcej niż nic.

– Moje piersi stały się wrażliwe – wyznała nieśmiało. – I zrezygnowałam z paru rzeczy. Trochę niedobrze mi po kawie.

– Wrażliwe piersi – wymamrotał Mateo, ujmując je w dłonie. – Robią wrażenie większych.

– I jeszcze urosną – zaśmiała się. – Będę wyglądać jak zeppelin!

Mateo serdecznie się roześmiał.

– Nie mogę się doczekać.

Uprawiali seks powoli, z czułością i troską, nadrabiając zaległości, zadowoleni z nowego wymiaru swojego związku.

Mateo sprawił, że czuła się wyjątkowa. Zastanawiała się, czy podświadomie nie próbuje jej udowodnić, że mogą żyć razem szczęśliwie, nawet jeżeli jej nie kocha, tak jak by chciała.

Potem leżeli, wtuleni w siebie, póki jej nie przypomniał, że czeka ich jeszcze jazda do Londynu.

– Albo zostańmy tutaj – zaproponował. – Teraz, kiedy przypomniałaś mi, ile straciłem, mogę tam nie dotrzeć bez kolejnego przystanku.

– Myślę, że damy radę – odpowiedziała.

Rzeczywiście dojechali bez przerwy do jego mieszkania. Jasne drewno, sztuka abstrakcyjna i jasne meble świadczyły o wysokiej pozycji właściciela w społecznej hierarchii.

Zagłębiając stopy w jasnych, miękkich dywanach, Maude pomyślała, że podjął słuszną decyzję o zakupie chaty. Raczkujący niemowlak narobiłby tu sporego bałaganu. W końcu podeszła do Matea, zarzuciła mu ręce na szyję i przytuliła.

– Zapowiedziałeś poważną rozmowę – przypomniała.

– Raczej nie mam nastroju do gadania – odparł, całując ją w czubek nosa.

– Świetnie, bo ja też – odrzekła z promiennym uśmiechem. – Mama i tata wracają za dwa tygodnie. Zaraz po powrocie oznajmimy im nowinę.

Dwa tygodnie później w czasie mżawki podjechali na dziedziniec przed domem jej rodziców. Do tego czasu zdążyli ustalić, gdzie będą mieszkać i jak funkcjonować. I uprawiali seks.

Z pozoru nie mogło być lepiej. Mateo chciał założyć jej obrączkę na palec. I dopiął swego. Pokazał jej wady dzielenia praw rodzicielskich między osobno mieszkających rodziców i wpływu obcych ludzi na wychowanie wspólnego dziecka.

Kupując chatę i zabierając ją do niej, wiedział, że pokocha ją od pierwszego wejrzenia. Odpowiadała jej romantycznej naturze. Konieczność przeprowadzenia gruntownego remontu tylko dodawała jej atrakcyjności. Kiedy oznajmił, że kupił ją dla siebie, żeby tu spędzać czas z dzieckiem, przewidział, że zachwieje jej postanowieniami. Jeszcze bardziej pobudził jej wyobraźnię opisem sielskiego życia z odpowiednią kandydatką na żonę, chętną przejąć rolę matki.

Niemal sam uwierzył w ten scenariusz. Pewnie by go zrealizował, gdyby Maude nie ustąpiła, ale sprawiła mu ogromną radość, przyjmując oświadczyny. Miał chłodny umysł i na chłodno wykalkulował sposób na osiągnięcie celu.

Czemu więc teraz ogarnęło go poczucie niepewności?

– Denerwujesz się? – zapytał, gasząc silnik.

– Dlaczego?

Maude zmarszczyła brwi, ale zaraz przywołała na twarz uśmiech, usiłując przegnać smutek, który towarzyszył jej od momentu przyjęcia oświadczyn.

Nie popełniła błędu. Podjęła właściwą decyzję nie tylko dlatego, że nie wyobrażała sobie, jak zniosłaby związek ukochanego z inną osobą.

Ich dziecko zyska stabilizację, na jaką zasługuje, i nie wątpiła, że Mateo będzie wspaniałym ojcem. Nie ulegało wątpliwości, że zależy mu na dziecku. Poważnie traktował rodzicielstwo, nawet jeżeli nie planował z nią wspólnej przyszłości ani nawet przedłużenia romansu. Choć twierdził, że nadal jej pragnie, zdawała sobie sprawę, że zawsze pozostanie dla niego zobowiązaniem, które podjął z konieczności. Nie widział innego wyjścia jak stworzenie pełnej rodziny, jakiej sam nigdy nie miał.

Spuściła głowę i pożegnała górnolotne, młodzieńcze marzenia. Wkraczała w rzeczywistość, która nigdy nie przestanie jej zasmucać, choćby w kółko powtarzała sobie, że podjęła jedyną słuszną decyzję.

Jej ciało wracało do życia, kiedy jej dotykał dlatego, że go kochała, a nie tylko pożądała.

– Pytałem, czy się denerwujesz przed przekazaniem wiadomości rodzicom – wyrwał ją z niewesołej zadumy głos Matea.

– Nie – zaprzeczyła z uśmiechem, już bardziej szczerym. – Oszaleją ze szczęścia. Nick i Amy też, chociaż mogą trochę zazdrościć, że wcześniej od nich zostaniemy rodzicami.

– Więc dlaczego milczałaś przez całą podróż? Czyżby ogarnęły cię wątpliwości?

– Nie – zaprzeczyła stanowczo. Ujęła jego twarz w dłonie i uśmiechnęła się. Postanowiła bowiem cieszyć się tym, co otrzymała, zamiast żałować tego, czego nigdy nie dostanie.

– Na pewno?

– Oczywiście. A tak z ciekawości, co byś zrobił, gdybym jednak zmieniła zdanie?

– Próbowałbym cię przekonać. Nie ustępuję bez walki.

– I wszystko to dla dobra dziecka?

– Oczywiście. A z jakiego by innego powodu?

– Jasne – wymamrotała, walcząc z napływającymi do oczu łzami.

Wytłumaczyła sobie, że czas wyleczy rany, zatrze ostre kontury i ukaże nową perspektywę.

– Tylko nie mów, że ta sytuacja nie ma swoich zalet…

Ujął ją za nadgarstek i ucałował wrażliwą skórę po wewnętrznej stronie.

Natychmiast rozpalił w niej ogień. Poczerwieniała, oczy jej pociemniały. Mateo pożerał ją wzrokiem.

– Widzę, że myślisz o tym samym co ja. Mógłbym zawrócić samochód i znaleźć nam miły pokój w pobliskim hotelu dziesięć minut drogi stąd. Twoim rodzicom na pewno nie będzie przeszkadzać, jeżeli przyjedziemy godzinę lub dwie później.

– Jesteś niemożliwy! Oczywiście wysłaliby za nami ekipę poszukiwawczą. Wychodziłam ze skóry, żeby ustalić jak najwcześniejszą datę wizyty zaraz po ich powrocie. Na pewno coś podejrzewają. Znając mamę, dam głowę, że wysnuje przeróżne teorie.

Mateo odprężył się. Wreszcie stał na pewnym gruncie. Martwiło go, kiedy wyczuwał w Maude smutek. Podejrzewał, że cierpi w głębi duszy.

– No dobrze, skoro nalegasz – odpowiedział.

Wyszedł z samochodu, okrążył go, otworzył jej drzwi i pomógł wysiąść, co przypomniało jej, jaką rolę obecnie pełni w jego życiu – matki jego dziecka.

Rodzice już czekali. Nie zdążyła nacisnąć przycisku dzwonka, gdy matka stanęła w progu, opalona, ze spłowiałymi od słońca jasnymi włosami i nową, krótszą fryzurą.

Ojciec zza jej pleców powitał ich uśmiechem i wprowadził do środka.

– Mamo, czy słyszałaś kiedyś o kremach z filtrem słonecznym? – upomniała Maude matkę ze śmiechem.

Uścisnęła rodziców i ustąpiła z drogi. Mateo zachowywał się tak, jakby znał ich całe życie. Wyglądał fantastycznie w czarnych dżinsach, bawełnianym podkoszulku i czarnym swetrze i pantoflach.

Pewnej nocy, gdy leżeli spleceni, opowiedział jej o swoim dzieciństwie.

– Dorastałem w ubóstwie – wyznał, głaszcząc ją po włosach, kiedy leżała wtulona w niego jak kotka z głową wspartą o jego ramię. – Miałem tylko jeden wybór – albo handel narkotykami, albo mozolna wspinaczka po drabinie społecznej.

– Czy było ci bardzo ciężko?

– Lżej, niż można przypuszczać. Mój ojciec myślał logicznie. Pojął znaczenie pieniędzy, gdy tylko żona porzuciła go dla kogoś bogatszego. Sam nie doszedł do bogactwa, ale zrobił wszystko, żeby skierować mnie na właściwą drogę.

– Ja miałam łatwiej – westchnęła Maude.

– Nie tak bardzo. Inaczej dawno wyszłabyś za kogoś zamożnego, a twoja kariera polegałaby na prawidłowym składaniu serwetek i nakrywaniu do stołu.

– To stereotyp! – zaprotestowała ze śmiechem, zadowolona, że leży przy tym wspaniałym, pewnym siebie mężczyźnie o niezachwianych zasadach moralnych i silnym poczuciu obowiązku.

Czegokolwiek brakowało mu w dzieciństwie, to na pewno nie oparcia w silnym, mądrym ojcu, który pokazał mu drogę naprzód.

Mateo uśmiechnął się, gdy wyznała szczerze, że żałuje, że nie poznała go wcześniej.

To, co osiągnął, świadczyło o determinacji w dążeniu do wyznaczonych celów takich jak pieniądze, władza i małżeństwo dla uzyskania pełnego dostępu do swojego dziecka.

Maude czuła na sobie jego badawcze spojrzenie, kiedy wprowadzono ich do wielkiej, rodzinnej kuchni.

Jej matka była w swoim żywiole. Żywo gestykulując, opisywała wakacyjny wyjazd. Ojciec uśmiechał się z pobłażaniem i zaoferował im przekąski i napoje. Powtarzał przy tym wyświechtane żarty na temat niewolniczej pracy przy szykowaniu koreczków i sosów, nadal niewyjętych ze sklepowych opakowań.

– Sama bym je zrobiła, ale zabrakło mi czasu – tłumaczyła się Felicity. – Mamy mnóstwo zajęć od naszego powrotu przedwczoraj.

Przeszli do wygodnego i przytulnego pokoju dziennego z miękkimi sofami i szerokim kredensem. Stało na nim mnóstwo fotografii przedstawiających sceny z życia rodzinnego, o jakim Maude marzyła dla siebie.

Mateo stał przy oknie, wsparty o framugę, z kieliszkiem w ręku i nogami skrzyżowanymi w kostkach. Za jego plecami blask zachodzącego słońca zapowiadał coraz krótsze dni nadchodzącej jesieni.

Gdy napotkała jego spojrzenie, czas jakby stanął w miejscu, pozwalając mu zajrzeć w głąb jej duszy i zobaczyć smutek, który nadal jej nie opuszczał.

Felicity sprowadziła ich z powrotem na ziemię, klaszcząc w ręce, jakby przywoływała do porządku cały tłum ludzi.

– Wiemy, że macie nam coś do powiedzenia – oświadczyła z promiennym uśmiechem, po czym zwróciła się do męża: – Prawda, kochanie? Zresztą pewnie już was znudziły wakacyjne wspomnienia.

– Zaczekajcie na wywołanie zdjęć – wtrącił Richard Thornton. – Czeka was powtórka, ale o godzinę dłuższa.

Maude uśmiechnęła się, gdy Mateo usiadł przy niej wygodnie na sofie, tak że ich uda się stykały.

– Nie sądziłam, że ktoś jeszcze w dzisiejszych czasach wywołuje zdjęcia.

– Wiesz, że uwielbiam oprawiać je w ramki. Nie cierpię grzebać za nimi w telefonie – dodała pani Thornton, mrugając porozumiewawczo do Matea.

Mateo odwzajemnił jej uśmiech, zerkając na rozstawione na kredensie rodzinne fotografie. Dałby głowę, że gdyby zwiedził dom, znalazłby jeszcze tuziny kolejnych we wszystkich pokojach. Stanowiły fizyczną manifestację tego, czego mu zawsze brakowało, choć ojciec świetnie go wychował. I tego, co

Maude jej zdaniem poświęciła. Tego, co tylko miłość mogła dać. Zasmuciła go ta myśl.

Kiedy Felicity zdołała już skupić ich uwagę na sobie, przygwoździła ich do miejsc badawczym spojrzeniem.

– Nie mówicie, że spieszyliście tu, żeby jak najszybciej wysłuchać relacji z podróży. Za skarby świata w to nie uwierzę, bo zwykle muszę tu ściągać tę młodą damę na siłę. – Po tych słowach czule położyła dłoń na kolanie męża. – A może zaczekacie, aż Nick z Amy wpadną na kolację? O której, kochanie?

– Za piętnaście minut.

– No to co, zaczekacie?

– Mamo, od kiedy to musiałaś mnie zmuszać do odwiedzin? – zaprotestowała Maude.

– No, może trochę przesadziłam – przeprosiła Felicity i przesłała jej pocałunek.

Zanim Maude zdążyła dojść do głosu, wybawił ją dzwonek u drzwi. Nie zmieniła zdania, ale po jej głowie krążyło mnóstwo pytań.

Czy za trzydzieści lat ona i Mateo będą z dumą prezentować wspólne zdjęcia na wszystkich powierzchniach? Czy będą wyjeżdżać w romantyczne podróże, czy będą prowadzić osobne życie i spać w osobnych pokojach pod jednym dachem wielkiego domu, kupionego za wielkie pieniądze? Czy w ogóle nadal będą mieszkać razem?

Wiedziała, że nie sposób tego przewidzieć, ale wciąż zadawała sobie te pytania, gdy w drzwiach stanęła Amy, a za nią Nick. Obejmował ją w talii, a ona wsparła głowę na jego ramieniu. Oboje uśmiechnięci, wyglądali na bezgranicznie szczęśliwych.

Mateo obserwował zadowoloną, zrelaksowaną rodzinę, zupełnie inną od tej, jaką widział podczas gorączkowych przedślubnych przygotowań. Został z tyłu, gdy Maude wraz z rodzicami podeszła do brata i bratowej.

Nigdy wcześniej nie był zaborczy wobec nikogo. Przypominał samotną wyspę, solidną, potężną i odporną na wstrząsy. Tylko do Cassie miał słabość, choć nigdy nie czuł do niej nic prócz współczucia. Dopiero w chwili, gdy dowiedział się, że zostanie ojcem, uświadomił sobie, że jest gotów zrobić wszystko dla swojego dziecka, łącznie z poślubieniem niespecjalnie zainteresowanej małżeństwem z nim kobiety. Dostał plik kart i wiedział, jak je rozegrać na swoją korzyść.

Jednakże w drodze Maude wyglądała na strapioną. Czy perspektywa wizyty u rodziców uprzytomniła jej, z czego rezygnuje?

Obserwując ją, po raz pierwszy doszedł do wniosku, że w sferze uczuć nic nie bywa czarne albo białe. Tylko on stworzył dla siebie świat, w którym nie było miejsca na odcienie szarości. Kiedy zaproponował Maude małżeństwo, nie wątpił, że podjął jedyną słuszną decyzję. Teraz już nie miał takiej pewności. Gdy widział, jak patrzy na rodzinne fotografie na kredensie, bez słów odgadł jej myśli. I przeżył wstrząs. Gdy przyszli Amy z Nickiem, żywy obraz szczęśliwej miłości, uśmiechała się, uściskała ich, ale coś w niej pękło. Przez niego.

To on dał jej zimną alternatywę sensownego obrazu dwojga dorosłych osób, żyjących osobno, ale kochających małą istotkę, którą przypadkiem powołali do życia. To on przekonał ją, że warto porzucić marzenia o szczęśliwej rodzinie dla dobra dziecka.

Odebrał jej szansę na znalezienie odwzajemnionej miłości, na spełnienie marzeń, które sam dawno porzucił.

Nick i Amy zażądali relacji z wyjazdu. Ponieważ Mateo z Maude już jej wysłuchali, skorzystał z okazji, żeby odciągnąć ją na stronę, gdy wszyscy inni wyruszyli do kuchni, gdzie napoje i przekąski jeszcze stały na stole.

– Ogarnęły cię wątpliwości – stwierdził.

– Nie – odrzekła zgodnie z prawdą.

– Widzę to po twojej minie, Maude.

– Co widzisz, Mateo?

– Że widok rodziców, brata i bratowej zmienił twoje nastawienie. Czy uświadomiłaś sobie, jak wiele tracisz?

– Nieważne – wymamrotała, wbijając wzrok w czubki jego drogich butów, ale zaraz przeniosła spojrzenie z powrotem na jego twarz. – Przyznaję ci rację, że warto zrobić wszystko, żeby zapewnić naszemu maleństwu jak najlepszy start w życie łącznie z…? – Nie dokończyła, bo głos jej się załamał.

– Łącznie z poświęceniem własnej szansy na szczęście i dozgonną miłość z kimś innym?

Maude wzruszyła ramionami. Oczy jej zwilgotniały.

– Nie czas na tego rodzaju dyskusję. Nie rozumiem, po co ją prowadzimy. Podjęłam decyzję, pogodziłam się z nią i nie jestem nieszczęśliwa.

Ale szczęśliwa też nie była. Mogło ją uszczęśliwić tylko to, czego nie mógł jej dać.

– Może to mnie ogarnęły wątpliwości – powiedział półgłosem.

Tym razem to ona zrobiła wielkie oczy i gwałtownie zaczerpnęła powietrza.

Maude przeżyła wstrząs. Pojęła, że błędnie interpretowała deklaracje Matea.

Uważała, że nie potrafi kochać, bo jego serce dawno zamarzło pod warstwami lodu. Czy perspektywa zostania ojcem uświadomiła mu znaczenie miłości? Czy zaproponował jej małżeństwo z rozsądku, zakładając, że ona też go nie kocha, ale w końcu zrozumiał, że uczucia spajają rodzinę? Czy zaakceptowała konieczność poświęcenia własnych marzeń tylko po to, żcby usłyszeć, że przyjął jej punkt widzenia? To przypuszczenie straszliwie bolało.

– Co masz na myśli? – spytała drżącym głoscm.

– Żc powinniśmy wyznać, że odgrywaliśmy przedstawienie, ale akcja wymknęła nam się spod kontroli. Miałaś rację, Maude, że możemy dzielić rodzicielskie obowiązki bez kajdan blokujących drogę do prawdziwego szczęścia z kimś innym…

– Nie przypominam sobie, żebym ujęła to w ten sposób – zaprotestowała niemal bez tchu. – Czyżbyś zdecydował, że jesteś gotów zaraz się zakochać? Twierdziłeś, że to nie dla ciebie – przypomniała na zakończenie z niewesołym śmiechem.

– Przypuszczam, że myślałaś o tym, o czym dyskutowaliśmy. O chacie, o zamieszkaniu poza miastem. Maude, chata należy do ciebie, jeżeli nie masz nic przeciwko temu.

Maude uświadomiła sobie, że nie chce ani chaty, ani niczego innego prócz Matea. Odrzuciła jego pierwsze oświadczyny, bo nie zaoferował spełnienia jej marzeń. Potem nabrała rozsądku, ale za późno.

Posmutniała, gdy porównała swoją przyszłość do życia rodziców i brata, ale dopiero teraz ogarnął ją bezbrzeżny smutek. Niestety nie miała odwrotu.

– Chodźmy do twoich rodziców – zaproponował Mateo. – Najwyższa pora z nimi porozmawiać.

ROZDZIAŁ DZIESIĄTY

Z kuchni dobiegały żarty i śmiechy, radosne odgłosy rodzinnego życia, o jakim Maude na próżno marzyła.

Zdecydowany krok Matea napawał ją przerażeniem, ale co mogła powiedzieć? Że go pokochała i za wszelką cenę pragnie zatrzymać przy sobie? Uwięziłaby go w pułapce właśnie teraz, gdy odkrył nowe możliwości gdzie indziej. Niepotrzebnie poniosła ją duma. Obstawała przy swoim tylko dlatego, że nie złożył idealnej oferty.

Gdy wkroczyli do środka, cztery osoby zwróciły ku nim uśmiechnięte twarze. Musiały wyczuć, że coś ją trapi, bo uśmiechy natychmiast zgasły na ich ustach i zastąpiły je zatroskane spojrzenia.

– W czym problem, kochanie?

Mateo wyszedł przed Maude, ścisnął jej ramię dla dodania otuchy, po czum podsunął jej krzesło. Gdy usiadła, stanął za nią, podczas gdy wszyscy patrzyli na nich w milczeniu.

– Powinniśmy być z wami szczerzy od samego początku – oświadczył.

– W jakiej sprawie?

Mateo zawsze zachowywał zimną krew, ale teraz kontrolowanie emocji przychodziło mu z trudem. Wyczuwał pod palcami napięcie ramion Maude. Nagiął ją do swojej woli, ale smutek w oczach Maude zmienił jego nastawienie.

– Gdy przyjechałem tu pierwszy raz, to nie jako sympatia Maude, jak pozwoliliśmy wam przypuszczać – wyznał szczerze.

– Co ty opowiadasz? Co on mówi, Maude, kochanie? Nic nie rozumiem! – wykrzykiwała Felicity Thornton.

Małżonkowie równocześnie ruszyli ku nim, ramię w ramię, jak zwykle w pełnej harmonii. Nick i Amy stanęli za nimi, równie zaskoczeni jak Felicity i Richard.

Maude i Mateo przemówili równocześnie, ale Maude, słysząc własny histerycznie piskliwy głos, zamilkła.

Mateo wyjaśnił wszystko od początku do końca spokojnym, rzeczowym tonem: zmartwienie Maude, że przyjedzie bez osoby towarzyszącej po rezygnacji kolegi i własne problemy z byłą dziewczyną, która nie przyjmowała rozstania do wiadomości. Zaproponowane przez Maude rozwiązanie uwalniało go od konieczności zastosowania radykalnych środków, żeby ją powstrzymać.

– Wtedy wszystko wydawało się proste – wtrąciła Maude.

Kiedy matka przeprosiła za to, że dopuściła do tego, żeby odczuwała zażenowanie dlatego, że nie poszła spodziewaną drogą, Maude łzy napłynęły do oczu.

– Nie przyszło mi do głowy... – tłumaczyła Felicity. – Wstyd mi, że nie wzięłam pod uwagę twoich uczuć. Mam nadzieję, że potrafisz mi wybaczyć i zrozumieć, że chciałam dla ciebie jak najlepiej.

Mateo zacisnął zęby. Rodzinna miłość, którą widział wokół siebie, boleśnie przypominała o tym, czego mu brakowało. Walczył z przemożną potrzebą zatrzymania Maude przy sobie za wszelką cenę i zbudowania z nią życia, jakie zaplanował. Bez miłości, bo nie był do niej zdolny.

Tylko czy aby na pewno?

Nagły przypływ uczuć odebrał mu mowę na kilka sekund.

Zacisnął rękę na jej ramieniu. Musiał zmobilizować całą siłę woli, żeby rozluźnić uścisk, ale nadal jej dotykał, bo nie potrafił przestać.

Maude i jej matka wzdychały i śmiały się na przemian. Przepraszały za nieporozumienia i tłumaczyły sobie nawzajem, że nie mają one żadnego znaczenia wobec wzajemnej miłości.

W końcu Maude wróciła do odgrywanego przedstawienia. Zauważył, że nie skrytykowała zachowania Cassie, choć to ona wpakowała ich w kłopoty.

– Myślę, że to trochę nadwrażliwa osoba – stwierdziła ostrożnie, gdy wypytywano ją, jak doszło do sfingowanych zaręczyn. – Wygląda na to, że… postanowiła nam trochę dokuczyć.

Serce Matea mocniej zabiło, gdy słuchał wyważonej wypowiedzi inteligentnej, śmiałej, taktownej i wielkodusznej Maude.

Nie szukał związku, tylko krótkotrwałych erotycznych przygód. Od początku dawał to jasno do zrozumienia, jakby nie było to oczywiste. Znała jego historię. Wiedziała, że nie dąży do stabilizacji. Zresztą nie był w jej typie. Sama mu to mówiła w takiej czy innej formie. Z pozoru wszystko powinno być proste. Dlaczego więc serce mu mocno biło, jakby stał nad przepaścią?

– Cassie była jedną z moich największych pomyłek – przyznał, przysuwając krzesło obok Maude.

Nawet na niego nie spojrzała. Jej postawa zdradzała napięcie. Kusiło go, żeby wziąć ją za rękę, ale nie potrafił przewidzieć jej reakcji. Nieprzewidziany rozwój wypadków zmusił ich do wyznania niewygodnej prawdy właśnie tym ludziom, przed którymi niewątpliwie za wszelką cenę chciała ją ukryć.

– Robi wrażenie bardzo mściwej osoby – zauważyła Amy.

– Nie przewidzieliśmy konsekwencji naszego układu – powiedział cicho Mateo, przykuwając uwagę obecnych samym brzmieniem głosu. – Kiedy gruchnęła wieść o zaręczynach, postanowiłem zniknąć wraz z Maude na pewien czas. Mam dom w Toskanii.

– Rezydencję z winnicami dookoła – uściśliła Maude.

– Jedną z wielu w tamtym regionie, dogodnie położoną, z dala od ciekawskich oczu i z możliwością zrobienia interesu. Postanowiłem więc upiec dwie pieczenie na jednym ogniu. To co się wydarzyło, było…

– Nieplanowane – wtrąciła pospiesznie Maude ze wzrokiem wbitym w kuchenny zegar, żeby uniknąć kontaktu wzrokowego z kimkolwiek.

– Ale się zdarzyło – wymamrotał Mateo, zwracając ku niej wzrok. Odetchnął z ulgą, kiedy wreszcie na niego spojrzała.

W tym momencie reszta towarzystwa przestała dla nich istnieć. Maude słyszała, że przysunął do niej krzesło. Wszyscy inni stali, skupiając całą uwagę na nich dwojgu.

– Twierdziłaś, że niczego nie żałujesz – przypomniał Mateo.

– Bo nie żałowałam – przyznała uczciwie.

– A ja powtarzałem jak zdarta płyta, że niczego więcej nie oferuję.

– Nie musisz powtarzać tej mantry – upomniała go Maude. – Dostałam jasną i czytelną wiadomość.

– Nie przewidziałem tylko, że pewnego dnia straci aktualność.

– Co chcesz przez to powiedzieć?

Państwo Thornton wymienili porozumiewawcze spojrzenia. W końcu Felicity przemówiła:

– Myślę, że chcielibyście przez chwilę porozmawiać bez świadków.

Maude otworzyła usta, ale zanim zdążyła zaprzeczyć, Mateo potwierdził, że chętnie zostaliby na chwilę sami.

Wszyscy wyszli w ślad za Felicity, cicho zamykając za sobą drzwi. Maude zwróciła wzrok na Matea, ale zanim zdążyła o cokolwiek zapytać, uciszył ją, kładąc jej palec na ustach.

– Pozwól mi mówić – poprosił. – Trudno mi zacząć, ale muszę to powiedzieć.

– Niekoniecznie. Wszystko już zostało powiedziane. Możemy ich poinformować o ciąży, ale to, co najważniejsze… – Nie zdołała dokończyć, bo głos uwiązł jej w gardle.

– To, co najważniejsze, właśnie się zaczęło, moja kochana.

Ostatnie słowa wywarły na Maude piorunujące wrażenie. Wywołały dreszcz, przyjemny i przerażający równocześnie.

– Wciąż powtarzałem, że nie chcę żadnych zobowiązań. Tobie jednej wyjaśniłem, dlaczego. W tym czasie nie zastanawiałem się, czemu właśnie tobie to wyznałem. Wydawało mi się to całkiem naturalne.

– A ja cię zrozumiałam, Mateo.

– Ale ja nie rozumiem samego siebie. Nie pojmuję, jak mogłem pozwolić, żeby przeszłość zdeterminowała moją przyszłość do tego stopnia, że zamknąłem drzwi dla wszelkiej nadziei na poważny związek. Nigdy nie zadałem sobie tego pytania.

– Nie winię cię. Zostałeś skrzywdzony w dzieciństwie. Na twoim miejscu myślałabym tak samo.

– Zbyt łatwo wybaczasz, Maude – stwierdził, pozwalając sobie na chwilę nakryć jej dłoń swoją. – Nigdy nie rozważałem możliwości pójścia z tobą do łóżka i wiem, że ty też nie. Ale kiedy do tego doszło... nigdy nie przeżyłem czegoś równie wspaniałego. Tłumaczyłem sobie, że to z powodu twojej odmienności od moich poprzednich partnerek.

– Pod jakim względem?

– Nie chodzi o wygląd, tylko o charakter. Nie przepadałem za kobietami z tupetem, a ty bez oporów krytykowałaś każdy niedorzeczny twoim zdaniem pomysł, łącznie z moimi. Wybierałem zgodne i bezkonfliktowe osoby. Kto potrzebuje dodatkowego stresu przy ciągłym nawale pracy? Czas pokazał, jak bardzo się myliłem.

Maude bardzo chciała wyczytać mnóstwo rzeczy z każdego słowa, jakie padło z pięknych ust Matea, ale musiała zachować rozsądek. Czy jego wypowiedź prowadziła do wyjaśnienia, dlaczego daje jej wolność, której żądała? Dlaczego sam jej potrzebuje, żeby znaleźć kogoś, kogo potrafiłby pokochać?

– Czy to znaczy, że pociągają cię walory mojego umysłu, czy taktownie próbujesz mi powiedzieć, że dzięki mnie przejrzałeś na oczy?

– Wyjaśnij, co masz na myśli.

– Zostaniesz ojcem, Mateo. Otwierasz nowy rozdział życia, chociaż o to nie prosiłeś. Być może ta niespodziewana zmiana uświadomiła ci to, co próbowałam ci przekazać od samego początku: że rodzina jest ważna, ale tylko ze wszystkimi składnikami na swoim miejscu. Albo dopuściłeś myśl o związku z kimś, kto nie boi ci się przeciwstawić?

– Nie. Usiłuję cię w niezręczny sposób przeprosić za to, że byłem kompletnym głupcem, i poprosić, żebyś za mnie wyszła z tych powodów, które przedstawiłaś.

W sercu Maude wbrew rozsądkowi rozbłysła iskierka nadziei.

– To znaczy z jakich?

– Z miłości. Kocham cię, Maude.

– Niemożliwe. Nie opowiadaj bajek. To nie zabawa.

Mateo ujął ją pod brodę i odwrócił jej twarz ku sobie, tak że musiała mu spojrzeć w oczy.

– Jeżeli na mnie popatrzysz, uwierzysz, że mówię serio. Kochana Maude, jak myślisz, dlaczego nagle postanowiłem dać ci wolność?

– Bo… bo…

– Bo cię kocham. Kiedy zobaczyłem twoje relacje z rodziną, uświadomiłem sobie, że w stosunkach rodzinnych nic nie jest czarne ani białe. To uczucia tworzą więzi, skłaniają do zakładania rodziny, dają nadzieję i wiarę w szczęśliwe zakończenie. Zobaczyłem smutek w twoich oczach i widziałem, że ważysz, co poświęcasz, a co zyskujesz. Prawda?

Maude tylko skinęła głową. W głowie jej szumiało. Czy możliwe, żeby Mateo ją kochał? Czy mogła mu wierzyć? Tak. Mówiło o tym jego szczere spojrzenie. Poza tym znała go na tyle dobrze, żeby wiedzieć, że nigdy, przenigdy nie powiedziałby czegoś takiego tylko po to, żeby osiągnąć swój cel.

– To prawda – przyznała. – Ale mimo że smuciło mnie porzucenie marzeń o idealnym życiu, nadal zamierzałam za ciebie wyjść, ponieważ…

– Bardzo nalegałem?

– Nie. Ponieważ przerażała mnie perspektywa życia bez ciebie.

– Czy mówisz to, na co mam nadzieję?

– Mówię, że się w tobie zakochałam, wbrew rozsądkowi. Ta miłość poraziła mnie jak piorun. A potem odkryłam, że zaszłam w ciążę.

– Uczyniłaś mnie najszczęśliwszym człowiekiem na świecie. Mój świat nagle stanął na głowie, a potem wszystko wróciło na odpowiednie miejsce. Tak bardzo cię kocham, najdroższa. Czy mogę spytać jeszcze raz, czy wyjdziesz za mnie z właściwych powodów?

– Och, Mateo! – westchnęła, ujmując jego twarz w dłonie. – Myślę, że to możliwe.

– W takim razie najwyższa pora porozmawiać z twoją rodziną.

Wzięli ślub pięć tygodni później. Wyprawili w Toskanii kameralne wesele tylko dla rodziny i najbliższych przyjaciół, którzy zjechali na weekend. Nie szczędzili wydatków. Wino pochodziło z przydomowej winnicy. Podano wyśmienite, lokalne potrawy. Maude rozpoznała kilka twarzy, które widziała podczas pierwszego pobytu.

Nie mogła sobie wymarzyć nic bardziej romantycznego. W ceremonii uczestniczyli tylko najbliżsi, bez reporterów w polu widzenia.

Po raz pierwszy uciekli do Włoch przed zainteresowaniem mediów, wywołanym przez mściwą byłą dziewczynę Matea. Obecnie brukowa prasa ścigała mniej znaczącego członka królewskiej rodziny oskarżonego o branie narkotyków. Zamieszczono tylko banalne, pozbawione plotkarskiej otoczki obwieszczenie o ślubie w gazecie „Financial Times".

Widziała willę w lecie, ale jesienią wyglądała jeszcze piękniej. Mateo kazał ją przepięknie oświetlić lampionami i latarniami. Na zewnątrz okazałą pergolę oplatały ażurowe kompozycje kwiatowe, pozwalające dostrzec światło księżyca. Właśnie tam podano wyborne jedzenie.

Później wrócili do wyremontowanej już chaty, żeby przygotować się do przyjścia na świat maleństwa. Przeżyli pracowite dni, pełne radości.

Dokładnie sześć miesięcy po ślubie Maude obudził tępy ból w plecach. Popatrzyła z miłością na śpiącego obok mężczyznę swego życia. Przypuszczała, że wpadnie w popłoch.

Uśmiechnęła się, ale zaraz wykrzywiła twarz z bólu. Odetchnęła głęboko i obudziła Matea, żeby oznajmić najspokojniej, jak potrafiła, że nadszedł czas porodu.

Natychmiast otworzył oczy. Czekał na ten moment. Odnosił wrażenie, że wyczekiwał go przez całe życie. Włączył światło, popatrzył na nią z troską i w mgnieniu oka się ubrał. Odtwarzał w głowie ten scenariusz tysiące razy. Uśmiechnął się szeroko, gdy spytała:

– Nie będziesz panikował, prawda?

– Czy wyglądam na tchórza? – zapytał.

– W takich okolicznościach to nic dziwnego.

O wpół do czwartej nad ranem drogi były puste. Mateo doskonale znał trasę. Od kiedy zamieszkali w chacie, poznał wszystkie drogi, przeważnie puste, nie licząc niespodziewanie zjeżdżających z pól traktorów. Zapamiętał każdy zakręt, często nieoznaczony.

Choć nadal ciężko pracował, zyskał właściwą perspektywę i już nie poświęcał pracy całej energii.

Wziął Maude za rękę i poczuł, że mocno ją ściska, usiłując uregulować oddech, tak jak ją nauczono. Niewiele brakowało, by wpadł w panikę. Chciał załatwić jej najlepszą prywatną opiekę medyczną na cały okres ciąży, ale wyśmiała go, że przesadza.

– Mógłby na nas czekać najlepszy specjalista – wytknął, zatrzymując samochód na szpitalnym parkingu.

– Bez obawy – uspokoiła go Maude. – Nie muszę ci powtarzać, ile kobiet szczęśliwie urodziło bez pomocy czołowych specjalistów.

Osiem godzin później Violet Felicity Moreno przyszła na świat bez żadnych komplikacji.

Patrząc z zachwytem na trzyipółkilogramową ciemnowłosą dziewczynkę, leżącą obok łóżka jego żony, Mateo wiedział, co znaczą radość, spokój i zadowolenie, o jakich nie śmiał nawet marzyć.

Jego ukochana Maude uśmiechała się do niego. Kochała go równie bezwarunkową miłością jak on ją.

Odnaleźli szczęście.

Trish Morey

Legendy Wenecji

PROLOG

Paryż

– Obiecaj mi coś, Raoul. Obiecaj... umierającemu człowiekowi.

Głos starca z trudem chwytającego oddech łamał się co chwila i był ledwie słyszalny na tle odgłosów wydawanych przez szpitalną maszynerię. Raoul przysunął się bliżej.

– Nie mów tak, Umberto – powiedział, ujmując delikatnie dłoń starca, tak by spod plastra nie wysunęła się igła kroplówki. – Jesteś silny jak wół, wyjdziesz z tego – kłamał, choć bardzo chciałby, by to była prawda. – Doktor powiedział...

– Doktor to stary kłamca – przerwał mu starzec, ale wybuch gniewu został przerwany przez kolejny atak kaszlu. – Nie boję się śmierci. Wiem, że nadszedł mój czas. – Po czym, zaciskając żylaste palce na dłoni Raoula, dodał: – Boję się tylko tego, co może się stać, gdy mnie zabraknie. Dlatego wezwałem cię tutaj. Musisz mi obiecać, Raoul, zanim będzie za późno...

Starzec osunął się na poduszkę, zamykając oczy. Raoul zrozumiał, że stąd już nie ma odwrotu: jego najbliższy przyjaciel i mentor – zastępujący mu od ponad dziesięciu lat rodziców – umierał. Przerażenie ścisnęło mu gardło. Chciał uciekać z tego pokoju i szpitala jak najdalej, ale resztką woli powstrzymywał się przed tym.

– Wiesz przecież, Umberto, że zrobię dla ciebie wszystko, absolutnie wszystko – powiedział głosem, który przypominał dźwięk, jaki wydaje żwir, gdy po nim ktoś chodzi. – Masz moje słowo. Poproś o cokolwiek, a będzie to zrobione.

Wydawało się, że cisza, jaka po tych słowach nastąpiła, trwała całą wieczność. Jedynie pikające dźwięki wydawane przez podtrzymującą życie aparaturę szpitalną upewniały Raoula, że jego stary przyjaciel jeszcze żyje.

– Zaopiekuj się Gabriellą. Kiedy umrę, będzie jej bardzo ciężko. Nie zaznam spokoju, dopóki ona nie będzie bezpieczna – powiedział Umberto, drugą, wolną ręką dotykając ramienia Raoula.

Ten zaś zapewnił głosem na tyle stonowanym, na ile było go stać:

– Możesz być spokojny. Nic złego jej się nie stanie. Będzie dla mnie zaszczytem być jej opiekunem.

Tu jednak starzec zaskoczył Raoula i zamiast wypowiedzieć słowa wdzięczności, Umberto otworzył usta w wyraźnym geście protestu, tyle że ponownie zabrakło mu sił, by przemówić. Raoul, nieco zmieszany, wstał i odsunął się na pół kroku od łóżka. Lewą, wilgotną od potu ręką, przejechał po włosach, przygładzając je. O co mu może chodzić? – zastanowił się. Poprawił węzeł krawata. Oczami szukał pod sufitem kratek wentylatora. Boże, co za upał, pomyślał.

– Czy ty mnie dobrze zrozumiałeś? – spytał zachrypniętym głosem starzec, gdy jego oddech nieco się uspokoił.

– Oczywiście – zapewnił Raoul.

Umberto jednak nie wydawał się przekonany. Powtórzył zatem swą myśl dobitniej:

– Musisz się z nią ożenić, Raoul! Obiecaj mi, że ożenisz się z Gabriellą.

Szaleństwo! – pomyślał Raoul. Czyste szaleństwo! Wziął głęboki wdech, wciągając w nozdrza przepełniający szpitalny pokój zapach nieuchronnie nadciągającej śmierci, dobrze wyczuwalny mimo całego arsenału środków dezynfekujących, które miały go stłumić. Był zszokowany i załamany tym, co usłyszał. Nie dość, że musiał stawić czoło śmierci przyjaciela, to jeszcze tak szalone żądanie...

– Wiesz przecież... – powiedział, siląc się na spokój. – Wiesz, że to niemożliwe. A poza tym... – dodał, usiłując sobie przypomnieć wygląd dziewczyny – nawet gdybym mógł to zrobić, ona... jest dla mnie za młoda.

– Jest już kobietą – powiedział Umberto słabym głosem, w którym jednak czuć było siłę targających starcem uczuć. – Ma dwadzieścia cztery lata.

Dwadzieścia cztery lata? Raoul nie mógł uwierzyć, że czas tak szybko minął. Dopiero co była przecież dzieckiem!

– W takim razie... – powiedział, próbując pozbierać rozbiegane myśli – jest już na tyle dorosła, by sama mogła sobie wybrać męża.

– W tym właśnie sęk – wyszeptał starzec.

– Jak to?

– No... bo jak wybierze Consuela Garbasa?

– Co? Brata Manuela? – Raoul spojrzał z niedowierzaniem, mając nadzieję, że może się przesłyszał. Ale nie, usłyszał dobrze. Boże, czy można sobie było wyobrazić większy koszmar?

Nazwisko Garbas podziałało na niego jak dźgnięcie ostrym szpikulcem. Miał nadzieję, że nigdy go już w swoim życiu nie usłyszy. A jednak coś mówiło mu od czasu do czasu, że tej sprawy, a raczej rzuconego na niego przekleństwa – jakim bez wątpienia było spotkanie na swojej drodze rodziny Garbasów – nie da się tak łatwo zapomnieć

Raoul przysunął się ponownie do łóżka starca. Musiał poznać prawdę, nawet jeśli miała być ona bolesna.

– Czego on chce od Gabrielli? – zapytał.

– Węszy koło niej jak hiena. Czeka, aż skończy dwadzieścia pięć lat, bo wtedy będzie legalnie dziedziczyć... – powiedział starzec, po czym, łapiąc głęboki oddech, kontynuował: – Wie, że nigdy bym się nie zgodził na ich ślub, więc czeka, aż umrę, a wtedy zrobi swój ruch. No i doczekał się, skurczybyk...

Raoul przytaknął w milczeniu głową. Słowo „hiena" było tu jak najbardziej na miejscu. Tak właśnie działali Garbasowie, szumowiny i ścierwojady. Weszli do wyższych sfer dzięki pieniądzom, a ich maniery były na tyle wyuczone i sztuczne, że to naprawdę cud, że nie zbłaźnili się jeszcze totalnie w oczach wszystkich. I teraz jeden z nich miałby zabrać Gabriellę?

– A ona nie zdaje sobie z tego sprawy? – zapytał.

– A skąd miałaby wiedzieć? – zapytał Umberto. – Przecież jej tego nie powiem. Gabriella wie jedynie, że jego brat zmarł śmiercią tragiczną i myśli nawet, że to ich jakoś z nami... stawia na równi. – Starcowi znowu zabrakło powietrza i na chwilę zamilkł. W jego oczach malował się smutny uśmiech. Wziął głębszy oddech i podjął przerwany wątek: – Starałem się ją ostrzec, ale Gabriella widzi w ludziach tylko dobro, nawet w takich jak oni. A on bawi się z nią w kotka i myszkę, wiedząc, że czas działa na jego korzyść. Sam zatem widzisz, że nie mam nikogo, do kogo mógłbym zwrócić się z taką prośbą, poza tobą... – dodał, podnosząc się z poduszki na łokciach, na ile był w stanie, by gestem tym podkreślić powagę prośby: – Musisz ją przed nim obronić, Raoul. Po prostu musisz!

Powiedziawszy to, opadł z powrotem na poduszkę. Raoul usiadł obok ze skołowaną głową. To prawda, nie mógł pozwolić, by Garbas sięgnął po fortunę wnuczki Umberta. Nie mogło do tego dojść, zwłaszcza po tym wszystkim, co Raoul przez nich wycierpiał. Sęk jednak w tym, że Raoul był ostatnią osobą, która mogłaby zapewnić Gabrielli bezpieczeństwo. Poza tym, czy Umberto naprawdę myślał, że dwudziestoczteroletnią dziewczynę – jakąkolwiek zresztą dziewczynę – da się tak łatwo namówić, by za niego wyszła? Co on jej mógł zaoferować? Byłaby głupia, gdyby się na coś podobnego zgodziła.

Wziął ponownie dłoń starca w swe ręce.

– Umberto... – zaczął błagalnym tonem. – Mój stary przyjacielu... Kocham cię ponad własne życie, ale... to nie miałoby sensu. Musi być jakiś lepszy sposób na zapewnienie Gabrielli bezpieczeństwa i ja, przyrzekam ci, ten sposób znajdę. Bo, widzisz... nie nadaję się na męża twojej wnuczki.

– Przecież nie każę ci jej kochać – powiedział z wyczuwalnym w głosie poirytowaniem.

W tym momencie do pokoju wkroczyła pielęgniarka.

– Koniec wizyty – powiedziała, delikatnie popychając w stronę drzwi Raoula, który w międzyczasie wstał. – Pacjent i tak jest już wyczerpany.

Raoul zrobił krok ku wyjściu, ale zatrzymał się, by spojrzeć jeszcze raz na przyjaciela. Ten patrzył na niego tak wymizerowanym, a jednocześnie pełnym błagania wzrokiem, że Raoul podjął decyzję.

– Ożenię się z nią – powiedział, nie zważając na pomruk niezadowolenia, jaki dobył się z ust pielęgniarki, zajmującej się poprawianiem łóżka i kroplówki. – Ożenię się z Gabriellą, jeśli tego chcesz.

ROZDZIAŁ PIERWSZY

Trzy tygodnie później

Zima nadeszła tego roku wcześnie i już pod koniec września świat spowiły ponure ciemne barwy, jak gdyby sama natura opłakiwała śmierć jej dziadka. Tak przynajmniej wydawało się Gabrielli D'Arenberg, gdy stała w mglistym dżdżu nad pokrytym grubą warstwą wieńców i kwiatów grobem Umberta na Cimetière de Passy. Ostatni z uczestników pogrzebu podchodzili właśnie do niej z kondolencjami, po czym całowali ją chłodnymi wargami w policzek na pożegnanie.

Sama miała już odejść i czekała tylko na Consuela, który, przeprosiwszy ją, odszedł na stronę, by odebrać jakiś ważny telefon. Razem mieli pojechać na stypę do hotelu, gdzie czekały już na gości stoły z kanapkami i koniakiem. W tym momencie czuła się jednak dobrze, stojąc samotnie nad świeżą mogiłą dziadka. Tu, w cieniu wieży Eiffla, wydawało jej się, że nie ma niczego, co mogłoby zaburzyć jej spokój, niczego, co zdołałoby przeniknąć grube kamienne mury cmentarza.

A jednak ktoś zdołał je przeniknąć i pojawił się teraz przed nią jak cień, wyłaniający się nagle z mglistego powietrza i zmierzający wyraźnie w jej kierunku. Wysoki, barczysty, szedł, rozglądając się dookoła pośród zdobiących groby rzeźb skrzydlatych, pulchnych aniołków. Przez krótką chwilę targał nią niepokój, gdy próbowała rozpoznać nadchodzącego, a gdy jej się to wreszcie udało, jej ciało przeniknął dreszcz ekscytacji.

Raoul!

Widziała go podczas nabożeństwa. Nie sposób było nie zauważyć jego sylwetki wystającej ponad tłum zebranych w kaplicy żałobników. Jej serce zabiło żywiej na myśl o spotkaniu z nim po tylu latach i przeżyła rozczarowanie, nie widząc go potem wśród zebranych nad grobem.

Raoul, o przenikliwym spojrzeniu czarnych oczu i zmysłowych wargach, był obiektem jej grzesznych fantazji, gdy była jeszcze nastolatką. I nawet teraz, na wspomnienie tamtych dziewczęcych zabaw, jej policzki oblały się rumieńcem. Pamiętała dobrze, jak na wiadomość o tym, że Raoul się ożenił, przepłakała całe dwa dni. Popłakała się również rok później na wiadomość o śmierci jego żony. Na szczęście on nie miał o tym wszystkim pojęcia, w przeciwnym razie nie mogłaby mu teraz spojrzeć w oczy. Na szczęście ona też już się z westchnień do niego wyleczyła...

Chrzęst żwiru na cmentarnej alejce stawał się coraz głośniejszy, poły skórzanego płaszcza furkotały na wietrze w rytm szybkiego marszu; czarne włosy spięte z tyłu w kucyk podkreślały wyraziste, wyciosane jakby dłutem rzeźbiarza, rysy twarzy. Spojrzenie jego oczu, ukrytych pod gęstą linią brwi, wydawało się jeszcze bardziej intensywne niż to, które zapamiętała sprzed kilkunastu lat. W tym jego spojrzeniu było coś wręcz przerażającego, podobnie jak coś, co kryło się w sprężystym chodzie – jak gdyby zdecydowany parł do jakiegoś celu, który chciał osiągnąć bez względu na przeszkody...

To przez deszcz i zimno, próbowała sobie wytłumaczyć ten jego dziarski chód Gabriella.

I oto stał teraz przed nią jak jakiś posąg antycznego boga na tle mgły, tak wysoki, że musiała aż zadzierać głowę, by patrzeć mu w oczy. Stał przed nią z poważną miną – na twarzy nie było ani śladu uśmiechu, który kiedyś prawie zawsze mu towarzyszył. Inna rzecz, że nie oczekiwała uśmiechu teraz, w taki dzień...

– Raoul, jak dobrze, że przyszedłeś – powiedziała.

Nie wiedział, co odpowiedzieć i Gabriella zaczęła się już zastanawiać, czy nie zachowała się przypadkiem wobec niego zbyt poufale. Ale wtedy on wziął jej obie dłonie w swoje, a jego kamienna twarz na moment się rozluźniła w krótkim uśmiechu, który jednak nie kłócił się z atmosferą żałoby i smutku.

– Ga-bri-e-lla... – powiedział powoli, jak gdyby celebrując dźwięk każdej sylaby. I przybliżył do niej swą twarz, by pocałować ją kolejno w oba policzki. Zadrżała, czując na sobie jego wargi i ciepły oddech; na moment wróciło wspomnienie dawnych fantazji. Wciągnęła w nozdrza dobrze jej znany uwodzicielski zapach ciała Raoula, przemieszany z charakterystyczną, wojskową jakby wonią skórzanego płaszcza; było zresztą w obecnym jego zapachu coś więcej, jakaś nuta, której nie potrafiła rozpoznać...

– Tak bardzo ci współczuję – powiedział, po czym odsunął głowę od jej twarzy.

Jej ręce, które jeszcze przed chwilą obejmowały jego ramiona, teraz opadły. Nie wiedząc, co z nimi zrobić, wsadziła je do kieszeni płaszcza. Uznała, że tak będzie bezpieczniej, na wypadek na przykład, gdyby przyszła jej nagle ochota rzucić mu się na szyję. Tamte fantazje może i należały już do przeszłości, ale oto Raoul stał tu żywy i realny przed nią, wysoki, barczysty i tak bardzo jej bliski. Dłonie Gabrielli zacisnęły się w kieszeniach płaszcza w piąstki.

– Nie wiedziałam, czy przyjdziesz – powiedziała, próbując zebrać słowa. Nie spodziewała się, że jego obecność będzie oddziaływać na nią aż tak bardzo po tych wszystkich latach. – Mogłeś zresztą zatrzymać się u nas. A właściwie, gdzie się zatrzymałeś? Mogłeś uprzedzić...

Wymienił nazwę hotelu, której nawet nie zapamiętała, tak była rozkojarzona. Ogarnęła ją teraz fala wspomnień związanych z dziadkiem. Raoul znał jej dziadka dłużej niż ona sama. Ich rodziny były ze sobą związane od niepamiętnych czasów do momentu, gdy tragiczny los zabrał głowy obu rodów.

– W końcu przecież... to i twoja tragedia – powiedziała.

Raoul przytaknął.

– Umberto był zacnym człowiekiem – powiedział głosem pełnym wzruszenia. – Będzie mi go bardzo brakowało. Bardziej, niż jestem to w stanie wyrazić słowami.

Patrzyła na jego twarz, próbując dojść, co się w niej przez te lata zmieniło. Raoul wydawał jej się zawsze nie tyle przystojny, przynajmniej nie w klasycznym znaczeniu tego słowa, co w jakiś szczególny sposób intrygujący. Wyraźna rzeźba jego twarzy, z tajemniczymi bruzdami i cieniami na policzkach, przywodziła na myśl trudne zdarzenia z przeszłości i niebezpieczeństwa, którym musiał w życiu stawiać czoło. Z wiekiem tajemnica zaklęta w jego rysach jedynie narastała. Zarys dolnej szczęki stał się jeszcze bardziej ostry, cienie pod oczami głębsze, a same oczy jakby jeszcze bardziej nawiedzone. Pogrążona w zadumie ledwie zauważyła, że Raoul również z uwagą studiuje zmiany, jakie minione lata poczyniły na jej ciele i twarzy. Dostrzegając jego zatroskany wzrok, zastanawiała się nawet, czy coś z nią jest może nie tak, ale on uśmiechnął się wtedy do niej tym swoim ciepłym uśmiechem, który tak dobrze znała z przeszłości.

– Co się stało z tą małą Gabriellą, którą znałem? – zapytał żartobliwie. – Tą chuderlawą pannicą z warkoczykami, którą trzymała zawsze nos w książkach?

Roześmiała się, ukrywając zażenowanie. Starała się wysondować, czy jego dowcipna uwaga miała znaczyć, że obecna podoba mu się obecnie bardziej niż tamten podlotek; bo było to dla niej ważne. Już dawno pogodziła się z faktem, że nie jest modelowym typem kobiecego piękna – jej oczy były zbyt wielkie, a broda nieco wystająca, co jako nastolatka próbowała maskować, opierając ją często na dłoni podczas rozmów z przyjaciółmi. Ale to była jej twarz i w końcu ją zaakceptowała taką, jaka była.

– Wyrosła, Raoul. Tej chuderlawej pannicy nie ma już od dobrych paru lat.

– No tak... – westchnął Raoul. – Jak się przez te lata miałaś?

– Dobrze – odpowiedziała. – A czasem nie aż tak dobrze. Ale teraz znowu lepiej, bo ty tu jesteś. Cieszę się, że przyszedłeś.

– Ja też się cieszę – powiedział. – Ale... nie powinnaś tu być sama.

– Ależ nie jestem sama. Consuelo, mój przyjaciel, jest tu ze mną. Odszedł właśnie na chwilę... – Rozejrzała się dookoła. No tak, znikł najwyraźniej na dobre, z nim tak zawsze! – Miał odebrać ważny telefon, chyba od kogoś z jego fundacji. Prowadzi fundację na rzecz dzieci chorych na raka i białaczkę. Musi być zawsze pod telefonem, gdy dzwonią darczyńcy.

Mówiła tak dalej, wprawiona już w wymyślaniu wymówek dla nieobecności przyjaciela. Popatrzyła na zegarek. Jak można tak długo rozmawiać, choćby i z samym Rockefellerem! Zwłaszcza w taki dzień...

– Jedziemy zaraz do hotelu na stypę. Wszyscy już tam są.

Popatrzyła na niego i nagle przestraszyła się, że ten mężczyzna, o którym marzyła długie lata, nagle zniknie z jej życia tak szybko, jak się w nim teraz, po dwunastoletniej nieobecności, pojawił, i kto wie, kiedy go znowu zobaczy. Perspektywa niewidzenia go przez kolejnych kilkanaście lat była zwyczajnie zbyt okrutna.

– Przyjdziesz tam, prawda? Widziałam cię w kaplicy, ale potem zniknąłeś. Tak bardzo chciałam cię zobaczyć, porozmawiać...

Podniósł dłoń i odgarnął z jej policzka kosmyk, który się tam zabłąkał. Dotknął przy tym jej twarzy jedynie opuszkami palców, ale to wystarczyło, by poczuła ten dotyk całą sobą. Zadrżała.

– Oczywiście, że przyjdę – powiedział. – Będę zaszczycony.

Nie odsunął ręki, nadal bawił się kosmykiem jej włosów, zakładając go za ucho Gabrielli. Patrzył przy tym na nią z góry, na jej piękne czarne oczy.

– Gabby!

Wzdrygnęła się, słysząc swoje imię – wołał ją Consuelo nadchodzący cmentarną alejką. Zauważyła też, że Raoul nadal nie odsuwa swej dłoni, delikatnie gładząc jej szyję. To tylko gest przyjaźni ze strony starego znajomego, powiedziała do siebie, choć jej ciało mówiło co innego.

– No, idziesz już? – zapytał Consuelo, po czym stanął jak wryty, patrząc na sielankową scenę. – Spóźnimy się... – wyjąkał.

– Wydaje mi się, że to Gabriella na ciebie czekała – powiedział Raoul.

Gabriella była zaskoczona twardym tonem, z jakim Raoul powitał Consuela. Ten natomiast stał cały jak wmurowany, zastanawiając się, czy to, co widzi przed sobą, aby mu się nie śni. Gabriella uznała, że sytuacja robi się nieco kłopotliwa. Podniosła dłoń i odsunęła palce Raoula od swej twarzy. Nie chciała jednak rozstawać się z jego dotykiem zupełnie, trzymała więc nadal jego dłoń w swojej. Zauważyła, że jemu też nie spieszy się, by ten ich kontakt przerywać.

– Czy ja o czymś nie wiem? – spytała po chwili, patrząc to na jednego, to znów na drugiego mężczyznę, po raz pierwszy zauważając podobieństwa i różnice między nimi. Obaj mieli ciemną, południową karnację skóry, jak przystało na prawdziwych Hiszpanów, ciemne oczy i takież włosy. Ale na tym podobieństwa się kończyły. Raoul był zdecydowanie wyższy, bardziej barczysty, dominujący. Przy nim Consuelo, który tak naprawdę był średniego wzrostu, wydawał się po prostu mały.

– Czy wy się znacie? – dokończyła pytanie Gabriella.

– Jesteśmy starymi przyjaciółmi – powiedział Raoul, starannie ważąc każde słowo i maskując w głosie ironię. – Prawda, Consuelo?

Twarz Consuela drgnęła, jak gdyby przeniknął go dreszcz. Po chwili rzucił, jakby tonem usprawiedliwienia, nerwowo poprawiając przy tym krawat i starając się nie patrzeć Raoulowi w oczy:

– Phillipa powiedziała, że ksiądz ma wygłosić mowę do zebranych i czeka na ciebie...

– To Phillipa dzwoniła?

Gabriella była zdziwiona. To była jej przyjaciółka i powinna była zadzwonić do niej. No, chyba że uznała, zresztą słusznie, że w tym momencie jej telefon będzie wyłączony, a Consuelo jest przecież dostępny pod komórką przez dwadzieścia cztery godziny siedem dni w tygodniu. Ale o czym rozmawiali tak długo?

– Zbierajmy się zatem. Chodź, Raoul, podrzucimy cię.

– Wybacz – odpowiedział, uśmiechając się. – Muszę jeszcze zamienić parę słów z twoim dziadkiem. Mamy sobie parę rzeczy do wyjaśnienia.

Raoul podniósł do ust jej dłoń, która cały czas obejmowała jego palce, i pocałował ją, patrząc przy tym głęboko w oczy Gabrielli. Jeden czy dwa kosmyki włosów wysunęły mu się spod kucyka i tańczyły teraz na wietrze.

– Do zobaczenia, Bella – powiedział, używając zdrobnienia, którym nazywano ją w dzieciństwie. Tak do niej już od dawna nikt nie mówił. A jednak on to imię zapamiętał!

Rzuciła mu pospiesznie nazwę hotelu, w którym odbywała się stypa i, odciągana niemal na siłę przez Consuela, odeszła.

Raoul patrzył, jak Gabriella i Consuelo oddalają się w głąb cmentarnej alejki. Coś ścisnęło go w gardle, gdy zobaczył, jak Garbas obejmuje dziewczynę i we władczym geście przyciska ją do siebie. Ale to tylko pozwoliło mu upewnić się, że Umberto miał rację, porównując go do hieny. Działał rzeczywiście błyskawicznie... Raoul wiedział jednak, że jeżeli jego plan się powiedzie, Gabriella już wkrótce będzie bezpieczna.

Gabriella.

Bella.

To zapomniane przez długie lata imię cisnęło mu się na usta automatycznie. A jednak była już zdecydowanie kimś innym niż tamta dziewczynka, którą poprzedni raz widział, zaraz, kiedy to było? Dwanaście lat temu. Dla niego był to czas znaczony kolejnymi klęskami, stratą bliskich, zdradą, śmiercią i w końcu emigracją. Natomiast Gabriellę lata te przekształciły z buntowniczego podlotka w piękną dojrzałą kobietę. Czyżby żyli przez ten czas na innych planetach?

Stojąc tu nad grobem – gdy czarny płaszcz otulał jej szczupłe biodra, a pukle kasztanowych włosów powiewały na wietrze – wydawała się w ogóle nie przypominać tamtej Gabrielli sprzed lat. Była teraz prawdziwą damą. A jednak Raoul powinien się był przecież czegoś podobnego spodziewać. Jej matka była w połowie Angielką, w połowie zaś Włoszką, i to z sabaudzkiej rodziny królewskiej; ojciec pochodził zaś z samej śmietanki francuskiej arystokracji. Po matce Gabriella odziedziczyła kocie oczy i miękką jak jedwab skórę, a po ojcu zmysłowe usta.

Raoul zastanawiał się nad ostatnim życzeniem Umberta. Zrozumiałe, że chciał wyciągnąć wnuczkę z łap hieny, ale dlaczego miałby powierzać ją takiemu nieudacznikowi życiowemu jak on?

„Przecież nie każę ci jej kochać", przypomniały się Raoulowi słowa starca. No tak, Umberto wiedział pewnie, że Raoul kochać nie umie. A jeśli nawet, to na co dwudziestoczteroletniej dziewczynie taka miłość? Miłość kulawa, na którą ona miałaby odpowiedzieć szczerym uczuciem... To mogłoby ją przecież zniszczyć!

I dlaczego niby miałaby w ogóle chcieć za niego wyjść?

Consuelo wkrótce zostanie sprzątnięty i znajdzie się tam, skąd nie będzie w stanie jej dosięgnąć. Ale kiedy Gabriella się dowie, że to Raoul usunął tę hienę, zapewne nie będzie go dłużej darzyć ciepłymi uczuciami, nawet jeśli próbuje w każdym widzieć tylko dobro.

Tyle że stojąc z nią nad grobem Umberta i dotykając jej twarzy, po raz pierwszy od lat doznał uczucia, przed którym tak się bronił, po raz pierwszy od bardzo dawna poczuł miłe ciepło ogarniające jego ciało.

I teraz, przypominając sobie tę chwilę, zganił się za to, co zrobił.

Nie planował bawić się kosmykiem jej włosów. Chciał po prostu jej dotknąć, by odczarować klątwę tych dwunastu lat, kiedy się nie widzieli. Ale kiedy dotknął jej policzka, jakaś siła nie pozwoliła mu oderwać palców. I nie zrobił tego nawet, kiedy na miejscu zjawił się Garbas. A może właśnie dlatego? Żeby zobaczyć wściekłość i przerażenie w jego oczach? Ale najbardziej chciał po prostu, by ta chwila trwała w nieskończoność.

A teraz się za to ganił. Był przecież przyjacielem jej dziadka! No dobrze, kilkadziesiąt lat młodszym, niemniej przyjacielem. Kiedy widział Gabriellę poprzednio, miała dwanaście lat. Jest teraz wprawdzie dojrzałą kobietą, ale w jego pamięci do tej niemalże chwili pozostawała dziewczynką. Jest zresztą od niej starszy o kilkanaście lat. Umberto powierzył ją jego opiece, a on obłapiał ją nad świeżym grobem dziadka...

– Umberto, stary przyjacielu – wymamrotał najcichszym możliwym głosem. – Dlaczego to zrobiłeś? Dlaczego zażądałeś czegoś, o czym wiesz, że nie wyjdzie nikomu na dobre?

Ale z coraz gęstszej mgły nie napływała żadna odpowiedź. Raoul stał na grobem sam, bez rozwiązania dla swojego problemu, bez jakiejkolwiek podpowiedzi czy sugestii. Wiedział jednak jedno: obiecał coś umierającemu przyjacielowi. I obietnicy tej dotrzyma.

ROZDZIAŁ DRUGI

– Co on tutaj robi? – pytał Consuelo, idąc spiesznym krokiem i przyciskając do siebie ledwie nadążającą za nim Gabriellę. – Dlaczego go zaprosiłaś?

Gabriella potknęła się i na chwilę musieli przystanąć, gdy poprawiała pantofel.

– Raoul jest starym przyjacielem rodziny – tłumaczyła. – Nie mogło go nie być.

– Nie podoba mi się to, jak cię dotykał. Tak jakbyś byłą jego własnością! A ty mu na to pozwalałaś! Jak gdyby coś was łączyło...

– Dorastaliśmy razem, Consuelo. Nasze rodziny były praktycznie nierozłączne. Ostatni raz widziałam go dwanaście lat temu, na pogrzebie naszych rodziców. Zginęli w tej samej katastrofie. To połączyło mnie z Raoulem jeszcze bardziej. Jasne, że coś nas łączy; on jest dla mnie jak brat.

– Brat, mówisz? I nic więcej? – zapytał z wściekłością malującą się w oczach.

– Oczywiście – próbowała go uspokoić. Mówiła zresztą prawdę, a jej dziewczęce fantazje... to w końcu tylko jej tajemnica. – Nie myślałeś chyba, że...?

Objął ją ponownie ramieniem i przytulił do siebie. Bardzo potrzebowała tego dnia przytulania, ale zauważyła, że w objęciach Consuela krew w jej żyłach nie buzuje aż tak, jak pod dotykiem Raoula. Zastanawiała się, jak to możliwe. Jak mogła tak drżeć dotykana przez mężczyznę, którego przez dwanaście lat nie widziała na oczy, a spotykała się z nim jedynie w marzeniach?

– A ty skąd go znasz? – zapytała Consuela, gdy dochodzili już do samochodu. – To jeden z darczyńców fundacji?

Consuelo zaśmiał się gorzko.

– On? Skąd! On nie dałby złamanego grosza na umierające dziecko.

– Co ty wygadujesz? Prosiłeś go kiedykolwiek o datek?

– Wiem to. Znam takich jak on.

– Mylisz się, Consuelo – zaprotestowała. Pamiętała Raoula jako człowieka o wielkim sercu. On i jego rodzina wielokrotnie oferowali im swoją pomoc. I w ten fatalny wieczór, kiedy zadzwoniła policja, to właśnie Raoul jako pierwszy utulił ją w bólu i pomógł jej się opanować, mimo że jego ta tragedia dotknęła w równym stopniu. – To nie może być prawda.

– Zatem nie znasz go wystarczająco dobrze – powiedział Consuelo, otwierając przed nią drzwi limuzyny. – Ale nie mówmy o nim, mamy jeszcze tyle ważnych spraw do załatwienia. Musimy przenieść twoje rzeczy do mnie, póki jeszcze jesteś na zwolnieniu – dodał, dając jednocześnie szoferowi znak do odjazdu.

– O czym ty mówisz? – zapytała, mrugając z niedowierzania powiekami.

– No... – zaczął, odsłaniając w uśmiechu zęby. – Teraz, kiedy twój dziadek leży już w ziemi, nie ma sensu, byśmy się dalej ukrywali z naszym związkiem.

– Nie rozmawialiśmy dotąd o tym... – zaprotestowała.

Ale on wziął jej dłoń w swoją i zaczął przekonywać:

– Przecież wiesz, że nie wprowadziłaś się do mnie dotąd głównie dlatego, że twój dziadek cię potrzebował. Teraz już tak nie jest. Teraz ja się tobą zaopiekuję. Oczywiście... mógłbym równie dobrze ja wprowadzić się do ciebie, ale pomyślałem, że dobrze by ci zrobiła zmiana miejsca, te wszystkie wspomnienia...

– Lubię swoje mieszkanie – powiedziała, zastanawiając się, co mogło Consuela natchnąć myślą, że chciałaby razem z nim zamieszkać. – A Umberto ledwie został złożony do grobu; to chyba nie jest dobry moment, by o tym rozmawiać.

Westchnął głęboko i przysunął jej dłoń do swych ust, ale w jego wykonaniu ten gest był pełen sztuczności.

– Przepraszam – powiedział. – Nie chcę cię do niczego zmuszać. Oczywiście, porozmawiajmy o tym później.

Byli już prawie pod hotelem, gdy zadzwoniła komórka Consuela. Gabriella pomyślała, że to pewnie Phillipa dzwoni sprawdzić, czy już jadą. Ale gdy popatrzyła na Consuela, zobaczyła, jak krew dosłownie odpływa mu z twarzy.

– *Mierda!* – krzyknął, jednocześnie klepiąc po ramieniu szofera, by ten się zatrzymał. – Muszę natychmiast wysiąść.

– Co się dzieje? – zapytała Gabriella, przekrzykując pisk opon i klaksony samochodów raptownie hamujących za nimi, gdy szofer usiłował zjechać limuzyną na prawy pas. – Kto to dzwonił?

Ale Consuelo był już na chodniku.

– Mamy problem w biurze. Muszę iść – rzucił za siebie, po czym trzasnął drzwiami i zniknął w tłumie.

Mowa księdza była rzeczywiście poruszająca, podobnie jak kolejne przemowy żałobników. Słysząc, jak bardzo jej dziadek był kochany przez przyjaciół, Gabriella doznała, pierwszy raz od jego śmierci, uczucia spokoju. Miała teraz wrażenie, że bólem po jego stracie może podzielić się z innymi. Ale stypa zbliżała się do końca i Gabriellę ponownie zaczął dręczyć niepokój. Włączyła komórkę, spodziewając się lada moment telefonu od Consuela – w końcu winien jej był chyba jakieś wytłumaczenie? Ale telefon nie dzwonił.

Na dodatek, mimo obietnicy, nie pojawił się Raoul. Myślała, że dojedzie na stypę wkrótce po niej, ale jego wysoka postać przez całą stypę nie pojawiła się nigdzie wśród tłumu żałobników. Co z nim się, na Boga, stało?

Podeszła Phillipa, kładąc jej dłoń na ramieniu.

– Jak się czujesz? – spytała.

– Czy mężczyźni muszą zawsze zawodzić? – Gabriella odpowiedziała bezwiednie pytaniem, wpatrzona niemym wzrokiem w pustą filiżankę po kawie, którą trzymała w dłoniach. Myślała o Consuelu, który nie potrafił przestać myśleć o swojej fundacji choćby na godzinę. I o Raoulu, którego straciła ponownie tuż po tym, jak odzyskała go po dwunastu latach niewidzenia.

– Nie przejmuj się, wiesz, jaki on jest – pocieszała ją Phillipa, mówiąc oczywiście o Consuelu. Wyjęła z rąk Gabrielli pustą filiżankę i postawiła ją na sąsiednim stoliku. – Fundacja jest dla niego wszystkim, coś się tam musiało stać i stracił trochę głowę. A odpowiadając na twoje pytanie... mężczyźni nie muszą zawsze zawodzić. Nie wszyscy w każdym razie.

– Przepraszam – powiedziała Gabriella, przypominając sobie idealnego w każdym calu męża Phillipy. – Rozkleiłam się trochę. Wiem, wiem, masz męża, który o ciebie dba jak o księżniczkę. To prawdziwy cud, przyjechał tu z tobą i malutkim dzieckiem aż z Londynu...

– Ale ty też masz wspaniałego chłopaka! Co do Damiena, masz oczywiście rację. Ale skoro o nim mowa... Będę musiała go niedługo zmienić przy dziecku. Nie obrazisz się, jak wkrótce wyjdę?

– No co ty? Tyle mi dziś pomogłaś. Aha, dzięki, że zadzwoniłaś do Consuela, kiedy miałam wyłączony telefon.

Phillipa popatrzyła na nią zdumiona.

– No, jak byłam jeszcze na cmentarzu, a ty tu wszystko przygotowywałaś. Dzwoniłaś do Consuela, że ksiądz już na mnie czeka?

– W życiu nie dzwoniłam do Consuela, nie mam nawet jego telefonu!

Gabriella zdumiała się. Po co Consuelo kłamał? Może chciał jak najszybciej odciągnąć ją od Raoula i wymyślił tę historię z księdzem i telefonem od Phillipy? Ale jeśli tak, to do czego takiego musiało dojść kiedyś między tymi dwoma mężczyznami, że aż tak się nie cierpią?

– Gabriello, na pewno wszystko jest w porządku? – spytała Phillipa, ujmując dłoń przyjaciółki.

– Przepraszam – odpowiedziała Gabriella. – Strasznie boli mnie głowa. Musiałam coś źle zrozumieć.

– Przyniosę ci proszek i wodę, dobrze?

Gabriella skinęła głową. Phillipa odeszła, a Gabriella mogła wreszcie odetchnąć. Bolała ją głowa i noga skręcona w kostce na cmentarzu. Ale nade wszystko męczyła ją niepewność co do przyszłości i na to nie było żadnego lekarstwa. Straciła właśnie dziadka – człowieka, który przed dwanaście lat zastępował jej ojca i matkę...

Rozejrzała się dookoła, patrząc na kilku pozostałych jeszcze gości, dopijających swoje kawy i koniaki. Czy ktoś z nich zauważyłby w ogóle, gdyby teraz nagle znikła z powierzchni ziemi? Ale nie ma tak łatwo, pomyślała. Przed zniknięciem trzeba się będzie jeszcze trochę pomęczyć...

Lecz nagle wszystko to przestało mieć znaczenie, Gabriella nie wiedziała sama, czy najpierw go zobaczyła, czy o jego obecności poinformował ją dreszcz emocji, który przeszedł jej po karku, czy też zawrót głowy, którego nagle doznała. Phillipa, która zjawiła się właśnie ze szklanką wody i proszkiem od bólu głowy, podążyła za jej wzrokiem i dojrzawszy w drugim końcu sali Raoula, wyszeptała:

– No no, facet niczego sobie. Kto to taki?

Ale on był już przy nich.

– Raoul del Arco – przedstawił się Phillipie. – Do usług, *madame* – dodał, zginając się w ukłonie. Po czym pocałował w dłoń Gabriellę, którą pocałunek ten przeniknął do głębi, jeszcze mocniej niż poprzednio na cmentarzu.

– Bałam się, że już nie przyjdziesz – powiedziała Gabriella, z trudem dobierając słowa. Spróbowała się uśmiechnąć, choć nie przyszło jej to łatwo. – Phillipa jest moją starą przyjaciółką, chodziłyśmy do tej samej szkoły z internatem w Anglii.

– Czuję się zaszczycony – powiedział Raoul, gdy tymczasem Gabriella zwróciła się do przyjaciółki:

– Raoul był dla mnie jak starszy brat, kiedy dorastałam.

– Ach tak... – odpowiedziała Phillipa, patrząc to na jedno, to na drugie i zastanawiając się, czy ma wierzyć w wyjaśnienie Gabrielli.

I mężczyzną, o którym długie lata marzyłam, chciała dodać Gabriella, ale oczywiście nie zrobiła tego. Tymczasem Raoul się odezwał:

– Umberto miał ogromny wpływ na moje życie, a Gabriella była zawsze dla mnie kimś szczególnym – powiedział, kładąc dłoń o przepięknych długich palcach na ramieniu Gabrielli. Gest ten dla kogoś z zewnątrz mógł się wydawać czysto braterski, ale rozbudzone ciało Gabrielli zinterpretowało go inaczej. – Potem, niestety, nie widzieliśmy się dobrych kilka lat, a teraz, no cóż, przykro, że spotykamy się w tak smutnych okolicznościach... Musimy spotykać się częściej, Gabriello, zdecydowanie częściej!

Phillipa przeprosiła, oświadczając, że musi iść do dziecka, pożegnała się czule z Gabriellą, skinęła na pożegnanie Raoulowi i wyszła. Zostali sami.

– Przepraszam, że musiałaś na mnie czekać, Bella – powiedział Raoul. – Pomyślałem, że będzie nam łatwiej porozmawiać, kiedy wszyscy już wyjdą. Może mógłbym zaprosić cię na kolację?

Bella. Jak on to imię pięknie wymawiał!

– Miałam właśnie wracać do domu...

– No tak...

Raoul rozejrzał się po sali, gdzie kilku ostatnich żałobników rozmawiało przy kawie i koniaku.

– To... może mógłbym cię zabrać do domu?

– Nie, nie tam – odpowiedziała Gabriella. – Może rzeczywiście... chodźmy gdzieś na kolację?

Gdy ostatni żałobnicy podeszli, by się z nią pożegnać, pomógł jej wstać. Pojechali następnie do małego bistro na lewym brzegu Sekwany, utrzymanego w stylu *fin-de-siècle*. Powitał ich zapach pieczonego czosnku i pomidorów, a także witrażowe abażury lamp na stolikach. Po raz pierwszy od dłuższego czasu Gabriella znalazła się w lokalu, gdzie nie było milionerów, polityków czy celebrytów – tutejsi goście wyglądali na zwykłych paryżan. No, wszyscy poza Raoulem. O, jak miło było siedzieć naprzeciw tego mężczyzny o śródziemnomorskiej urodzie i wpatrywać się w jego postawną sylwetkę, godną dłuta samego Fidiasza!

– Drugi raz dzisiaj zastałem cię samą – powiedział Raoul, kiedy wybrali dania. – Czy Garbas rzeczywiście nie mógł dosiedzieć do końca stypy?

Nie wiedząc, co odpowiedzieć, bawiła się serwetką rozłożoną na kolanach. Nie chciała mówić Raoulowi, że Consuelo w ogóle nie dotarł na uroczystość. Wiedziała, że i bez tego Raoul nie darzy go sympatią.

– Wezwano go ponownie, wydarzyło się chyba coś ważnego u nich w pracy – powiedziała, nie podnosząc wzroku.

– Ważniejszego niż ty?

Milczała, bezbronna pod jego pytającym spojrzeniem. Podszedł kelner i nalał im po kieliszku beaujolais o rubinowej barwie, która mieniła się pięknie w świetle ustawionej pośrodku stołu lampy. Nawykła już do nieustannego spóźniania się Consuela, do jego wymówek i tłumaczeń, ale że zrobił to w taki dzień jak dziś... I jeszcze to kłamstwo z telefonem niby od Phillipy. No coż, może miał po temu jakiś powód...

To jednak nadal nie tłumaczyło, dlaczego miałby uważać, że ona chce z nim zamieszkać! Przecież wspólnie pokazali się razem raptem na kilku imprezach czy kolacjach.

Podniosła kieliszek pod światło, podziwiając piękną barwę trunku.

– Zapewne ważniejszego – odpowiedziała. – Ale, tak czy inaczej, nie chcę teraz o nim rozmawiać.

– *Touché!* – powiedział Raoul, uśmiechając się i podnosząc kieliszek w geście toastu. – Za nas, Gabriello. Za stare przyjaźnie i nowe początki.

– Za nas – odpowiedziała. Upiła łyk i rozkoszowała się smakiem wybornego wina. Patrzyła na Raoula przez chwilę przez szkło kieliszka; widziała, że i on się jej przygląda. Zastanawiała się, czy mu się podoba. Szybko jednak skarciła się za takie myślenie. Raoul był tu z nią przecież tylko tego jednego wieczoru, nazajutrz pewnie zniknie, być może na zawsze. Przyjechał tu jedynie na pogrzeb Umberta. A jej dziewczęce fantazje były tylko fantazjami. Odstawiła kieliszek w obawie, że po większej ilości wina zmieni w tej materii zdanie.

– Byłeś u Umberta na tydzień przed jego śmiercią, prawda?

Twarz Raoula zesztywniała. Najwyraźniej nie spodziewał się, że o tym wiedziała.

– Powiedział ci to?

– Nie on, pielęgniarka. Umarł, zanim zdążyłam przyjechać z Londynu. Spóźniłam się...

– Tak mi przykro...

– Myślę, że czuł, że umiera, i nie chciał, żebym przy nim była. Odesłał mnie do domu.

– Nie wiedziałem o tym.

– Phillipa miała właśnie rodzić. Jej mąż był w delegacji, w jakimś egzotycznym kraju, gdzie doszło akurat do zamachu stanu i zamknięto lotniska. Był tam unieruchomiony, a ona odchodziła od zmysłów i bała się, że urodzi przed terminem. Byłam jej wtedy bardzo potrzebna, ale oczywiście wolałabym być przy Umbercie. Gdybym tylko wiedziała..

– Chciał ci oszczędzić bycia przy swojej śmierci.

– I nie pożegnał się nawet ze mną? Nie wiedziałam nawet, że zabrali go do szpitala.

Raoul otarł łzę spływającą po jej policzku.

– Nie chciał, byś widziała go w takim stanie.

– Nie pożegnał się ze mną. Jak mógł mi to zrobić?

– Chciał pewnie, żebyś zapamiętała go takim, jakim był wcześniej: silny i szczęśliwy, a nie podpięty pod kroplówkę, niebędący pewnie w stanie wydusić słowa.

Westchnęła głośno i oparła głowę o jego dłoń. Pusty wzrok wbiła w blat stołu. Ale właśnie w tym momencie, w tym stanie zagubienia czy bezradności, wydawała mu się szczególnie piękna. Zrozumiał, że jest kobietą potrzebującą kogoś, kto da jej szczęście i miłość. A on miał jej zaproponować małżeństwo tylko dlatego, że obiecał to umierającemu przyjacielowi...

Znowu zaczął mieć wątpliwości. Właściwie, dlaczego miałby to robić, po co ma się z nią żenić? Garbasa unieszkodliwi, usunie z gry; czy to nie wystarczy? Odwiezie teraz Gabriellę do domu, powie jej dobranoc i zniknie z jej życia na zawsze, a w każdym razie na długie lata. Jeżeli ma w sobie jakieś ludzkie uczucia, to powinien tak zrobić. Umberto przecież i tak się nie dowie...

Tyle że mu obiecał.

I czuł, że Umberto... w jakiś sposób jednak się dowie.

A poza tym, im dłużej przy niej przebywał, tym bardziej przekonywał się, że przyjęcie przez nią oferty małżeństwa z jego strony nie musi być aż tak nierealne, jak to wcześniej widział. Uwielbiała go przecież jako dziecko, a teraz niewątpliwie też go lubiła. Lubiła, gdy jej dotykał. Raz czy dwa przyłapał ją też na tym, jak wpatrywała się w niego, kiedy wydawało jej się, że tego nie zauważy. I najwyraźniej to, co wiedziała na temat jego przeszłości, nie odstraszało jej od niego. O, naiwna kobieto!

– I... co ci wtedy powiedział? – zapytała.

Popatrzył na nią, w jej smutne oczy domagające się odpowiedzi.

– Rozmawiałeś z Umbertem na tydzień przed jego śmiercią. Powiedział ci coś wtedy?

Raoul zawahał się. Przez chwilę bawił się, obracając w palcach nóżkę kieliszka stojącego na obrusie.

Bał się, że Gabriella dozna szoku, gdy dowie się, co rzeczywiście powiedział mu jej dziadek.

– Mam chyba prawo poznać jego ostatnie słowa? Nie powiesz mi?

– Powiem. – Kiwnął głową. – Oczywiście, że masz prawo się tego dowiedzieć. Mówił głównie o tobie.

– O mnie? – odpowiedziała wyraźnie zaskoczona. Wypiła kolejny łyk wina i przez chwilę celebrowała moment, kiedy trunek spływał jej po języku, a następnie rozpalał gardło, przełyk, a miłe ciepło rozchodziło się potem po klatce piersiowej i całym ciele. – Co takiego ci o mnie powiedział?

– Że cię kocha – odpowiedział Raoul, nadal niegotowy na powiedzenie prawdy. – Bardziej niż cokolwiek czy kogokolwiek na świecie. Mówił, ile dla niego znaczysz. I że boi się, co się z tobą stanie, gdy go zabraknie. Że nie będzie go przy tobie, gdy znajdziesz sobie męża i będziesz rodzić mu dzieci.

Gabriella przygryzła wargę. Pamiętał dobrze ten jej gest jeszcze z dzieciństwa; robiła tak zawsze w zdenerwowaniu czy zamyśleniu. Pamiętał, jak mając dwanaście lat, przygryzła wargę na pogrzebie rodziców i trzymała ją tak przez całą ceremonię, kiedy za wszelką cenę starała się nie rozpłakać. Przygryzła wtedy wargę aż do krwi, czego namacalnym śladem była czerwona plama na białej koszuli Raoula, który przytulił ją, gdy nie wytrzymała i wybuchła w końcu płaczem. On też, widząc jej łzy, zapłakał, mimo że wcześniej cały czas twardo się trzymał.

Rozumiał teraz, dlaczego Umberto tak pragnął zapewnić jej bezpieczeństwo – tyle przecież w swym krótkim życiu wycierpiała.

– Powiedział, że widzisz w każdym dobro, że nie oceniasz ludzi, że masz dobre serce.

– Dziękuję ci – powiedziała, pociągając nosem. – Wolałabym usłyszeć te słowa bezpośrednio od niego, ale miło mi i tak. Dziękuję.

– Wiesz, niektórzy nie mówią takich rzeczy prosto w oczy. Twój dziadek był trochę konserwatywny. Czy kiedykolwiek ci powiedział, że cię kocha?

– Nie. Ale ja to i tak wiedziałam.

– Rozumiem. Niektórych rzeczy nie musimy mówić, po prostu się je wyczuwa – powiedział Raoul, czując się trochę winny tego, że słowa Umberta nieco ubarwił, a co nieco nawet do nich dodał. No i jednej rzeczy nadal nie potrafił jej powiedzieć, widząc, jak uśmiecha się przez łzy.

– Dziękuję ci, Raoul – powiedziała, ujmując jego dłoń w swoje i zwalniając ten uścisk dopiero wtedy, gdy kelner postawił przed nimi talerze z parującym jedzeniem. – Tak bardzo ci dziękuję.

ROZDZIAŁ TRZECI

– I co teraz zrobisz? – zapytał, kiedy zaczęli jeść. – Zostaniesz w Paryżu?

Przez chwilę bawiła się, obracając widelcem kawałek marynowanego grzyba na talerzu. Nie chciała myśleć teraz o przyszłości, chciała cieszyć się chwilą, tym, że siedzi tu obok mężczyzny, o którym przez tyle lat marzyła.

– Mam tu pracę w Bibliotece Amerykańskiej. Dali mi teraz urlop, praktycznie na tak długo, jak będę chciała, ale czuję, że powinnam już wrócić; nie było mnie w pracy ponad miesiąc.

– Nie wyglądasz mi na bibliotekarkę – zauważył Raoul. – Gdyby wszystkie bibliotekarki wyglądały tak jak ty, kiedy chodziłem do szkoły, pewnie więcej bym przebywał w bibliotece i miał lepsze stopnie – zażartował.

– Dziękuję za piękny komplement – odpowiedziała, uśmiechając się. – Ale boję się, że to wino przez ciebie przemawia.

– Zapewniam cię, że tak myślałem, jeszcze zanim się napiłem.

Gabriella nie powiedziała mu, że po jego słowach poczuła miłe ciepło w całym ciele. Nie mogła mu przecież tego powiedzieć! Wzięła głęboki oddech, by się opanować.

– Jestem kierownikiem działu kolekcji specjalnych. Mamy tam trochę więcej swobody niż w innych działach.

Raoul uśmiechnął się.

– Pojedź ze mną do Wenecji – zaproponował.

Była zaskoczona. Przez chwilę nie mogła oddychać i miała wrażenie, że przestało bić jej serce.

– Słucham? – zapytała, gdy już odzyskała głos.

– Mam tam teraz trochę roboty. Pojedź tam ze mną, Bella!

Nie mogła wprost uwierzyć w to, co słyszy. Oto mężczyzna, który za chwilę miał zniknąć z jej życia na kolejne długie lata, proponował, by zrobiła coś szalonego, coś, co zupełnie nie było w stylu Gabrielli!

– Nie mogę, ot tak, po prostu pojechać do Wenecji!

– Dlaczego?

– Mam pracę.

– Przecież jesteś na urlopie.

– No tak, ale...

Coś jej mówiło, że to wspaniały pomysł: odnowią starą znajomość, a ona będzie się przez parę dni rozkoszować bijącym od niego ciepłem... Najwyraźniej rozsądek opuścił ją zupełnie.

– Dobrze by ci zrobiło, oderwać się na chwilę od kłopotów...

W tym momencie zdała sobie sprawę, że następna okazja do wyjazdu nie trafi się prędko – na następny urlop puszczą ją nie szybciej niż za pół roku. Więc może jednak...?

– Nie, Raoul – zaprzeczyła tym razem bardziej zdecydowanie, jak gdyby samą siebie chciała w ten sposób przekonać. – To czyste szaleństwo. Zmieńmy temat. O czym to mówiliśmy?

– No cóż... – powiedział Raoul, nieco zbity z tropu. – Pomyśl o tym przynajmniej, nie musisz decydować w tej chwili. A mówiliśmy... o tobie. Gdzie chodziłaś do szkoły? Pamiętam, że Umberto wspomniał coś o jakimś internacie.

Zrobiło jej się miło, że dziadek opowiadał o niej Raoulowi aż tyle. I że Raoul to zapamiętał. A w tyle głowy dźwięczały jej wciąż jego słowa: „Pojedź ze mną, Bella!".

Wypiła łyk wody, bojąc się, że po kolejncj porcji wina zgodzi się na wszystko.

– Jak tylko się urodziłam, mama wykupiła mi miejsce w koledżu w Cotswolds, dokąd sama chodziła. Nie podobało mi się to, nie chciałam rozstawać się z rodzicami i dziadkami. Ale potem, kiedy rodzice zginęli, pomyślałam, że jestem to winna matce. Pojechałam tam i zobaczyłam jej nazwisko na liście wzorowych uczniów i przewodniczących klasy. Zrobiło mi się wtedy jakoś cieplej. Chodziłam po tych samych korytarzach, siedziałam pewnie w tych samym ławkach co ona... Jakoś czułam się dzięki temu bliżej niej. Wiem, że to nie brzmi logicznie...

Ale nic już nie brzmiało logicznie i Gabriella czuła teraz jeden wielki zawrót głowy.

– A z tą Wenecją... to na poważnie? – powiedziała, nim zdążyła ugryźć się w język. – Boże, co ja mówię? Przecież to szaleństwo!

– Może i szaleństwo – odpowiedział Raoul, podnosząc w górę kieliszek. – Ale tylko trochę. Twoje zdrowie!

Ale przecież tam, w Wenecji, rozpłynie się w tym jego cieple, jeśli przez kilka dni będzie ją otaczał choćby w połowie taką atencją jak teraz przez te parę godzin.

Otrząsnęła się z tych myśli i wróciła do tematu szkoły:

– Tam, w Cotswolds, poznałam Phillipę.

Przypomniała sobie tamten czas. Dwie dziewczyny, wystraszone, bo znalazły się nagle w świecie, gdzie nikogo nie znały. Zaczęły się szybko sobie zwierzać i wzajemnie wspierać.

– Od pierwszego dnia szkoły była moją najlepszą przyjaciółką. A nawet potem, gdy Phillipa z rodzicami wyjechała do Nowego Jorku. Później wróciła do Anglii i jakoś tak wyszło, że razem poszłyśmy na bibliotekoznawstwo, a nawet razem wynajmowałyśmy mieszkanie na studiach. Rozstawałyśmy się tylko na wakacje: ona jechała do Nowego Jorku, a ja do Paryża, parę razy zresztą poleciałam tam z nią, a i ona odwiedzała mnie w Paryżu. – Gabriella uśmiechnęła się na te wspomnienia, po czym dodała: – Była dla mnie jak siostra. Której, jak wiesz, nie miałam. – Po czym spojrzała na Raoula i zmitygowała się: – O Boże, ależ ja paplam! Czemu mi nie przerwiesz?

– Mógłbym słuchać cię tak całą noc. Nie mogę sobie darować, że przez te wszystkie lata nie było mnie przy tobie!

– Przecież nie mogłeś, Raoul. Zresztą, dlaczego miałbyś się przejmować dziewczyną, która miała wtedy dwanaście czy trzynaście lat? Miałeś przecież własne życie, byłeś już właściwie dorosły. Mnie zresztą nie było tak źle. Polubiłam koledż i internat. Na początku może i było ciężko, ale to mi pomogło trochę zapomnieć o tamtych strasznych sprawach...

Miała rację, pomyślał. Miał już wówczas swoje życie i ono go przede wszystkim absorbowało. Przez dwa lata po śmierci rodziców nie mógł dojść do siebie: dużo pił, hulał po kasynach, obstawiał zakłady i konie. I w końcu stracił prawie wszystko, co odziedziczył. A potem pojawiła się Katia. Wyciągnęła go z tego bagna i życie stało się dla niego ponownie piękne i szczęśliwe. Aż do dnia, kiedy znowu wszystko miało się wywrócić do góry nogami...

Aż wstrząsnął się na wspomnienie tamtych chwil.

– Wtedy byłbym dla ciebie tylko problemem, więc to w sumie dobrze, że mnie nie było.

Wzięła jego dłoń w swe ręce.

– Umówmy się – zaproponowała – że nie będziemy mówić o przeszłości, dobrze? Przez jakiś czas przynajmniej. Wzniosłeś toast za nowe początki, zatem... zacznijmy coś nowego!

Gdyby to było takie proste, pomyślał.

Przeszłość była wszystkim, co miał. Stworzyła go i ukształtowała. Uczyniła tym, kim był teraz. Pozbywając się tego, pozbyłby się zarazem siebie samego. Nagle poczuł, że się dusi i musi wyjść na świeże powietrze. Jeśli za chwilę nie wyjdzie, stanie się z nim coś bardzo złego...

– Skończyłaś już? – spytał, wstając pospiesznie i kładąc kilka banknotów na tacce z rachunkiem.

Gabriella była w szoku, ale zrozumiała, że z Raoulem coś się dzieje. Szybko chwyciła płaszcz i wybiegła za nim w ciemność nocy. Padało. W deszczu wydawało się, że smugi światła rzucane przez latarnie nad Sekwaną biegną zygzakami przez mokry trotuar bulwarów i ciemną toń rzeki.

– Raoul! – zapytała, gdy udało jej się go dogonić. – Co się stało? Powiedziałam coś niestosownego?

– Nie, nie. To nie ma związku z tobą.

– To o co chodzi?

– To siedzi we mnie, Gabriello.

Uderzyło ją, że przestał mówić do niej Bella. Odebrała to trochę jak policzek.

Raoul zatrzymał taksówkę i wepchnął ją do środka. Myślała, że wsiądzie za nią, ale on podał tylko szoferowi adres domu Umberta i miał właśnie zatrzasnąć drzwi.

– Raoul, co robisz?

– Wysyłam cię do domu. Dobranoc, Gabriello.

Ale ona nie zamierzała dać się tak łatwo odprawić. Otworzyła drzwi szerzej i stanęła przed Raoulem, twarzą w twarz.

– Nigdzie nie jadę. Przynajmniej dopóki mi nie powiesz, kiedy się znowu zobaczymy.

– Przecież nie chcesz mnie więcej widzieć.

– Wiem lepiej niż ty, czego chcę, a czego nie chcę – powiedziała z błyskiem złości w oczach, którego Raoul nie widział od lat. Ostatni raz widział ten błysk w oczach dwunastoletniej buntowniczki.

Taksówkarz zaczął się niecierpliwić. Gabriella odwróciła się i powiedziała do niego coś po francusku, zamknęła drzwi i podjęła przerwaną rozmowę z Raoulem:

– Słuchaj, ja nie będę czekać kolejnych dwanaście lat na spotkanie z tobą. Nie będę, do jasnej cholery!

– Ale co ja mam na to powiedzieć? Przecież nie wiemy, co będzie.

– A o której jutro masz lot? Zdążymy zjeść razem lunch?

– Nie.

– To może śniadanie w twoim hotelu?

– Też nie. Wylatuję wczesnym rankiem.

– Nie możesz tego zmienić? Polecieć późniejszym rejsem?

– Nie. Mam pilne sprawy do załatwienia w Wenecji.

– I nie da się tego przełożyć?

– Nie.

Wkurzające! Raoul był nieprzenikniony jak granit. Chciała się rzucić na niego z pięściami, ale wiedziała, że to nic nie da. I nagle przyszło jej do głowy proste rozwiązanie:

– Dobrze. Pojadę z tobą do Wenecji. Na dzień albo dwa.

– Przepraszam, Gabriello, ale... złożyłem ci tę propozycję zbyt pochopnie. Powinienem był pamiętać, że to zupełnie nierealne.

– Zaprosiłeś mnie przecież! A teraz się z tego wycofujesz?

– Tak. Bo to... zupełnie bez sensu.

– Na miłość boską, Raoul! Przyjeżdżasz tu po dwunastu latach i po chwili znikasz na kolejnych dwanaście. Naprawdę nic więcej nie możesz dla mnie zrobić?

– Ależ właśnie to robię, Bella. Daję ci wolność. Doceń to.

Odwrócił się i odszedł w mokrą paryską noc.

Chciała za nim pobiec, ale coś jej mówiło, że to nic nie da, że Raoula niczym nie da się złamać. Ale o co, na Boga, chodziło mu z tą wolnością? – pomyślała, wsiadając do taksówki.

Chyba winien jej był przynajmniej to jedno wytłumaczenie?

Śnił tej nocy o Katii. Widział wyraźnie jej gibkie ręce, oczy tancerki i uwodzicielski uśmiech. Ale po chwili ten śmiech zmienił się w wyraz przerażenia i Katia zaczęła krzyczeć. Chciał biec jej na pomoc, ale nogi miał jak z żelaza...

Obudził się zlany potem. Ktoś pukał do drzwi. Zapewne pokojówka ze śniadaniem, pomyślał. Spojrzał na zegarek i przeraził się – było znacznie później, niż myślał. Powinien już być w drodze na lotnisko! Owinął się ręcznikiem i podszedł do drzwi. Otworzył je i zobaczył... Gabriellę. Rzuciła mu się w ramiona zapłakana, w ręku trzymała gazetę. Raoul był zupełnie skołowany i nie bardzo mógł zrozumieć, w jaki sposób Gabriella go znalazła. No tak, podał jej przecież nazwę hotelu.

– Raoul, przepraszam – mówiła, łkając. – Wiem, że będziesz na mnie wściekły, ale nie wiedziałam, do kogo z tym pójść...

Przytulił ją, próbując uspokoić.

– Co się stało, Gabriello? – spytał, choć podejrzewał, że wie, co się stało. Podejrzewał słusznie.

– Wszystkie gazety o tym piszą... Aresztowali go.

– Kogo?

– Consuela. Jest oskarżony o pranie pieniędzy. Jego fundacja miała być jedną wielką pralnią brudnych pieniędzy!

Czyli sprawy poszły jeszcze szybciej, niż planowałem, pomyślał, przelatując oczami artykuł w poszukiwaniu szczegółów. Zatem udało się, Gabriella jest bezpieczna, a Umberto w niebie może się na niego nie obrazi, że nie zrealizował swej obietnicy w stu procentach? Garbas spędzi za kratkami wiele lat, a Gabriella w międzyczasie znajdzie lepszego kandydata na męża.

– Tak – powiedział, doczytawszy w pośpiechu artykuł do końca. – Ale... co tu można zrobić?

– Nie wiem, musimy mu jakoś pomóc.

– Ale jak?

– Nie wiem, nie wiem. Przecież to chyba nie może być prawda?

– Trudno powiedzieć...

– Myślisz, że on... że Consuelo jest przestępcą?

Przycisnął ją mocniej do siebie i ku własnemu zaskoczeniu poczuł, że jego ciało nie jest całkiem odporne na jej wdzięki. Czuł wyraźnie na sobie dotyk jej piersi i z trudem mógł się opanować na tyle, by prowadzić rozmowę.

– Myślę, że musisz się przygotować na taką ewentualność. Policja raczej nie aresztuje ludzi na ślepo przy tego rodzaju zarzutach, Bella.

Użycie przez Raoula pieszczotliwej formy jej imienia trochę uspokoiło Gabriellę. Nie zmrużyła oka tej nocy po tak dramatycznie zakończonej kolacji, a rano musiała stawić czoło wieściom o Consuelu. I nagle uprzytomniła sobie, że stoi przytulona do mężczyzny swoich dziewczęcych marzeń, z głową opartą o jego owłosiony tors, podczas gdy on okryty jest jedynie ręcznikiem.

– Nazwałeś mnie znowu Bellą – powiedziała, podnosząc oczy. – A już myślałam, że mnie znienawidziłeś.

Odgarnął włosy opadające jej na twarz.

– Jak mógłbym cię kiedykolwiek znienawidzić? – zapytał.

Uśmiechnęła się.

– Ja też nigdy nie mogłabym ciebie znienawidzić. Nie wiem, co musiałbyś zrobić. Myślę, że jesteśmy skazani na przyjaźń na całe życie – powiedziała, choć jej ciało pragnęło w tym momencie czegoś więcej niż tylko przyjaźni.

Pocałował ją w czoło.

– Przepraszam cię, Bella. Wczoraj wieczorem miałem po prostu atak paniki. Są sprawy, o których nie wiesz...

– Bardzo chętnie się dowiem. Jeśli tylko mi pozwolisz.

Odsunął ją od siebie. Zrobił to delikatnie, a jednak Gabriella zachwiała się, niemal niezdolna ustać na nogach bez jego pomocy. Raoul podszedł do szafy.

– Przepraszam cię, muszę się ubrać – powiedział. – Co zamierzasz zrobić?

Gabriella przez chwilę nie mogła zrozumieć, o co mu chodzi. Z początku myślała, że pyta ją, co chce zrobić w kontekście jego ubierania się i dopiero po chwili dotarło do niej, że Raoulowi chodzi o sprawę Consuela.

– Nie wiem. Może pójdę na policję. Powiem im, że musi być jakieś inne wytłumaczenie, bo on jest niewinny.

Raoul, na wpół ubrany w koszulę, spojrzał na nią zza uchylonych drzwi szafy.

– Czy ty naprawdę zawsze widzisz w ludziach tylko dobro? – spytał. – Niezależnie od okoliczności?

– No ale... to chyba nie może być prawda? Ta fundacja zrobiła tyle dobrego! Przecież sama widziałam te dzieci, którym oni pomogli, maleństwa, dla których nie było żadnej nadziei, dopóki fundacja nie opłaciła im terapii.

Jak można być tak naiwną, zastanawiał się w trakcie ubierania Raoul. Przecież jest oczywiste, że fundacja była doskonałą zasłoną dla machinacji finansowych Consuela. Raoul sam to odkrył – wystarczyły dwa tygodnie grzebania w internecie i aktach fundacji – i sam dyskretnie powiadomił o tym policję. Ale tego nie mógł jej teraz powiedzieć. Gabriella tymczasem próbowała każdej opcji, która przedstawiałaby Consuela w jaśniejszym świetle:

– Może to wszystko robił któryś z jego pracowników, a on o niczym nie wiedział? Tak czy inaczej, muszę mu jakoś pomóc.

Raoulowi udało się zapiąć ostatni guzik koszuli. Bez fizycznego kontaktu z Gabriellą panował lepiej nad cielesnymi pokusami.

– Czy ty go kochasz, Bella? – spytał. – Człowieka, który opuścił cię wczoraj, w dniu, kiedy każda bliska ci osoba powinna być przy tobie?

– Nie – odpowiedziała głosem bliskim płaczu. – Ale czy to coś zmienia? Jest moim przyjacielem, a przyjaciele są po to, by pomagać w takich sytuacjach.

– Bella, gazeta pisze, że aresztowano go wczoraj na lotnisku, kiedy próbował uciec z kraju. Czy też planował akurat wyjazd i ty o tym wiedziałaś?

– Nie. Mieliśmy zjeść razem kolację, sami.

– Czyli, pomijając wszystko inne, jeśli pójdziesz na policję, to, chcąc nie chcąc, poinformujesz ich, że jest kłamcą.

Upadła na niezaścielone łóżko i ukryła twarz w dłoniach.

– Przepraszam. Nic już nie wiem. Nie wiem, co mam robić!

Wyglądała na tak zranioną i złamaną, że Raoul zaczął czuć wyrzuty sumienia za to, co zrobił Garbasowi. Sądził, że i tak policja wkrótce dobrałaby się do niego, ale donos niewątpliwie przyspieszył bieg spraw. A teraz okazywało się, że uderzając w Consuela, zranił też Gabriellę. A przecież miał ją w ten sposób ocalić...

Zrozumiał, że nie może zostawić jej samej w Paryżu. Bez wątpienia pójdzie wtedy na policję i poprosi o widzenie z Consuelem. Jeśli jej na to pozwolą, zapyta go, czy dokonywał tych przekrętów. On oczywiście powie, że nie, a ona mu uwierzy. I nigdy się w ten sposób od niego nie uwolni, nawet kiedy Garbas będzie za kratkami. Jak w zaklętym kręgu...

– Bella – powiedział, siadając obok niej i przytulając do siebie jej głowę. – Wiem, co powinnaś teraz zrobić. Powinnaś spakować parę najpotrzebniejszych rzeczy i polecieć ze mną do Wenecji. Tam odpoczniesz i nabierzesz do tego wszystkiego dystansu.

Zapłakała ponownie, przytulając się do jego świeżo założonej koszuli.

– Ale przecież nie chciałeś, żebym z tobą jechała...

– A teraz chcę.

– To dlaczego wtedy nie chciałeś? Dlaczego odesłałeś mnie do domu?

Gładził jej włosy, próbując znaleźć odpowiednie słowa.

– Wczoraj wieczorem... – zaczął, patrząc bezwiednie po pokoju. – Wczoraj wieczorem przypomniało mi się coś, o czym bardzo chciałbym zapomnieć. To nie ma związku z tobą. Poniosło mnie i zacząłem wszystko widzieć na czarno. Przepraszam, zachowałem się podle i musiałem cię bardzo zranić. Ale teraz nie mogę cię zostawić samej w Paryżu, kiedy nie ma Umberta, a twój przyjaciel jest w areszcie.

– Ale... – próbowała znaleźć jakąś kolejną przeszkodę, ale nic nie przychodziło jej na myśl.

– Masz właśnie urlop, wykorzystaj to. Kiedy ostatnio wyjechałaś na prawdziwe wakacje?

Bardzo dawno temu, pomyślała.

– Mam tam, w Wenecji, mieszkanko nad kanałem – mówił, widząc, że dziewczyna się waha. – Zmieścimy się tam razem, ja ze swoją pracą i ty, kiedy będziesz zbyt zmęczona zwiedzaniem miasta. Wieczorami będziemy pić wino na balkonie i patrzeć na przepływające gondole.

Widział w jej oczach, że bardzo chciałaby się na tę propozycję zgodzić, ale też coś ją wstrzymywało.

– Sama już nie wiem...

– Ależ wiesz, wiesz dobrze! Pojedziesz, a po kilku tygodniach, kiedy sprawy się tu jakoś ułożą, a ty poczujesz się silniejsza, wrócisz. Wtedy, jeśli tak postanowisz, być może będziesz w stanie jakoś konkretniej pomóc swemu przyjacielowi.

Popatrzyła na niego oczami pełnymi łez.

– Naprawdę tak myślisz? – zapytała.

– Naprawdę. I wiem, że tak będzie.

Jej zęby ponownie zacisnęły się na dolnej wardze.

– Nie rób tak! Skaleczysz się... – powiedział, odruchowo przykładając palec do jej ust.

Gabriella znieruchomiała. Raoul też nie za bardzo wiedział, co ma robić, zaskoczony śmiałością swego gestu. Patrzyli sobie prosto w oczy w tej nietypowej sytuacji. Raoul powoli wysunął palec z jej ust, ale nie chciał tracić z nią kontaktu. Położył dłoń na jej szyi i przysunął jej twarz do swojej. Ich usta dzieliło teraz raptem kilka centymetrów i każde z nich czuło na sobie przyspieszony, nerwowy oddech drugiego.

Co ja robię? – zapytał się jeszcze w myślach, ale pożądanie okazało się silniejsze od rozumu. Po chwili usta Raoula dotknęły warg Gabrielli. Ale tylko musnęły ich skórę, przez bardzo krótki moment.

Delikatnie odsunął jej głowę od siebie.

Później, pomyślał. Później przyjdzie czas na wszystko.

Gabriella patrzyła na niego, mrugając powiekami, niewiele rozumiejąc z tego, co się dzieje. Wiedziała tylko, że chce, żeby Raoul pocałował ją raz jeszcze.

ROZDZIAŁ CZWARTY

Wenecja zachwyciła ją już właściwie od momentu, kiedy podchodzili do lądowania na lotnisku Marco Polo. Nigdy w życiu nie widziała czegoś równie pięknego jak to stare miasto wynurzające się prosto z morza, z charakterystycznym przecinającym je zygzakiem Canal Grande.

Jeszcze bardziej niesamowita wydawała się Wenecja z pokładu *vaporetto*, którym przypłynęli z lotniska. Gdy wpływali w gęsto zabudowane z obu stron uliczki, patrząc na blanki pałaców czy kopuły i wieże kościołów, Gabriella próbowała sobie wyobrazić, że jest średniowieczną księżniczką, która płynie właśnie statkiem na swój ślub – ma być poślubiona bogatemu kupcowi weneckiemu, którego nigdy nie widziała na oczy. Obok co chwila przemykały inne statki i gondole. To wszystko było takie nierzeczywiste, po prostu magiczne.

– No jak? Szczęśliwa? – spytał Raoul. Spojrzała na niego: miał na sobie teraz przeciwsłoneczne okulary, które, obok kucyka i bruzd na twarzy, jeszcze bardziej podkreślały jego tajemniczość. Rozpięta pod szyją koszula odsłaniała oliwkową skórę klatki piersiowej, porośniętej gęsto włosami.

Jeżeli to ma być jej mąż, to księżniczka jest rzeczywiście wybranką losu, pomyślała. Ale nie, to nie mógł być bogaty kupiec wenecki, Raoul na kogoś takiego nie wyglądał. To raczej herszt piratów, w którym się skrycie kochała, a który teraz porwał ją na swój okręt, w ostatniej chwili wyrywając pannę młodą z rąk niedoszłego męża.

– Wyglądasz w każdym razie na szczęśliwą – powiedział, uśmiechając się do niej.

Czy księżniczka będzie zawsze szczęśliwa przy boku pirata? Nie wiadomo. Czeka ją pewnie życie pełne niebezpieczeństw i nieoczekiwanych zwrotów akcji. Ale czy mogła się choćby przez sekundę wahać?

Zaśmiała się głośno na tę myśl, a wiatr poniósł ten śmiech daleko ponad wodą.

– Uwielbiam to miasto. Już zapomniałam, jak ono wygląda. Byłam tu przecież tylko raz, tak dawno temu.

– Kiedy to było?

– Miałam wtedy dziesięć albo jedenaście lat. Byliśmy tu z wycieczką ze szkoły. Nie pamiętam właściwie nic, poza tym, że karmiłyśmy gołębie na placu Świętego Marka. To było zresztą dla tych ptaków straszne przeżycie – dwadzieścia rozkrzyczanych dziewczyn rzucających im okruszki chleba.

– Pamiętam, opowiadałaś mi! Wtedy, w górach, pierwszego wieczoru. Zapomniałem o tym potem...

Nic dziwnego, że zapomniał, pomyślała Gabriella. To było tyle lat temu! Ostatnie wspólne wakacje ich rodzin, tuż przed wielką tragedią. Pamiętała tylko lot helikopterem nad lodowcem – wspaniały widok! No i to, że następnego dnia zachorowała. Zaziębiła się i miała gorączkę. Raoul zaoferował się, że zostanie z nią w hotelu, żeby rodzice mogli pójść w góry. Bardzo lubili chodzić po górach. Zostali więc we dwoje. Gabriella cały dzień podrzemywała, a kiedy akurat nie spała, piła lemoniadę. Raoul próbował czytać jej jakąś książkę, ale bolała ją głowa i nie mogła się skoncentrować na akcji. Zaraz, czy to nie była właśnie historia księżniczki porwanej przez zakochanego w niej wodza piratów?

I tak spędzili dzień. Potem przyszedł wieczór, zaczęli się trochę denerwować, ale wiedzieli, że rodzice znają się na górach i nic złego im się nie może stać. Tak myśleli, dopóki nie przyjechała policja...

– Znowu gryziesz wargę, Bella! – powiedział Raoul, przytulając ją do siebie. – A gołębiami się nie przejmuj. Już pewnie nie żyją, a ich dzieci, nawet jeśli usłyszały od rodziców historię o straszliwych, rozkrzyczanych dziewczynach, już wam pewnie zdążyły wybaczyć.

Roześmiała się. Była mu wdzięczna, że odwrócił jej myśli od tamtych wspomnień.

– Tak bardzo jestem ci wdzięczna, że mnie tu zabrałeś – powiedziała. Po czym wspięła się na palce, zarzuciła mu ręce na szyję i pocałowała w policzek. Aż westchnęła, wdychając w nozdrza zniewalający zapach jego skóry i ocierając policzek o jego chropowatą twarz. Jak szybko odrasta mu zarost, pomyślała. Przecież golił się tuż przed wyjazdem na lotnisko!

Raoul zdjął jej ręce ze swej szyi i Gabriella zastanowiła się, czy przypadkiem nie zrobiła czegoś niestosownego. Ale on jedynie obrócił ją tak, by mogła patrzeć na miasto, a sam objął ją od tyłu.

– Już prawie dopływamy – powiedział, gdy tramwaj wodny wpływał w jeden z mniejszych kanałów. Płynęli teraz dosłownie pod oknami domów, w których stały donice z przepięknie rozkwitającymi kwiatami. Przepłynęli wkrótce pod uroczym, łukowatym mostkiem łączącym dwie wąziutkie uliczki po obu stronach kanału.

Czując ciepło rąk Raoula tuż pod swoimi piersiami, Gabriella pragnęła tylko, by ta chwila trwała wiecznie. Niestety, podpływali właśnie pod przystanek przy frontonie dość sporego *palazzo*, oplecionego gęstą siatką kolumn, balkonów i galeryjek.

Ze zręcznością zaprawionego w sztuce abordażu pirata Raoul zeskoczył na nabrzeże i podał Gabrielli dłoń do zejścia.

– Witaj, Raoul. – Gabriella usłyszała głos i wzrokiem podążyła w stronę, z której dochodził. W bogato zdobionej okuciami bramie stał mężczyzna wyglądający na młodszego o kilka lat od Raoula. – Czekaliśmy na ciebie.

– Dzięki, Marco – powiedział Raoul, podając bagaż mężczyźnie o tym tak typowo weneckim imieniu. – To jest Gabriella D'Arenberg, która będzie tu przez jakiś czas moim gościem. Gabriello, Marco i Natania to moi współpracownicy. Natania zaraz do nas pewnie zejdzie.

I rzeczywiście, w otwartej bramie zobaczyli schodzącą po marmurowych schodach kobietę. Uśmiechnęła się na widok Raoula, odsłaniając piękne bielutkie zęby, ale uśmiech ten zamarł na jej twarzy na widok Gabrielli – w pięknych, zmysłowych i cygańskich jakby oczach zalśniła zazdrość. Gabriella przypatrzyła jej się przez chwilę. Natania miała cudowne ciało, ciut może nazbyt obfite, ale była to niewygórowana cena, jaką płaciła za wspaniałe duże piersi i szerokie biodra, na widok których mężczyźni doznawali zapewne pomieszania zmysłów. Gabriella domyślała się, że Raoul często razem pracuje, a nawet, jak widać, zamieszkuje ze swymi współpracownikami, i zastanawiała się, czy to możliwe, by mógł oprzeć się takiej pokusie.

– A oto i Natania – Raoul przedstawił podchodzącą do nich kobietę. – Najwłaściwsza osoba do zadawania pytań. Zna to miasto jak własną kieszeń.

– Miło mi cię poznać, Gabriello – powiedział Marco, podczas gdy Natania milczała, zaciskając zęby. Gabriella przyjrzała się z kolei jemu. Miał, podobnie jak Raoul, oliwkową skórę i ciemną, południową karnację, ale na tym podobieństwa między nimi się kończyły. Długie rzęsy i wydatne wargi, a także jakaś figlarność malująca się w oczach powodowały, że wyglądał trochę chłopięco. Był zresztą wyraźnie młodszy od Raoula, choć chyba starszy od Gabrielli.

– Przepraszam, że tak bezceremonialnie przedstawiłem was po imieniu – wyjaśniał Raoul. – Nie używamy tu tytułów, ale jeśli chcesz jakiegoś używać, to się do tego zastosujemy. Może *mademoiselle*?

Gabriella uśmiechnęła się.

– Nie bawmy się tu w Wersal – powiedziała. – Miło cię poznać, Marco – dodała, przenosząc następnie wzrok na Natanię. Ta wreszcie opanowała się na tyle, by powitać gościa:

– Będzie dla mnie wielką przyjemnością mieć tu drugą kobietę na pokładzie – powiedziała, ewidentnie kłamiąc. – Jestem już znudzona towarzystwem samych mężczyzn.

Marco zareagował na to nieszczere przywitanie cierpkim uśmiechem. Gabriella zastanowiła się, czy przypadkiem nie są oni parą. Jeśli tak, to byłaby to dla Gabrielli wielka ulga. Podobnie jak wiadomość, że w *palazzo* nie było wcześniej innych kobiet.

Niby nie miała prawa wtrącać się w życie prywatne Raoula, ale... to było silniejsze od niej. Czuła w końcu jeszcze na brzuchu dotyk jego ciepłych rąk.

– Dziękuję, Natanio – powiedziała bez cienia ironii. – Już jestem zachwycona tym miejscem.

Raoul zaprowadził ją na *piano nobile*, czyli pierwsze piętro, dokąd nigdy nie sięgała woda nawet podczas rekordowych przypływów, z majestatycznymi komnatami i rozległym widokiem na sieć kanałów. Raoul zajmował prawie całe to piętro. Niżej były mniejsze pokoje i pomieszczenia techniczne, na najwyższym zaś piętrze mieścił się apartament, który zajmowali Natania i Marco.

– Potrzeba ci naprawdę aż tyle miejsca? – zapytała, gdy Raoul pokazywał jej kolejne, częściowo dyskretnie ze sobą połączone komnaty *piano nobile*.

– Chyba nie, ale wygrałem ten dom w karty i nie wypadało narzekać na to, że jest za duży.

– I potraktowałeś go jako inwestycję?

– No niezupełnie. Miałem po prostu szczęście, że nie przegrałem go w kolejnej grze. Ani podczas sześciuset trzydziestu siedmiu następnych.

Zaśmiała się, choć... nie miała absolutnej pewności, czy opowieść Raoula jest fikcją. Wiedziała przecież, że przehulał kiedyś w kasynach cały majątek po rodzicach.

– Nie wyobrażam sobie, byś miał popełnić ten sam błąd, który na twoich oczach popełnił ktoś inny – powiedziała, próbując utrzymać się w konwencji żartu, który mógł równie dobrze być prawdą.

– Wiesz, hazard powoduje, że ludzie tracą rozum... – odpowiedział zdecydowanie smutniejszym tonem. – Ale tak czy inaczej, *voilà*! – dodał, otwierając drzwi do największej z komnat. Był to jakby salon czy biblioteka, bo wszystkie cztery ściany zasłaniały po sam wysoki sufit półki z książkami. Półki te znajdowały się nawet nad drzwiami, a do górnych rzędów książek można się było dostać tylko za pomocą drabiny stojącej obecnie w kącie pokoju. Gabriella przeleciała wzrokiem po tytułach stojących najbliżej niej książek; były wśród nich prawdziwe białe kruki!

– Masz tu niezłą bibliotekę! – powiedziała z zachwytem. Książki były największą pasją jej życia. W ich świat uciekła po tym, jak tragedia zabrała jej rodziców. Z miłości do książek poszła na bibliotekoznawstwo, kierunek uważany przez jej rówieśników za nudny. I tu, w tym cudownym mieście, też miała mieszkać pośród setek, a raczej tysięcy książek, w tym tak rzadkich, że nie powstydziłaby się ich niejedna wielka biblioteka.

Nie mogła uwierzyć w swe szczęście. Najpierw podróż *vaporetto*, widok magicznego miasta, a teraz ten pałac pełen książek!

Raoul patrzył na jej zachwyt, zastanawiając się, czy ona zawsze widzi we wszystkim tylko jasne strony. Czy nie rozumie, że szczęście nie trwa wiecznie?

Ponownie, pierwszy raz od wyjścia z paryskiego bistro, ogarnęły go czarne myśli.

– Chodźmy dalej – powiedział wyraźnie sztywniejszym głosem, w którym nie dało się zamaskować targających nim uczuć.

Gabriella nie mogła wprost uwierzyć, że jego nastrój zmienia się tak raptownie. Jeszcze przed chwilą czule ją przytulał, a teraz był wobec niej wyraźnie oschły. A może z nią było coś nie tak? Była w końcu o ponad dziesięć lat od niego młodsza, a on pewnie był przyzwyczajony do dojrzałych kobiet w swoim wieku. Może dla niego była po prostu za głupia? Może też powiedziała coś niestosownego, czego nawet nie zauważyła?

Z ciężkim sercem powlokła się za Raoulem do kolejnego dużego pokoju, którego ściany pokrywały freski, a pod nimi stały dwie aksamitne sofy o krwistoczerwonym kolorze. Ale największą atrakcję pokoju stanowił żyrandol – był tak niesamowity, że Gabriella aż przystanęła i na moment zapomniała o nowym kłopocie z Raoulem. Żyrandol wyglądał jak pęk piór w rozpostartym ogonie pawia, upstrzonym szeregiem maleńkich białych i czerwonych lampek.

– To jest jadalnia – wyjaśniał Raoul, a widząc jej wzrok wpatrzony nadal w żyrandol, dodał: – Słynne szkło weneckie, z wysepki Murano.

– Nieprawdopodobne – wyszeptała.

– Byłaś tam, w hutach szkła?

– Teraz mi się wydaje, że tak, choć słabo to pamiętam. Tak czy inaczej, nic równie pięknego tam nie widziałam.

– W takim razie musimy tam popłynąć!

– Naprawdę? – spytała, nadal niepewna co do stanu, w jakim znajdował się Raoul. Wydawało się, że po chwilowym załamaniu powoli wraca do siebie. – Jeżeli naprawdę mógłbyś, to byłoby cudowne.

– Zorganizuję to – powiedział z pełnym przekonaniem, po czym wrócił do oprowadzania Gabrielli po domu: – Za jadalnią mieści się kuchnia. Kolacje najczęściej gotuje nam Natania. A to – powiedział, otwierając kolejne drzwi – twój pokój.

Weszła do długiego, dużego pokoju, prawie tak dużego jak biblioteka. Tu także stały dwie wielkie sofy, a uwagę zwracał ponadto puszysty czerwony perski dywan. Największą jednak atrakcję stanowiło wielkie małżeńskie łoże, ustawione w alkowie naprzeciwko wejścia; wejścia do alkowy strzegły dwie antyczne kolumny. Ściany pokoju zdobiły malowidła, przypominające trochę średniowieczne freski, ale pochodzące chyba z późniejszego okresu, na co wskazywała odważna tematyka – przedstawiały greckich bogów i boginie oddających się miłości fizycznej we wszelkich możliwych pozycjach. I Raoul sądził, że ona w takim otoczeniu zdoła zasnąć?

– Naprawdę przepiękny pokój – powiedziała Gabriella, próbując ukryć rumieniec wstydu. Nie była pruderyjna, ale nie wiedziała, jak się odnieść do oczywistych przecież skojarzeń.

– To najbardziej okazały pokój, dla najważniejszych gości – zapewnił Raoul. A dostrzegając jej zażenowanie, dodał: – Zarumieniłaś się. Szokują cię te malowidła?

Nie szokowały. Nie przeszkadzały jej jako takie, same w sobie, ale... Po prostu przy Raoulu żadne dodatkowe bodźce pobudzające libido nie były jej potrzebne. Obecność mężczyzny, o którym śniła przez tyle lat, była dla niej lepszym afrodyzjakiem niż orgie greckich bóstw.

– No, przyznam, że nie oczekiwałam tego typu dekoracji, ale pokój jest naprawdę wspaniały. A swoją drogą, ile lat ma ten dom? – zapytała, zdecydowanie pragnąc zmienić temat.

– Co najmniej siedemset – powiedział Raoul, po czym powiódł ją do pozostałych pomieszczeń *piano nobile*: dwóch łazienek, pomieszczenia, które nazwał pokojem pracy, oraz do okazałej, ale już wyraźnie skromniejszej sypialni, gdzie sam spał. Bez alkowy kochanków, zauważyła Gabriella.

– Początkowo – tłumaczył Raoul – pałac był zbudowany w stylu bizantyjskim, ale w czternastym wieku przebudowano go do obecnej postaci.

– Jest wspaniały, Raoul – powiedziała szczerze, a zdarzyło jej się bywać wcześniej w wielu luksusowych wnętrzach. To jednak miało w sobie coś niepowtarzalnego, połączenie kupieckiego bogactwa z całkiem niezłym gustem. Świątynia piękna i pełna dobrego smaku, świadcząca o zamożności właścicieli, a zarazem pełna zmysłowości. A w środku tego *palazzo* Raoul z jego biedną, przetrąconą duszą...

– Muszę cię tu teraz zostawić – powiedział, kiedy skończyli zwiedzanie i znaleźli się ponownie w bibliotece. – Muszę czegoś dopilnować w pracy. Proszę, czuj się jak u siebie w domu – dodał, po czym wyszedł bardzo szybko, bez żadnego czułego gestu na pożegnanie.

Chyba jednak nie wszystko jeszcze z nim w porządku, pomyślała Gabriella.

Zaczęła chodzić po pomieszczeniach *piano nobile*. Obejrzała dokładniej frywolne malowidła w swej sypialni, freski w sąsiednim pokoju, podziwiała także wielką kuchnię z setkami garnków, patelni i innych utensyliów zawieszonych na hakach nad blatem kuchennym. Stanęła także przed *quadrifora*, czwórdzielnym łukowatym oknem, czy właściwie drzwiami wiodącymi na niewielki balkon. Odruchowo otworzyła je i podeszła do barierki. Wiejąca od morza bryza pieściła jej włosy, a z pobliskiej trattorii nad samym brzegiem kanału dochodził zapach grillowanej ryby. Gdzieś z niewielkiej odległości dolatywała serenada śpiewana przez gondoliera, który zabawiał w ten sposób swych pasażerów. Po chwili zresztą oczom Gabrielli ukazała się i sama gondola ze śpiewającym sternikiem-wioślarzem, pełna zagranicznych turystów.

Jej myśli wróciły jednak szybko do Raoula. Co takiego trapiło go aż tak bardzo? Co powodowało, że z jednego skrajnego stanu przechodził w drugi w ciągu raptem paru sekund? Skąd brały się te jego czarne myśli, przed którymi próbował się ratować, uciekając w samotność? I dokąd, do jakiej kolejnej tragedii, były w stanie go doprowadzić?

Stała tak jeszcze długo po tym, jak gondola i śpiew gondoliera znikły za zakrętem kanału. Nie znalazła jednak odpowiedzi na żadne z tych pytań i postanowiła wrócić do swojej sypialni i się rozpakować. Wyciągnie świeże ubranie, przebierze się i wyjdzie obejrzeć okolicę.

Ale w sypialni zastała... Natanię, która już zajęła się rozpakowywaniem jej ubrań i układaniem ich w szufladach szafy, jak gdyby to należało do jej obowiązków.

– Ależ nie trzeba było... – krzyknęła niemal Gabriella, nie wiedząc, czy bardziej jest zażenowana, czy zła, że ktoś grzebał w jej rzeczach.

– I tak nie miałam nic do roboty – odpowiedziała Natania, podnosząc piękny kaszmirowy sweter, który przytuliła do twarzy. – Jaki piękny! I jak musi do ciebie pasować. Wiesz, że mój Marco powiedział, że wyglądasz jak kwiatek. Pokryty rosą, delikatny i... gotowy do zerwania. Straszny świntuch z tego mojego chłopa.

Gabriellę zamurowało.

– Naprawdę tak powiedział? – spytała.

Natania przytaknęła. Rozkładała właśnie papier na dnie szuflady, w której zamierzała położyć sweter.

– Nie gniewaj się na niego – powiedziała uspokajająco. – W jego ustach to komplement. Poza tym Marco sądził, że to nie najlepszy pomysł, żeby umieścić cię w tej sypialni, no wiesz... te malowidła – dodała, pokazując na ścianę alkowy. – Sądził, że może ci być ciężko zasnąć. Ale Raoul się uparł: masz być tu i koniec.

Gabriella nie mogła pozbierać myśli, nie mówiąc już o słowach, i stała tak niema, niczym rażona piorunem. Raoul nalegał, by spała tu, wśród scen orgii?

Tymczasem Natania wyciągnęła właśnie z walizki Gabrielli złotą, jedwabną suknię, rozłożyła ją na łóżku i zaczęła wygładzać.

– Jaka piękna! – mówiła z autentycznym zachwytem. – Masz naprawdę niezły gust! Słuchaj, a może poszłybyśmy razem na zakupy, doradzisz mi przy wyborze, co?

– Nie sądzę, żebym miała lepszy gust od ciebie, ale... pójdę z przyjemnością.

– Naprawdę? *Bene!* A co do tego, co gadał Marco, to nie miał racji. Kobieta z takim gustem to nie żaden rozkwitający kwiatuszek, nieznający się jeszcze na życiu. I nie sądzę, by ta odrobina golizny miała cię wytrącić z równowagi, mam rację?

Gabriella popatrzyła na ścianę. Zastanawiała się, czy wyrażenie „odrobina golizny" jest tu aby stosowne. Ale nie chciała ani o tym teraz rozmawiać, ani uchodzić za przesadnie wstydliwą.

– Dziewicą już nie jestem, jeśli o to pytasz – powiedziała, licząc, że wywoła tymi słowami przynajmniej cień zażenowania na twarzy Natanii. Ta jednak jedynie roześmiała się przyjaźnie.

– No tak właśnie myślałam – powiedziała pełna samozadowolenia. – Kobiety wyczuwają te sprawy szóstym zmysłem. – Po czym rzuciwszy spojrzenie na zegarek, dodała: – Ja tu gadu gadu, a pora szykować kolację. Wybaczysz, jeśli cię zostawię z resztą?

– Jasne – odpowiedziała Gabriella. – Prawie wszystko już zresztą rozpakowałaś.

– *Grazie!* Obiecuję, że dziś będzie posiłek godny króla. I królowej – dodała Natania. – A widząc pytający wzrok Gabrielli, wyjaśniła: – Cieszę się, że Raoul przyjechał tu wreszcie z kobietą. Samotność źle mu robi.

Gabriella zarumieniła się jeszcze bardziej niż wcześniej przy Raoulu, kiedy pierwszy raz dostrzegła malowidła na ścianie.

– Natanio – próbowała tłumaczyć – to nie jest tak, jak myślisz. Jesteśmy... po prostu parą starych przyjaciół.

– *Si*. Póki co.

Zakręciła się na obcasie i wyszła, pobrzękując srebrnymi bransoletkami, którymi obwieszone były jej ręce, a do ich rytmu majestatycznie kołysząc biodrami. A Gabriella zastanawiała się, co miało znaczyć to „póki co". Czy Natania miała być prorokiem, niezależnie od bycia kucharką i garderobianą? Ale dreszcz, który przeszedł jej po szyi po tym, jak Natania wypowiedziała swą wróżbę, mówił, że co najmniej w połowie chciałaby, żeby się ona sprawdziła.

Raoul szedł przez plac na tyłach *palazzo*, rozganiając gołębie i klnąc, na czym świat stoi. Depresja zachwyciła go ostrzej, niż mógł przypuszczać, i zaczął się poważnie zastanawiać, czy w jego przypadku możliwy jest jeszcze jakikolwiek powrót do normalności. Ale jeżeli nie pokona w sobie tego demona czarnowidztwa, to koniec końców odstraszy od siebie Gabriellę na dobre i ona nigdy nie zgodzi się zostać jego żoną. A przecież obiecał umierającemu przyjacielowi, że ją poślubi.

Po co ja mu to, do jasnej cholery, obiecałem? – zapytywał sam siebie w myślach. I zastanawiał się, co grozi za złamanie takiej obietnicy. Jak może go ukarać Umberto z nieba? Czyż jego duch będzie go straszył i nawiedzał w snach? Nie chciał się tego dowiedzieć – miał już za dużo duchów w swoim życiu.

ROZDZIAŁ PIĄTY

Być może była to wspaniała *frittura* – smażone ryby i kalmary, które przyrządziła Natania. A może sycące *risotto al nero di seppia* z atramentem kałamarnicy. Coś w każdym razie najwyraźniej pomogło Raoulowi pokonać zły nastrój. Może zresztą zadziałał tu też fakt, że spotkanie biznesowe poszło mu lepiej, niż myślał. Tak czy inaczej Raoul był tego wieczoru znowu w skowronkach. Po kolacji zaproponował Gabrielli spacer po Wenecji, na co dziewczyna po prostu nie mogła się nie zgodzić.

Nocne powietrze było cięższe niż za dnia i pełne wilgoci, ale mimo wszystko wciąż jeszcze ciepłe. Raoul pokazał Gabrielli monumentalne budowle, które każdy odwiedzający Wenecję musi zobaczyć: bazylikę Świętego Marka z jej przepięknymi zdobieniami, Pałac Dożów przy placu Świętego Marka, gdzie dawno, dawno temu Gabriella karmiła z koleżankami gołębie. Pokazał jej kopulasty dach kościoła San Giorgio di Maggiore, będący właściwie samotną wyspą wraz z przyległymi do niego zabudowaniami. Zabrał ją na jasno oświetlony kamienny most Rialto, który spina oba brzegi Canal Grande. A potem poprowadził ją bardziej anonimowymi uliczkami, o których rzadziej wspominają przewodniki, gdzie jednak klimat starej Wenecji można wyczuć nie gorzej niż na placu Świętego Marka, a może nawet lepiej, bo mniej tu turystów.

Dam radę, mówił do siebie, gdy wchodzili na kawę do niewielkiej trattorii nad laguną. Poczuł, że zdoła pokonać drzemiącego w nim demona zwątpienia i zostać normalnym, a może nawet miłym w obyciu człowiekiem. Zrobi to nie po to, by wypełnić daną Umbertowi obietnicę, ale ponieważ to jedyna droga, żeby dowiedzieć się czegoś więcej o niej, o tych długich latach, kiedy jej nie widział.

– Skąd twoja decyzja, by iść na bibliotekoznawstwo? – zapytał, patrząc na kosmyki włosów Gabrielli tańczące na wietrze. – To przecież nie jest popularny kierunek?

Kelner przyniósł kawy i postawił na stoliku.

– Od dziecka, odkąd tylko nauczyłam się czytać, chciałam żyć otoczona przez książki – odpowiedziała, po czym pociągnęła łyk doskonałej *espresso*. – To było jak jakieś... opętanie. Ten zawód mnie po prostu wybrał, nie ja jego.

Raoul odgadł w tym momencie, co aż tak podniecało go w słuchaniu jej głosu. Leciutki francuski akcent w jej angielskim, powodujący, że wszystko, co mówiła, miało jakby ledwie wyczuwalny figlarny ton.

– A co takiego jest w książkach? Co aż tak cię, jak to powiedziałaś, opętało?

– Nie wiem, to znaczy... nie umiem tego wyjaśnić. Każda z nich jest jakby zamkniętym światem, w który wchodzisz i jakiś czas w nim przebywasz. Każda jest dla ciebie odkryciem, wielką niewiadomą. Tak naprawdę nigdy nie wiesz, co jest w środku, gdy bierzesz książkę do ręki. Nawet jeśli coś słyszałeś na temat jej treści, bohaterów...

Gdy to mówiła, w jej oczach zalśniły ogniki wielkiej pasji. Raoul patrzył na nią jak zauroczony.

– Te wszystkie książki w moim domu... – zaczął mówić, żeby podtrzymać jakoś temat. – Ja ich nigdy nie dotknąłem, żadnej z nich. Nie wiem nawet, co mam.

Przerwał, bo zdał sobie sprawę, że to, co mówi, dla niej brzmi pewnie jak świętokradztwo. Ale jak miał jej powiedzieć, że jest rozdygotany na tyle, że nie jest w stanie przeczytać w spokoju jednej strony?

– A może... – powiedziała na to – może, skoro już tu jestem, mogłabym przejrzeć twoje książki i je skatalogować?

– Naprawdę mogłabyś to zrobić? Nie wolałabyś w tym czasie zwiedzać miasta?

– Spokojnie, znajdę czas i na jedno, i na drugie.

Gabriella zamyśliła się.

– No, teraz twoja kolej – powiedziała z uśmiechem w oczach.

– Na co? – zapytał wyraźnie zaskoczony Raoul.

– Na opowieść o tym, co robiłeś przez te wszystkie lata.

Ach to, pomyślał. Ale jak jej to opowiedzieć w kilku zdaniach?

– Nie robiłem niczego, co choć w połowie byłoby tak fascynujące jak twoje przygody.

Fałszywa skromność, pomyślała. Bruzdy na jego twarzy mówiły co innego.

– Byłam zszokowana, gdy dowiedziałam się o śmierci twojej żony. Byliście małżeństwem tak krótko. Tyle wiem od Umberta.

Raoulowi ścisnęło się gardło na wspomnienie tamtych chwil.

– A co właściwie ci o tym powiedział? – zapytał po chwili, gdy zdołał się jako tako opanować

– Że zdarzył się tragiczny wypadek. Ale to już było dobrych parę lat temu, prawda? Nie myślałeś nigdy, by się powtórnie ożenić?

Nigdy, odpowiedział sobie w myślach. Nikt nie zastąpi mu przecież Katii.

Mgła nad laguną gęstniała i mrok pochłaniał kolejne partie horyzontu: morze, domy, kościoły. Było w tym coś tak niesamowitego, groźnego, ale zarazem fascynującego – demon zniszczenia pożerający najpiękniejsze miejsce na ziemi. Patrząc na to, Gabriella zapomniała nawet o rozmowie i swoim pytaniu. Na które zresztą Raoul nie odpowiedział.

– Nie zimno ci? – spytał, obejmując ją ramieniem. Pokręciła przecząco głową, a potem przestraszyła się, że źle to zrozumie i cofnie rękę. Oparła więc głowę na jego barku.

– Niesamowite, prawda? – powiedziała.

Raoul pobiegł za jej wzrokiem. Ciemność pochłonęła już prawie całą linię horyzontu, jedynie na zachodzie utrzymywał się niewielki jaśniejszy pas nieba.

– Tak... – odpowiedział. – W taką noc duchy wychodzą z grobów.

– Raoul, nie mów tak, proszę!

– Ale to prawda! Wenecja ma wiele duchów i opowieści o nich.

– To opowiedz mi którąś – poprosiła, po chwili mitygując się, czy nie wywoła tym u Raoula kolejnego ataku depresji.

Ale on zaczął już swoją opowieść:

– Dawno, dawno temu żył sobie bogaty kupiec, który miał cały świat u swych stóp. Miał więcej pieniędzy, niż można sobie było wyobrazić, nie był też bardzo brzydki, jak przynajmniej zapewniały go kobiety. Znalazł więc sobie bardzo piękną żonę, z dobrego rodu, utalentowaną. I myślał, że będą wiecznie tak razem żyć w szczęściu i dostatku.

Gabriella aż wstrzymała oddech w oczekiwaniu na zwrot akcji; idylla trwa przecież najczęściej krótko i aż się prosi o jakąś tragedię.

– Aż któregoś wieczoru przedstawił swą żonę dwóm braciom, swoim przyjaciołom, którzy wrócili właśnie z długiej podróży kupieckiej. Ufał im bezgranicznie, ale jeden z nich uwiódł mu żonę, mówiąc jej, że z dalekich krajów przywiózł skarby jeszcze większe niż te, które ma jej mąż.

– Dała się uwieść? – pytała Gabriella, nieco zniesmaczona zachowaniem żony kupca. O dziwo, mniejsze oburzenie wywołał w jej oczach brat kupca, jak gdyby uwodzenie żon było naturalnym przywilejem mężczyzn. – To chyba nie kochała męża?

– Kto to wie? – odparł Raoul. – Pieniądze i opowieści o dalekich krajach potrafią zawrócić kobietom w głowach – dodał, po czym powrócił do przerwanej opowieści: – Pewnego dnia mąż wrócił do domu wcześniej, niż to miał w zwyczaju, i zastał swą żonę i jednego z braci baraszkujących razem w jego małżeńskim łożu.

– I co? I co?

– Zginęli oboje tej samej nocy: żona kupca i jego przyjaciel, a jej kochanek.

– Zabił ich?

– To nie jest jasne. Ale tak czy inaczej duch żony zaczął go prześladować. Nawiedzała go każdej nocy, wołała we śnie. Aż oszalał. A jej wołanie do dziś słychać nad laguną w takie noce jak ta.

Raoul zamilkł, a wiatr podnoszący się znad morza rzeczywiście zawył tak, jak gdyby ktoś kogoś gdzieś daleko wołał. Gabriellę przeszedł dreszcz. Wtuliła się w ramię Raoula jeszcze mocniej.

– Chodźmy do domu – powiedziała po chwili. – Późno już i zrobiło się zimno.

Szli, trzymając się za ręce, a światła lamp w wąziutkich uliczkach chroniły ich przed demonami nocy.

– Tak mi z tobą dobrze – powiedziała po tym, jak dłuższą chwilę szli w milczeniu. – Dziękuję, że mnie tu zabrałeś.

Zatrzymał się, położył dłoń na jej szyi, pogładził delikatną skórę na karku, po czym przyciągnął jej głowę do siebie. Nachylił się i Gabriella zobaczyła tuż nad sobą jego usta. Wstrzymała oddech, a po chwili, gdy ich wargi spotkały się ze sobą, wdychała już jego zapach: sugestywny, bogaty i zarazem tajemniczy, zupełnie jak sam Raoul. Zapach kupca, który odwiedził najodleglejsze zakątki ziemi, a może pirata, za głowę którego wyznaczono już nagrodę?

Pocałunek sparaliżował ją zupełnie. Poddawała się bezwiednie ruchom jego języka i warg, niezdolna do przejęcia jakiejkolwiek inicjatywy. I w tej bierności, w tym zupełnym oddaniu się mu, czuła się szczęśliwa. Gdy więc po dłuższej chwili Raoul oderwał wreszcie od jej ust swoje, chciała w pierwszym odruchu zaprotestować. Opanowała się jednak.

– Dlaczego to zrobiłeś? – zapytała, gdy znowu zaczęli iść.

– A... jak mogłem nie zrobić? – odpowiedział pytaniem.

Długo nie mogła zasnąć, otoczona scenami niebywałych orgii. Widziała przed sobą nimfę całującą kochanka, który trzymał dłoń na jej piersiach. Gabrielli wydawało się, jakby ta dłoń dotykała jej sutka, który był teraz nabrzmiały i twardy. Odwróciła się, by nie patrzeć dłużej na tę scenę, jedynie po to, by na drugiej ścianie zobaczyć przed sobą wielkie, rozszerzone w ekstazie oczy jakiejś boginki, której kochanek zagłębiał się w niej od tyłu. Położyła się więc na brzuchu, ukryła twarz w poduszce i próbowała zapomnieć o trawiącym jej ciało ogniu.

Leżała w wielkim łożu małżeńskim. Sama. Wydawało jej się, że nadal czuje na ustach dotknięcie warg Raoula i próbowała odtworzyć w pamięci każdy szczegół tej sceny. On sam leżał tymczasem oddzielony od niej jedynie ścianą.

Gdy Gabriella wstała późnym rankiem, Raoula nie było już w *palazzo*. Nie spała długo, zasnęła dopiero o brzasku, a i we śnie nie zaznała spokoju, dręczona przez armię lubieżnych bóstw, satyrów i demonów.

Naciągnęła na siebie dżinsy i podkoszulek, na nogi nałożyła tenisówki. Postanowiła zabrać się za katalogowanie biblioteki, póki Raoula nie ma w domu. Rozstawiana drabina z wygodnymi, szerokimi stopniami zapewniała jej bezpieczeństwo, nawet kiedy penetrowała zawartość półek pod sufitem.

Już na samym początku pracy natknęła się na kilka białych kruków – opasłych, zakurzonych ksiąg, które miały co najmniej sto lat. Jedna z nich, napisana po włosku, była historią pałaców weneckich, z pięknymi ilustracjami szkicowanymi piórkiem. Gabriella przewracała jej karty, rozpoznając pałace, które widziała poprzedniego wieczoru przy Canal Grande. Kto wie, pomyślała, może znajdę tu jakąś księgę, o której istnieniu świat do tej pory nie wie? W tej kolekcji mogło być przecież wszystko. Ale jej włoski, którego uczyła się trochę w szkole, nie wystarczał do solidnego katalogowania, zapisywała sobie zatem wszystkie wątpliwości, by później zadzwonić do przyjaciółki z pracy, która dobrze znała ten język.

I wtedy przypomniała sobie, że przecież powinna zadzwonić do znajomych w Paryżu, by dowiedzieć się czegoś o losie Consuela; coś pewnie było już na jego temat wiadomo. Dziwne, ale od przyjazdu do Wenecji niemal wcale o nim nie myślała. Niemniej wiedziała, że musi spróbować mu pomóc. Był w końcu jej przyjacielem i dla niej zrobiłby to samo. Chciała już zejść z drabiny i poszukać komórki, ale jej wzrok padł na cienką książkę wetkniętą między dwa grubsze tomy. I nawet jej kiepski włoski pozwolił na odczytanie tytułu na grzbiecie: *Opowieści o duchach Wenecji.*

Zaczęła ją przeglądać w nadziei, że znajdzie źródło opowieści Raoula o duchu zabitej żony kupca. Patrzyła głównie po tytułach rozdziałów, które w większości była w stanie zrozumieć; gorzej było z samym tekstem, ale i tu zdarzało jej się zrozumieć dwu- czy trzyzdaniowe fragmenty. Jeden z rozdziałów opowiadał, jak się zorientowała, o dzieciach zaginionych we mgle, których gondolę znaleziono następnego dnia dryfującą na falach, bez żadnych śladów po samych dzieciach. Inna opowieść dotyczyła ducha kobiety, który pojawiał się na moście, gdzie została zabita, a jeszcze inna – topielicy, której zjawa pojawiała się na falach w mgliste noce.

A może Raoul miał rację? – zastanowiła się. Może to miasto rzeczywiście pełne jest duchów? Ale dojechała oto do ostatniej strony i nie znalazła legendy, która przypominałaby tę opowiedzianą przez Raoula. I nagle poraziła ją pewna myśl: A jeśli to nie była legenda? Jeśli Raoul mówił o historii, która wydarzyła się rzeczywiście? Swojej historii?

Żona, którą stracił, jej tragiczna śmierć – to by mogło pasować do historii Raoula. I te jego ataki depresji. Czyżby wywoływał je duch zabitej żony? Czy Raoul był bogatym kupcem z tej opowieści, który ślepo wierzył, że jego szczęście będzie trwać wiecznie, i został tak surowo za tę wiarę pokarany? Ale żona, która zostawiła go dla jego przyjaciela, tu nie pasowała – tego jej przecież Umberto nie powiedział. Ale może... nie chciał powiedzieć?

Schodziła z drabiny, trzymając książkę o duchach przyciśniętą do piersi. Intuicja mówiła jej, że to przypuszczenie może być słuszne. Była już niemal na ostatnim, najniższym stopniu, gdy drzwi biblioteki nagle otworzyły się. Gabriella obróciła się raptownie w ich stronę i... nie wcelowała stopą w stopień, a jedynie jego krawędź. Zachwiała się na drabinie, ale Raoul chwycił ją dosłownie w ostatniej chwili.

– Bella, na Boga, uważaj! – zawołał, gdy Gabriella stanęła już pewnie na ziemi.

– Raoul – zdołała powiedzieć tylko to jedno słowo, rzucając mu się na szyję. – Jak dobrze, że jesteś – dodała, odurzona jego zniewalającym zapachem. Chciała mu powiedzieć, że rozumie jego ból, że odkryła tajemnicę jego opowieści, ale... tego przecież zrobić nie mogła. Zamiast tego powiedziała: – Zaczęłam właśnie katalogowanie. Masz tu całkiem niezłą kolekcję.

– Świetnie – odpowiedział. – Ale mam lepszy pomysł. Chodźmy razem na miasto.

– A biblioteka?

– Przecież nie ucieknie. Będzie tu jeszcze jutro.

– No dobrze. Przebiorę się tylko.

– Nie, zostań tak jak jesteś. Dobrze ci we wszystkim, ale w tych dżinsach, Bella, jesteś... bardzo sexy.

Gabriella zarumieniła się, a i Raoul poczuł, że posunął się chyba za daleko.

– Przepraszam, nie powinienem mówić takich rzeczy – powiedział.

– W porządku – odparła. – To nawet... miłe. W pewien sposób. Poczekaj... co ja miałam zrobić? A, wziąć płaszcz.

Mam ją, pomyślał. Od wczorajszego pocałunku czuł, że Gabriella jest jego. Zatem poszło łatwiej, niż myślał. Nie mógł zrozumieć, jak jakakolwiek kobieta, a już zwłaszcza ktoś taki jak Gabriella, mógł polecieć na typa o tak ciemnej duszy jak on. Jedna Katia była tu wyjątkiem, ale Katia nie żyła.

A może, zapytywał siebie w myślach, zadecydowała tu skłonność Gabrielli do widzenia dobra we wszystkim i wszystkich? Może to właśnie spowodowało, że najwyraźniej wybaczyła mu jego nieodpowiedzialne zachowanie, którego świadkiem była przecież już kilkakrotnie w tym krótkim czasie, odkąd odnaleźli się po latach?

Postanowił, w tej chwili przynajmniej, zachowywać się wobec niej jak opiekuńczy, czuły mężczyzna i tak długo, jak się da, nie poddawać się czarnym myślom.

W ciągu następnych kilku dni pokazał jej to, co Wenecja miała najlepszego do zaoferowania turystom. Wieczorem zaprowadził ją do dzielnicy Castello, w ciągu dnia sporo czasu spędzili w Giardini – ogrodach, założonych raptem dwieście lat wcześniej, czyli, jak na Wenecję, bardzo późno, po zajęciu miasta przez Napoleona. Na Via Garibaldi popijali gorzkawy szprycer, zagryzając tłustymi oliwkami. Odwiedzili wszystkie możliwe muzea i galerie, kilka uroczych trattorii na wysepkach zamykających lagunę i oczywiście szereg ekskluzywnych butików. Wychodzili na miasto popołudniami – pogoda była faktycznie nieco gorsza, ale nadal znośna. Mimo natłoku wrażeń Gabriella zawsze znajdowała czas, by zdać Raoulowi szczegółowy raport z odkryć, jakich dokonała danego ranka w jego księgozbiorze.

I wreszcie nadszedł dzień, kiedy Raoul poczuł, że to pora, by odkryć swe karty. Następnego dnia chciał zabrać Gabriellę do hut szkła i sklepików na Murano. Ale jeśli tego jeszcze wieczoru wszystko pójdzie tak, jak zaplanował, to nazajutrz...

Ponownie, po raz pierwszy od kilku dni, opanowały go wyrzuty sumienia. Zastanawiał się, czy jej nie wykorzystuje. Owszem, lubił Gabriellę, podobała mu się, znał ją od dziecka i na pewno nie chciał świadomie jej zranić, ale nadal uważał, że zasługiwała na kogoś lepszego. Na kogoś, kto potrafi kochać...

Gabriela nie mogła się doczekać wieczoru. Raoul obiecał jej „coś specjalnego", być może zdradzi jej jakąś swą wielką tajemnicę? Stała na balkonie, patrząc na sieć kanałów. Czy kogokolwiek na świecie taki widok mógłby znudzić? Wenecja była światem samym w sobie. Podobnie jak Raoul.

Od kilku dni Raoul był jakby innym człowiekiem. Trochę innym. Czasami udawało jej się przyłapać go w chwili zamyślenia, kiedy w jego smutnych oczach dostrzegała wyraz nurtującego go niepokoju, ale po chwili, kiedy dostrzegał, że Gabriella na niego patrzy, uśmiech wracał mu na twarz. Uśmiech, jak się jej wydawało, niewymuszony i niesztuczny, choć jednocześnie w jakiś sposób gorzki. No, powiedzmy: gorzkawy. Jak szprycer, który dzień wcześniej popijali na Via Garibaldi.

Pasuje do tego miasta, pomyślała. Podobnie jak Wenecja, Raoul był zjawiskiem jedynym w swoim rodzaju na świecie. Podobnie jak w Wenecji, w nim też nie można się było nie zakochać. Oczywiście kochała go zawsze, od dziecka, tak jak się kocha przyjaciela. Był jej wielkim bohaterem, starszym bratem i niekwestionowanym autorytetem. Ale teraz czuła do niego nowy rodzaj miłości.

Tamten Raoul, o którym jako kilkunastoletnia dziewczyna fantazjowała, był w wielkiej mierze wytworem jej marzeń, zapewne nie do końca odpowiadającym swemu rzeczywistemu odpowiednikowi. Ale teraz... Teraz była już kobietą. I przy każdym dotknięciu jego palców czuła przeszywające ją mrowienie. A dotknięcie jego ust odbierało jej po prostu rozum.

To nie była już fantazja, to działo się naprawdę.

Ale czy to już jest miłość? Znali się, jako dorośli, dopiero od kilku dni. To brzmi jak szaleństwo! A jednak czuła wyraźnie, że od kilku dni coś w jej sercu narasta i nie była to wyłącznie miłość do Wenecji. To uczucie było zdecydowanie skierowane do Raoula.

Kiedy ją zobaczył, czekającą na niego na balkonie, wydała mu się tak piękna jak nigdy dotąd. O gdyby miała w sobie jakąś wadę, pomyślał, jakąś skazę w urodzie czy charakterze! Tymczasem jedyne, co mogło mu się u Gabrielli nie podobać, to... jej ślepa wiara w dobro. To prawda, wiara ta powodowała, że naiwnie wierzyła w niewinność Garbasa. Ale przecież dzięki temu samemu jej nastawieniu potrafiła też rozgrzeszyć Raoula z zachowań, których korzenie tkwiły w mrocznych pokładach jego duszy.

– Gotowa? – zapytał, a ona skinęła głową. W jej oczach lśniło tyle gwiazd, że nie potrafiłby ich zliczyć.

– No to chodźmy – powiedział. – Dzisiaj kontynuujemy zwiedzanie Wenecji z morza – dodał, zapraszając ją do czekającej przed bramą *palazzo* gondoli. Popłynęli na Canal Grande, przepłynęli obok placu Świętego Marka, pełnego turystów i gołębi, jak również obok kilku pałaców i kościołów, które zwiedzali wcześniej z lądu. Tyle że z wody miejsca te wydawały się jeszcze atrakcyjniejsze, bo Wenecja cała jest jakby stworzona do tego, by oglądać ją z wody. Pomyśleć, że kiedyś dzisiejsze kanały były zwykłymi ulicami... Niewiarygodne!

Siedziała oparta o obejmujące ją jego ramię. Było jej dobrze i Raoul czuł, że w tym momencie zgodziłaby się na absolutnie wszystko, co mógłby jej zaproponować. Siedzieli tyłem do kierunku płynięcia i przed sobą widzieli stojącego na rufie gondoliera, który popisywał się przed nimi swym tenorem.

– Czy mi się to wszystko śni, Raoul? – pytała, patrząc na niego oczami wilgotnymi od łez. Łez szczęścia.

– Jest ci dobrze, Bella? – odpowiedział pytaniem.

– Nigdy nie było mi lepiej.

Przytuliła się do niego mocniej i Raoul poczuł, że Gabriella będzie od tego wieczoru należeć do niego. Musi tylko zadać jej to jedno sakramentalne pytanie.

Jednak im bardziej przybliżali się do miejsca, w którym Raoul planował je zadać, tym bardziej zaczęły go opanowywać wątpliwości. Jak zdoła jej zapewnić bezpieczeństwo? A jeśli znowu dorwie go depresja? Ona, powtarzał sobie, jest zwyczajnie zbyt piękna, piękna ciałem i duchem, by wiązać się ze zniszczonym psychicznie facetem. Nawet jeśli miałoby to potrwać raptem kilka miesięcy, tyle, by zdołała zapomnieć o Consuelu.

– Jaki piękny wieczór – powiedziała. – Może twoje duchy dadzą nam dziś spokój?

Nie dadzą spokoju, odpowiedział sobie w myśli. Nie ma jej już na tym świecie tyle lat, a nadal nie daje mi spokoju.

– Raoul, co się dzieje? – spytała Gabriella, widząc jego stężałą nagle twarz.

– Przepraszam, Bella – odpowiedział, próbując się opanować. To nie miał być wieczór wspomnień, duchów, horrorów i cieni zalegających na dnie pamięci. Miał to być czas radości, a nade wszystko realizacji pewnego planu. – Popatrz. – Pokazał, odwracając się, na most, do którego się właśnie zbliżali. – To słynny Most Westchnień – tłumaczył.

Ponad nimi rozpościerał się marmurowy obudowany most, spinający oba brzegi Rio di Palazzo i łączący budynek dawnego więzienia z salami przesłuchań w Pałacu Dożów.

– Czytałam o nim, Ponte dei Sospiri – powiedziała Gabriella. – Podobno Lord Byron nadał mu tę nazwę, od westchnień więźniów, którzy z okien mostu ostatni raz widzieli wolny świat.

– Tak – odpowiedział Raoul, ciesząc się jednocześnie, że zdołał odwrócić jej uwagę od siebie i swoich problemów. – Ale jest też inna teoria, bardziej romantyczna. Nazwa ma pochodzić od przekonania, że jeśli kochankowie pocałują się pod tym mostem o zachodzie słońca, będą ze sobą szczęśliwi na zawsze.

Popatrzyli w kierunku zachodzącego słońca. Przesłaniała je masywna ściana Pałacu Dożów, zatem pewności mieć nie mogli, czy to dokładnie ten moment. Niemniej, kiedy gondola znalazła się pod mostem, ich usta splotły się w pocałunku. Nie mogło być inaczej.

ROZDZIAŁ SZÓSTY

Raoul patrzył w jej oczy i ani jego czarna przeszłość, ani duchy pamięci nie były w tym momencie w stanie go zatrzymać. I choć wiedział, że to było szaleństwo i że w żaden sposób nie był jej wart, wiedział również, że bardzo jej pragnie. I tylko o tym chciał pamiętać tej nocy.

Ich pocałunek zaczął się pod Mostem Westchnień, ale bynajmniej tam się nie skończył. Ponownie, nie była w stanie zrobić nic, poddając się jedynie ruchom jego warg i języka i wchłaniając aż po najgłębsze partie mózgu słodki smak jego śliny. Była jak sparaliżowana i marzyła tylko o jednym: by jak najszybciej znaleźli się w domu, gdzie mogłoby stać się więcej.

Jej marzenie spełniło się łatwiej, niż myślała. Raoul już wcześniej poinstruował w biegłym włoskim gondoliera, by po minięciu Ponte dei Sospiri wracał jak najszybciej do ich *palazzo*.

– To już twój dom? – zdziwiła się Gabriella.

– Nasz dom, Bella – odpowiedział, patrząc w głębię jej czarnych oczu. Otchłań, w której miał się zatracić. Tymczasem ona przysunęła swe usta do jego ucha i cichuteńkim głosem wyszeptała:

– Kochaj się dziś ze mną, Raoul.

Nie trzeba mu tego było dwa razy powtarzać. Wziął Gabriellę na ręce i mimo kołysania gondoli zszedł z nią w ramionach na nabrzeże, pchnął nogą bramę *palazzo* i skierował się wprost do jej sypialni. Tu zdecydowanym krokiem podszedł do alkowy i ułożył ją na królewskim łożu. Po raz pierwszy udało się Gabrielli nie zauważyć orgiastycznych malowideł po obu stronach –cała jej uwaga skupiona była na Raoulu, któremu miała za chwilę powierzyć władzę nad swym ciałem.

Ponownie przywarł ustami do jej warg. Przez dłuższy moment Gabriella nie mogła złapać powietrza i wydawało jej się, że za chwilę się udusi, ale ta perspektywa jakoś wcale jej nie przerażała. Podobno tonący też przeżywają w ostatnich sekundach życia uczucie niebywałej rozkoszy, przemknęło jej przez myśl.

Po chwili Raoul zaczął całować jej szyję i Gabrielli udało się wreszcie wciągnąć powietrze. Oddychała ciężko, a serce zaczęło jej walić jak młotem, gdy na podbrzuszu wyraźnie poczuła twardość ocierającego się o nią męskiego ciała. Całował przez ubranie jej piersi, a ona modliła się, by jakaś siła zerwała z niej bluzkę i stanik, ale to w tej sekundzie! Mimo wszystko, gdy zaczął ssać przez ubranie jej nabrzmiały do bólu sutek, zalała ją taka fala nieznanej jej wcześniej rozkoszy, że zaczęła głośno łkać.

Palce Raoula tymczasem rozpinały już guziki jej bluzki, po czym zabrały się za zamek błyskawiczny z boku spódnicy. Po chwili siedziała przed nim na łóżku w samej bieliźnie. Mrok pokoju rozświetlało nieznacznie światło pobliskiej latarni ulicznej – Raoul widział w nim jedynie kontury siedzącej przed nim kobiety, której tak bardzo pożądał. Jego palce zaczęły teraz głaskać jej uda, potem podbrzusze, po czym wspięły się na koronkę stanika.

– Bella... – wyszeptał. – Jesteś tak piękna! Jesteś cudem. Cudem, na który na pewno nie zasłużyłem.

– Pragnę cię – odpowiedziała. – Bardzo!

Zręcznym ruchem jednej ręki sama rozpięła stanik i Raoul zobaczył przed sobą w mdłym świetle napięte piersi Gabrielli z ciemnymi plamkami sutków.

– Kochaj się ze mną, Raoul – powiedziała. – Chcę cię poczuć w sobie, głęboko.

Raoul wstał, stanął obok łóżka i zaczął się rozbierać. Na moment znikł jej z oczu w mroku pokoju, ale po chwili był już znowu przy niej i patrzyła teraz na jego barczysty nagi tors, a nieco wyżej, nad sobą, widziała wpatrzone w nią jego piękne oczy, w których nie czaił się już smutek.

Całował teraz całe jej ciało, przerywając jedynie tę czynność raz, by wyszeptać namiętnie:

– Boże, jaka ty jesteś piękna! Bella!

Gabriella natomiast przekraczała kolejne granice rozkoszy, jakiej nigdy wcześniej nie zaznała. Wydawało jej się, że zemdleje, kiedy Raoul delikatnie kąsał zębami jeden z jej sutków. A gdy jego ręka powędrowała między jej uda i zaczęła ściągać ostatni okrywający jej ciało skrawek ubrania, miała poczucie, że jakaś siła za chwilę rozerwie ją od środka.

– Raoul! – krzyknęła, ale on stłumił ten krzyk pocałunkiem. Nigdy w życiu nie czuła się tak bezradna i tak uległa. Ale największym zaskoczeniem było dla niej, że... jest jej z tym dobrze.

I wtedy poczuła na swoim podbrzuszu jego gorący, twardy członek, którego nie oddzielało teraz od niej nic. Jakimś nadludzkim wysiłkiem przemogła swoją niemoc i przejęła inicjatywę: ujęła członek Raoula w swą dłoń. Raoul jęknął głośno, gdy jej palce zetknęły się z jego najwrażliwszym miejscem.

– Bella... – wymamrotał, nieprzytomny z rozkoszy.

– Pragnę cię, Raoul! Wejdź we mnie! Teraz! – powiedziała, unosząc w zapraszającym geście biodra, łokciami oparta o łóżko.

I Raoul wszedł w nią, jednym długim pchnięciem, od którego Gabriella opadła ponownie na poduszkę, niezdolna do jakiegokolwiek ruchu, gotowa jedynie do przyjęcia w siebie Raoula. Była bliska autentycznego zemdlenia i nagle uświadomiła sobie, że nie wie, gdzie się właściwie znajduje – wszystko to wydawało się jakąś bajką. Wiedziała tylko, że jest przy niej jej ukochany mężczyzna, herszt piratów, który ją porwał, ratując z niewoli. Jest przy niej, a nawet w niej.

Wiedziała też, że nigdy, nigdy w życiu nie czuła czegoś równie pięknego. Ale wtedy Raoul zaczął się poruszać wewnątrz niej i okazało się, że piękne może być jeszcze piękniejsze.

– Kocham cię, Raoul! – wyszeptała w chwili największego uniesienia.

Pierwszą myślą, która przyszła mu do głowy, gdy po orgazmie opadł bez sił na łóżko obok Gabrielli, było: To nie tak miało być!

Owszem, planował się z nią kochać, planował ją uwieść. Ale wyszło na to, że... sam został uwiedziony. To ona mówiła mu, że go pragnie, ona wzięła w dłoń jego rozpalony członek, powodując, że niemal stracił zmysły, ona wreszcie kazała mu w siebie wejść, a on jedynie wypełniał jej rozkazy...

Rano zadzwonił telefon. Raoul nie spał już – obudził się o brzasku i nie mógł już zasnąć. W małżeńskiej alkowie czuł się jakoś niezręcznie i klaustrofobicznie. Ciążył mu ponadto fakt, że sprawy wymknęły mu się trochę spod kontroli.

Odebrał telefon. Dzwonił jeden z jego zaufanych przyjaciół, z Paryża. Przekazał wiadomość, że Garbas, wspierany przez najlepszych w Europie prawników od kwestii malwersacji, wyszedł z więzienia za kaucją. Wydawało się to niemożliwe: człowiek, którego zatrzymano na lotnisku, gdy chciał uciec z kraju, wychodzi na wolność! A jednak była to prawda. Co więcej, wiadomo było, że jednym z pierwszych miejsc, które po wyjściu zza krat odwiedził, był dom

Gabrielli. Szukał jej. Jej, czy raczej jej pieniędzy, które będą mu teraz potrzebne na adwokatów.

Raoul zrozumiał, że musi działać, i to działać szybko. Miał rację, że przywiózł Gabriellę do Wenecji, inaczej już byłaby w łapach Consuela. Ale lada moment Garbas dowie się, dokąd pojechała, zjawi się tu i zacznie z niewinną miną zgrywać jej przyjaciela. Na to Raoul nie mógł pozwolić.

Popatrzył na zegarek, a potem na śpiącą Gabriellę. Pomyślał, że mógłby się jeszcze przy niej położyć, delikatną pieszczotą obudzić ją i powtórzyć, choćby w części, piękną scenę z tej nocy. I zapomnieć przy niej o wszystkim: obietnicy, jaką złożył umierającemu przyjacielowi, o Garbasie, własnej przeszłości... Ale wola działania okazała się silniejsza. Raoul wiedział, że nie ma ani minuty do stracenia: musi pierwszym samolotem polecieć do Paryża i dowiedzieć się, co poszło nie tak. A potem podjąć decyzję co do tego, co w tej sytuacji zrobić. Tutaj natomiast Gabriellą zaopiekuje się Natania, pokaże jej huty szkła na wysepce Murano.

Będzie pewnie zła, że to nie on ją tam zabiera, ale wynagrodzi jej to jeszcze najbliższej nocy.

– Sama nie wiem, czy mam zostać w Wenecji, czy wracać do domu...

– A co mówi twoja intuicja?

Głos w słuchawce należał do Phillipy, głos pełen troski. Cała Gabriella, pomyślała Phillipa, nigdy nie wie, co ma zrobić...

Gabriella obudziła się późnym rankiem, w przytulnym łóżku, które pachniało jeszcze mężczyzną, którego tak pragnęła. Przez chwilę zastanawiała się, czy wydarzenia tej nocy nie były tylko słodkim snem, ale bolące, ach, jak rozkosznie bolące ciało, mówiło jej, że było inaczej: to wszystko wydarzyło się naprawdę!

Ale gdzie był Raoul, który powinien utulić ją i przynieść kawę do łóżka? A potem kochać się nią jeszcze raz, a najlepiej wiele razy...

Raoula nie było, zostawił ją tu samą. Natania wyjaśniała, że kazał ją przeprosić i że na pewno będzie na kolacji. To ukoiło nieco jej ból, ale nadal czuła się nieswojo.

Czy ta noc znaczyła cokolwiek dla niego? Jego ciało zdawało się wtedy mówić, że ją kocha. Liczyła trochę, że usłyszy to wyznanie z jego ust, ale niczego podobnego się nie doczekała. No tak, mężczyźni, zwłaszcza mężczyźni z przeszłością, nie spieszą się z takimi wyznaniami. A teraz Raoula nie było przy niej i nie mogła nawet usłyszeć głosu jego ciała...

– Naprawdę nie wiem... – mówiła do Phillipy. – Powinnam wrócić i zająć się domem po dziadku, a poza tym pora już, żebym pokazała się w pracy. No i Consuelo... Wysłał mi wiadomość, że chce się spotkać.

I wtedy pomyślała o Raoulu, mężczyźnie, który wywrócił jej świat do góry nogami.

– Ale... – zaczęła Gabriella, nie wiedząc, jak to przyjaciółce powiedzieć. – Wiesz...

– Domyślam się, że problemem jest Raoul?

– Słuchaj, on po prostu przywrócił mnie do życia. Chce mi się żyć, rozumiesz?

Phillipa nie bardzo wiedziała, co odpowiedzieć.

– Kochasz go? – spytała po chwili.

– Tak – odpowiedziała Gabriella bez najmniejszego wahania.

– A on ciebie?

Na to pytanie Gabriella nie znała odpowiedzi.

– Nie wiem. On jest taki tajemniczy...

– W takim razie sprawa jest prosta, Gabriello. Wszystko stało się trochę za szybko i jesteście teraz oboje zdezorientowani. Zatem wracaj do Paryża, zajmij się domem i spadkiem, wróć do pracy i, jeżeli uznasz to za stosowne, spotkaj się z Consuelem. A w międzyczasie przewietrzy ci się trochę w głowie. No i Raoulowi. I jeśli się w tobie zakochał, dowiesz się o tym.

– Niby jak?

– A tak, że nie będzie w stanie żyć bez ciebie.

To, co mówiła Phillipa, zdawało się mieć sens. Tu, w tym fantastycznym *palazzo*, w najbardziej romantycznym z miast świata, byli ze sobą tak blisko, że nie mogła dostrzec prawdziwej natury tego, co ich łączy. Musi zatem wyjechać i nabrać trochę dystansu.

Postanowiła, że powie mu to przy kolacji.

Podjęła decyzję i zarezerwowała lot na następny ranek, po czym spędziła całe popołudnie z Natanią. Odwiedziły wysepkę Murano pełną malutkich hut szkła i sklepików oferujących prawdziwe szklane cacuszka, mieniące się niebieskim, czerwonym, a nawet złotym światłem. Oszklone szafy sklepików wypełniały ponadto gęsto upakowane butelki, zabawki, ozdoby i talerze. Ale największą uwagę zwracały na siebie zawieszone pod sufitem żyrandole; może nie tak okazałe, jak ten w *palazzo* Raoula, niemniej imponujące.

Gabriella czuła się uspokojona, najwyraźniej dzięki temu, że podjęła decyzję, która pozwoli jej odzyskać kontrolę nad swym życiem. Pomagała też obecność Natanii – jej kuzyn pracował na Murano przy wyrobie szkła, stąd Natania okazała się najlepszym z możliwych przewodnikiem, znającym się na każdym szczególe tutejszych wyrobów.

I kiedy w ostatnim ze sklepików, jakie odwiedziły, Natania spotkała swojego kuzyna i zaczęła z nim rozmawiać, Gabriella kupiła cichcem dla niej przepiękny naszyjnik z czerwonych i złotych paciorków, który aż prosił się, by go założyć na tak zmysłową szyję. To będzie prezent dla Natanii w podzięce za wycieczkę i opiekę, postanowiła Gabriella.

Kiedy jednak wyszły ze sklepiku, Gabriella spojrzała na zegarek i poprosiła Natanię, by skierowały się na przystanek *vaporetto* i popłynęły do domu. Powiedziała jej przy tym, że rano wylatuje i musi się spakować.

– Musisz naprawdę wyjeżdżać? – spytała Natania.

– Nie mogę tu przecież zostać na zawsze – odpowiedziała Gabriella. – Mam pracę w Paryżu. I wielki dom po dziadku, którym muszę się zająć. No i czekają na mnie przyjaciele.

Natania pokiwała głową, niby ze zrozumieniem. Po czym spytała jak gdyby nigdy nic:

– Kochasz Raoula?

Bezpośredniość pytania zaszokowała Gabriellę. Najpierw Phillipa, a teraz Natania pyta ją dziś o to samo. Czy to aż tak było po niej widać? Westchnęła ciężko i postanowiła nie owijać w bawełnę:

– Zawsze go kochałam. Jako przyjaciela. Teraz... to się trochę zmieniło.

Natania wydawała się usatysfakcjonowana tą odpowiedzią, jakby dokładnie czegoś takiego oczekiwała.

– Nie jest łatwym mężczyzną do kochania – powiedziała. – Ma czarną przeszłość, która go ściga – dodała, po czym, zorientowawszy się, że powiedziała być może za dużo, udała, że zainteresowało ją coś na witrynie kolejnego ze sklepików ze szkłem, który mijały na swej drodze do tramwaju wodnego. Ale Gabriellę ta uwaga zaintrygowała na tyle, że postanowiła drążyć temat.

– Jak długo pracujesz dla Raoula? – spytała.

– Dziesięć, może jedenaście lat – odpowiedziała Natania, przykładając do uszu szklane kolczyki. – Coś koło tego.

– Poznałaś kiedykolwiek jego żonę?

Twarz Natanii ściął grymas, jak gdyby wspomnienie, które przywołało pytanie Gabrielli, było dla niej bolesne.

– To nie był najlepszy czas w jego życiu... – powiedziała, najwyraźniej nie chcąc wchodzić w szczegóły.

– Czyli poznałaś ją?

– Nie. Ale widziałam, co się z nim dzieje, ile go to małżeństwo kosztuje. To był naprawdę dla niego bardzo trudny okres.

Gabriella chciała, mimo oporów Natanii, zapytać o dalsze szczegóły, ale w tym momencie jej wzrok padł na jeden ze szklanych wyrobów prezentowanych w oknie sklepu, który wydał jej się idealnym prezentem dla Raoula.

Był to przycisk do papieru w kształcie spłaszczonej od dołu kuli. U podstawy kula była niemal całkowicie czarna i nieprzepuszczająca światła. Ale dalej w górę kolory się zmieniały – nadal były intensywne, ale już pozwalające światłu na przenikanie materii. A na samej górze wieńczyła kulę warstwa białego, mieniącego się w słońcu, przezroczystego jak kryształ szkła. Widać też przez nie było umieszczone w środku krwistoczerwone serce.

To był Raoul, pomyślała. Z czarną, ponurą przeszłością, z której próbował się tak desperacko wzbić ku jaśniejszym barwom. A w środku biło jego piękne serce, serce, które okazał jej wielokrotnie w tych dniach, choć najpełniej ostatniej nocy.

Może po jej odjeździe Raoul poczuje się lepiej i zdecyduje, że to, co ich połączyło, to była tylko chwila i nie warto tego ciągnąć. Ale któregoś dnia spojrzy na to szkło i zrozumie.

ROZDZIAŁ SIÓDMY

Kiedy weszły do *palazzo*, Raoul już tam był.

– Przeszkadzam ci? – spytała Gabriella, widząc go przez otwarte drzwi pokoju, w którym pracował.

– Nie, skąd – odpowiedział, zamykając laptop.

Podszedł i pocałował ją w oba policzki. Gabriella liczyła wprawdzie na coś więcej, ale i ten pocałunek sprawił, że krew popłynęła żywiej w jej żyłach.

– Wejdź – zaprosił ją do środka. – Jesteś balsamem na moje skołatane nerwy, Bella. Przepraszam, że nie mogłem dziś być z tobą.

– Nic nie szkodzi – powiedziała, nieco mijając się z prawdą. – Jak ci poszło?

Wzruszył ramionami.

– Niespecjalnie. Ale musiałem to dziś załatwić tak czy inaczej – tłumaczył, biorąc w swoje ręce jej dłoń. – Chciałem cię obudzić i pożegnać się, ale... tak słodko spałaś! Wybaczysz mi, że wyjechałem bez słowa?

Pod dotknięciem jego ręki Gabriella znowu poczuła tę słodką błogość, która poprzedniego dnia ogarnęła ją, leżącą w jego ramionach w gondoli, no i oczywiście później, w nocy. Przez chwilę zastanowiła się nawet, czy dobrze zrobiła, rezerwując lot, ale natychmiast otrząsnęła się z tych myśli – tak, zrobiła słusznie: musi nabrać dystansu. Teraz była już tego pewna.

– Mam dla ciebie prezent – powiedziała, wyciągając z torby opakowaną w specjalny papier kulę. – Byłyśmy z Natanią na Murano – dodała tytułem wyjaśnienia.

Raoul zaniepokoił się. Coś w jej zachowaniu mówiło mu, że ją traci, traci kontrolę nad nią. Pożałował teraz porannej decyzji – sprawy w Paryżu można było przecież załatwić przez telefon; no może nie wszystkie, niektóre rozmowy były zbyt poufne...

– Nie trzeba było, Bella – powiedział. – Ty jesteś dla mnie najwspanialszym prezentem.

Gdyby tylko wiedziała, gdzie byłem i co robiłem, na pewno by mi nie dawała prezentów, pomyślał.

– To nic takiego. Proszę, weź... – powiedziała, podając mu zapakowany podarunek.

Przyjrzał mu się uważnie, zaskoczony ciężarem niewielkiego w sumie przedmiotu. Odwinął wstążkę i rozpakował. Trzymał teraz w dłoni, wyraźnie zdziwiony, szklaną kulę, nie bardzo wiedząc, co to takiego.

– To przycisk do papieru – wyjaśniła. – Pomyślałam, że przyda ci się w pracy. Przypomina mi ciebie.

Podniósł kulę pod światło, przyjrzał się jej barwom, przechodzącym od czerni ku jasności, z krwistoczerwonym sercem ukrytym w środku. Zrozumiał, co miała na myśli.

Oczywiście, nie ma racji, pomyślał.

– Czy ty naprawdę zawsze widzisz w ludziach tylko dobro, Bella? – zapytał.

Nawet kiedy ewidentnie nie są to ludzie dobrzy, dodał w myśli. Kiedy chcą od ciebie czegoś, co nie wyjdzie ci na dobre?

Gabriella wydawała się speszona tym pytaniem.

– Myślałam, że ci się spodoba... – wyjąkała. – Że będziesz miał coś, co ci będzie o mnie przypominać.

W tym momencie włosy zjeżyły mu się na karku. Raoul zrozumiał, że sprawy wymknęły się spod jego kontroli całkowicie.

– Dlaczego miałbym musieć mieć coś, co by mi o tobie przypominało? Przecież ty będziesz ze mną?

– Muszę wracać, Raoul. Jest mi z tobą cudownie, tak dobrze, jak nigdy nie było mi z nikim, ale wiem, że stoję ci na drodze i że ze mną nie możesz zmierzać w życiu tam, dokąd planowałeś. Poza tym... mam przecież pracę w Paryżu. Nie mogę tu zostać na zawsze, mimo wszystko. Choćbym nie wiem jak chciała.

Spieprzyłem sprawę, pomyślał. Poczuł nagle suchość w gardle. Boże, jaki byłem głupi, powiedział do siebie. Jadła mi już z ręki, a ja zostawiłem ją tu samą!

– Kiedy chcesz wyjechać? – spytał.

– Jutro rano. Zarezerwowałam już lot.

Tak szybko! Raoul nie mógł wprost uwierzyć w to, co słyszy.

– Jesteś na mnie zła, że zostawiłem cię samą dziś rano? Przepraszam, za żadne skarby świata nie powinienem był tak zrobić...

– Nie, Raoul, to nie to. To była wspaniała ucieczka od codzienności, ale muszę wrócić do swojego życia. Przecież zobaczymy się jeszcze, prawda?

– Oczywiście – odpowiedział, gorączkowo myśląc, jak ją powstrzymać. Przecież nie mogła teraz wrócić do Paryża. Teraz, kiedy Garbas za wszelką cenę będzie próbował zdobyć pieniądze, jej pieniądze. Jego ludzie na pewno obserwują jej dom, a on położy na niej swe łapy, jak tylko Gabriella wyjdzie z lotniska.

Nie mógł na to pozwolić. To się po prostu nie może zdarzyć!

– Tak mi przykro, że musisz wyjechać – powiedział ostrożnie, zastanawiając się nad najlepszą strategią, jaką mógł przyjąć. – Ale skoro tak postanowiłaś, to niech tak się stanie.

– Muszę wyjechać, Raoul – powiedziała, patrząc na niego posmutniałymi nagle oczami. Trochę miała nadzieję, że o nią powalczy, że spróbuje ją zatrzymać. – Jest mi tu u ciebie cudownie, ale muszę wrócić do mojego rzeczywistego życia.

W takim razie... – rzucił, wiedząc, że został mu jeden, ostatni strzał. – W takim razie musimy wykorzystać noc, która nam została, na ile tylko się da.

Raoul zarządził na tę noc strój wieczorowy, Gabriella włożyła zatem złotą suknię, którą tak podziwiała Natania, gdy rozpakowywała jej rzeczy. Teraz moment ten wydał się Gabrielli tak odległy...

Popłynęli *vaporetto* na Lido, do pięciogwiazdkowego hotelu Excelsior, który był raczej pałacem. Zatrzymywali się tu znani aktorzy, celebryci i rodziny królewskie.

Gabriella była rozczarowana łatwością, z jaką Raoul zaakceptował jej wyjazd. Może tego właśnie oczekiwał? Może chciał, żeby wyjechała?

Ale w końcu czego oczekiwała, podejmując decyzję o wyjeździe? Że Raoul będzie ją na kolanach błagał, by została? Ta noc aż tak go przecież nie zmieniła. Phillipa miała rację: Gabriella musi nabrać dystansu. Oboje muszą nabrać dystansu do tego, co się stało. Jej decyzja była jak najbardziej słuszna.

Dostali stolik na balkonie restauracji na pierwszym piętrze. Szampan zaostrzył ich apetyt. Pianista grał motyw z *Czterech pór roku* Vivaldiego, a przed nimi otwierał się widok na lagunę. Zachodziło właśnie słońce, chowając się za kopułami pałaców i wieżami kościołów Wenecji, spowijając złotym blaskiem to niesamowite i bez tego miasto.

Skończyli jeść. Pianista tymczasem przeszedł do tanecznych rytmów i Raoul poprosił Gabriellę do tańca. W jego silnych ramionach poczuła się znowu małą dziewczynką, którą Raoul mógł zaprowadzić, dokądkolwiek chciał. I gdyby teraz poprosił ją, by została, kto wie, co by odpowiedziała? Ale Raoul ani słowem nie wspominał o wyjeździe Gabrielli, a jej zaczęło się od tańca i wina kręcić w głowie i nie wiedziała już, gdzie kończy się rzeczywistość, a zaczyna fantazja.

Czy dziś też zaniesie ją do łoża i będzie się z nią kochał? A potem obieca jej, że wkrótce znowu się spotkają?

Nie była w stanie powiedzieć, jak długo już tu byli. Wiedziała tylko, że słońce zaszło, a na niebo wzeszedł księżyc. Była pełnia. Mieli się już zbierać i ruszyć w stronę czekających na pasażerów *vaporetto* – najciekawsza część nocy była przecież wciąż przed nimi – gdy Raoul zaproponował spacer po plaży. Zgodziła się, choć trochę niechętnie; wolałaby już być z nim w domu.

Przed wejściem na piasek zdjęła sandały. Podał jej rękę i ruszyli przez plażę; ciepło jego dłoni rozlało się po ciele Gabrielli, docierając z wolna do najdalszych zakamarków. To miała być ich ostatnia noc. Na jakiś czas przynajmniej.

Plaża była niewiarygodnie długa i pusta, mieli właściwie ją całą dla siebie. Po sezonie, plaża, nawet na Lido, zapełniała się jedynie w ciągu dnia, a wieczorami turyści patrzyli na nią głównie z okien tramwaju wodnego lub restauracji. Teraz miejsce to spowijał mrok; a idącym po piasku Raoulowi i Gabrielli drogę oświetlał jedynie księżyc.

Czy powiedziałem ci już, że pięknie dziś wyglądasz? – spytał, gdy przeszli już dłuższy odcinek w milczeniu.

– Nie – odpowiedziała.

– To chcę to powiedzieć teraz...

Zatrzymał się, spojrzał jej w oczy i kontynuował:

– Dziś – powiedział, starannie dobierając słowa – wyglądasz piękniej niż kiedykolwiek. Piękniej niż zachodzące nad Wenecją słońce czy perłowa twarz księżyca na niebie.

W jego słowach była taka moc i głębia, że serce zaczęło jej walić jak młotem. Ale też wiedziała, że nie może zbyt łatwo ulegać takim komplementom.

– Dziękuję, Raoul, ale... nie powinieneś mi mówić takich rzeczy.

– Dlaczego?

– Bo jutro wyjeżdżam i będzie mi tylko trudniej...

– To nie wyjeżdżaj. Zostań!

Uśmiechnęła się. Przez chwilę walczyła ze sobą, ale szybko zdołała się opanować:

– Raoul, podjęłam już decyzję: wyjeżdżam. Nie mogę tu zostać na zawsze.

– A ostatnia noc? To nic dla ciebie nie znaczy?

– To nie ja wyszłam dziś rano bez słowa z pokoju...

– No tak, wiedziałem, że będziesz o to na mnie zła.

– Nie jestem zła. Ta noc była piękna, Raoul. Ale wszystko zadziało się troszkę za szybko i muszę to sobie teraz poukładać.

– Rozumiem cię – powiedział, biorąc w dłoń jej rękę.

Szli dalej w milczeniu, wsłuchani w szum morza uderzającego o piaszczysty brzeg. Gdzieś z dali napływały wesołe odgłosy biesiady ze śpiewami. Myślała, że bez słowa dojdą już do *vaporetto*, ale Raoul ją zaskoczył:

– Pozwolisz, że zdradzę ci pewien sekret? – zapytał.

– Oczywiście – odpowiedziała zaskoczona.

Zatrzymał się, podniósł jej dłoń i przywarł do niej gorącymi wargami. Poczuła ten pocałunek aż w czubkach palców u nóg.

– Dawno temu – powiedział po chwili – obiecałem sobie, że nigdy w życiu czegoś więcej nie zrobię. I wczoraj, w łóżku z tobą, pierwszy raz pomyślałem, że mógłbym złamać tę obietnicę.

Gabriella patrzyła na niego w zadziwieniu.

– Nie bardzo rozumiem... – powiedziała.

– Widzisz, ja nie łamię obietnic tak łatwo.

– Ale nadal nie wiem, co chcesz powiedzieć, Raoul.

– Dawno temu przysiągłem sobie, że nigdy więcej się nie ożenię. Że po Katii nigdy nie będę szukać sobie nowej żony. Ale wczoraj... wczoraj straciłem tę pewność.

Każda komórka w jej ciele dosłownie zamarła. Płuca ścisnęła jakaś niesamowita siła i jedynie najwyższym wysiłkiem Gabriella wydobyła z siebie głos:

– Co chcesz powiedzieć?

– Dziś rano przestraszyłem się własnych myśli i uciekłem, Bella.

– Przecież miałeś spotkanie biznesowe?

– Tak, ale... mogłem zostać trochę dłużej, pożegnać się z tobą. Tylko że... przeraziłem się, bo zrozumiałem, że chcę cię poprosić, byś została moją żoną.

– Raoul!

– Wiem, że nie zasługuję na kogoś takiego jak ty, Bella. Wiem, że jestem ostatnim człowiekiem, którego chciałabyś poślubić. Ale... czy mogę ci mimo wszystko złożyć tę propozycję? Wyjdziesz za mnie?

– Raoul, nie mówisz chyba serio?

– Nigdy nie mówiłem niczego poważniej niż w tej chwili.

Spojrzała w jego oczy, tak głębokie, że przez moment chciała zapomnieć o wszystkim i zanurzyć się w ich toni.

Ale nie! Wiedziała, że nie może mu wierzyć; coś jej mówiło, że to wszystko nie jest prawdą. W każdym razie nie całą prawdą. Że jest jeszcze jakaś tajemnica, bez poznania której Gabriella nigdy nie będzie w stanie rozpoznać, czy Raoul mówi w danej chwili prawdę, czy kłamie.

Wyrwała swoją rękę z jego dłoni i zaczęła szybko iść po piasku w stronę przystanku tramwajów wodnych.

– To szaleństwo! – krzyknęła, odwracając głowę, do biegnącego za nią Raoula. – Czyste szaleństwo!

– Myślisz, że tego nie wiem? – odpowiedział, również krzycząc. – Przecież dlatego uciekłem dziś rano. Ale to jest silniejsze ode mnie. Bella! – zawołał, chwytając ją za ramię.

– Przecież tak naprawdę nie chcesz mnie w swoim życiu! – odkrzyknęła, próbując odepchnąć go od siebie. – Najpierw nie chciałeś, żebym tu przyjechała, potem zostawiłeś mnie rano samą w domu, uciekłeś ode mnie, a teraz mówisz, że chcesz się ze mną żenić?

Próbowała uderzać pięściami w jego szeroki tors, ale on chwycił ją mocno za nadgarstki. Chwilę próbowała się wyrywać, po czym znieruchomiała w jego uścisku.

– Powiedziałem ci – mówił, nieco zdyszany szamotaniną – że chcę się z tobą ożenić; dlaczego nie możesz w to uwierzyć? Czy to takie dziwne, po tej wspaniałej nocy?

Pokręciła przecząco głową:

– To była jedna noc. Potrzebujemy więcej czasu, żeby się poznać.

– Wiem, że jest za wcześnie, ale przecież nie chcesz dać mi więcej czasu, wyjeżdżasz...

Gabriella milczała, a Raoul mówił dalej:

– Ale chcę, żeby jedna rzecz była jasna: tu nie chodzi tylko o tę jedną noc. Pragnąłem cię, odkąd pierwszy raz cię zobaczyłem, tam, na cmentarzu. I pragnę cię nadal. I dla ciebie jestem gotów złamać przyrzeczenie złożone przed samym sobą.

– Raoul, rozumiem cię, ale... poczekajmy z tym trochę, proszę!

– Ale po co czekać, skoro oboje tego chcemy? Czemu mamy żyć oddzielnie, skoro jesteśmy stworzeni do tego, by być razem? Przecież ty też to czujesz, tę magię między nami.

Ma rację, powiedziała do siebie, czuję to. Ale jeśli jest tak, jak mówi, dlaczego nie powiedział jej jeszcze tych upragnionych dwóch słów, na które czeka?

– Mówisz, że tyle dla ciebie znaczę, a nigdy jeszcze nie powiedziałeś mi, że mnie kochasz...

– Nie powiedziałem? Naprawdę nie powiedziałem?

Przytulił ją i pocałował tak głęboko, jak mógł, a ona poczuła ten pocałunek w całej głębi swej duszy. To było najlepsze wyznanie miłości, jakie mógł jej złożyć, pal sześć już same słowa!

Pocałował ją ponownie, jeszcze głębiej. Gabriella pomyślała, że tak całować nie można bez miłości, jest to fizycznie niemożliwe.

– Ty naprawdę mówisz poważnie? – spytała. – Naprawdę chcesz się ze mną ożenić?

– Nigdy niczego w życiu nie chciałem bardziej.

Silny strumień ciepła, jaki przeszedł jej w dół po kręgosłupie, od szyi aż po ostatnie kręgi, upewnił ją, że nie ma wyjścia – może dać mu tylko jedną, jedyną odpowiedź:

– Zatem wyjdę za ciebie, Raoul. Tak, wyjdę za ciebie.

– Tak bym chciała, by Umberto był tu teraz z nami... – powiedziała, gdy Phillipa wręczyła jej bukiet róż. Za dwie minuty miała się zacząć ceremonia ślubna. Za chwilę drzwi kaplicy otworzą się i Gabriella zostanie poproszona do środka.

– Byłby z ciebie dumny – powiedziała z pełnym przekonaniem Phillipa.

Jaka szkoda, że go nie ma, pomyślała Gabriella. Gdyby mógł zobaczyć mnie w tej pięknej sukni...

Ozdobiona koralikami suknia leżała na niej jak ulał, a godziny spędzone tego dnia w spa i salonie piękności opłaciły się. Jej skóra była miękka, manicure doskonały, a włosy, upięte w klasyczny kok, lśniące i wytworne; kilku kosmykom pozwolono uwodzicielsko wić się po policzkach.

Teraz naprawdę czuła się jak księżniczka, mająca wreszcie, po tylu trudach, stanąć na ślubnym kobiercu obok swego ukochanego herszta piratów. I brakowało jej tu tylko obecności dziadka.

– Jakie to dziwne... – powiedziała do Phillipy.

– Co takiego?

– Pomyśleć, że to właśnie śmierć Umberta połączyła mnie z Raoulem.

– No tak...

– Myślisz, że on tu dziś z nami będzie?

– Umberto?

– Tak.

– Myślę, że będzie. Wiem to na pewno. I będzie tak samo szczęśliwy jak my.

Gabriella uśmiechnęła się, patrząc na piękne róże, które trzymała w dłoniach.

– Wiesz – powiedziała. – Bałam się, że będziesz mnie odwodzić od tego pomysłu.

– No wiesz!

– Sama przecież namawiałaś mnie, żebym poczekała, wtedy, kiedy zadzwoniłam do ciebie z Wenecji.

– No, każdy by tak powiedział na moim miejscu. Ale kiedy zobaczyłam was razem z Raoulem, wiedziałam, że to jest właśnie to: strzał w dziesiątkę, tak w twoim, jak i w jego przypadku. Na pierwszy rzut oka widać, że on cię kocha całym sobą.

Gabriella miała prawie łzy w oczach, gdy słuchała słów przyjaciółki. Ale szybko pomyślała, że musi się opanować; płacząc rozmyłaby makijaż, który kosztował fortunę! Uśmiechnęła się na tę myśl.

Czy naprawdę mnie kocha? – zapytywała samą siebie. Tak mówi jego ciało, ale on sam tych magicznych słów jeszcze nie wypowiedział. Ale przecież niektórych rzeczy nie trzeba mówić, bo są oczywiste. A może nawet są piękniejsze, gdy pozostają niewypowiedziane?

Otworzono drzwi kaplicy. Weneckim zwyczajem pan młody i goście weselni czekali już w środku, a pannę młodą wprowadzała do kaplicy druhna. Spięte w kucyk kruczoczarne włosy Raoula mieniły się pięknie w świetle okazałego żyrandola, wiszącego wysoko nad ołtarzem i ani chybi wykonanego z najlepszego szkła z hut na Murano.

Stanęła przed nim, nadal niepewna, nadal czekająca na jakiś gest, który upewniłby ją, że to, co mówi Raoul, jest prawdą. I to, czego nie mówi, a mówi za niego jego ciało. I zobaczyła to zapewnienie w jego oczach – tak jeszcze nigdy nie patrzył na nią żaden mężczyzna. Jego oczy powiedziały to za niego: „Kocham cię i zostanę z tobą na zawsze".

– Ogłaszam was mężem i żoną. Raoul, może pan pocałować swoją żonę.

Raoul patrzył w dół na twarz Gabrielli, na jej oczy pełne szczęścia, z których powoli znikała niepewność. Ale patrząc teraz na nią, widział w tym momencie przed sobą... twarz Umberta, twarz schorowanego człowieka, wypowiadającego słowa prośby: „Obiecaj mi...".

Spełniłem daną ci obietnicę, stary przyjacielu, powiedział w myślach do ducha dziadka Gabrielli, który, jak miał nadzieję, był z nimi teraz w tej kaplicy. Najwyraźniej usłyszawszy to, uspokojony Umberto odszedł i Raoul widział teraz przed sobą jedynie twarz swojej świeżo poślubionej żony. Odchylił welon z jej twarzy i delikatnie pocałował ją w usta. Uśmiechnął się do niej, ale jego myśli dalekie były od spokoju.

Czy będzie nadal mnie kochać, gdy dowie się prawdy? – zapytywał siebie. I nie znajdował na to pytanie odpowiedzi.

Przyjęcie weselne – mimo że urządzone ściśle według jej wskazówek w tej samej sali hotelu na Lido, skąd kilka tygodni temu wyszli na plażę, gdzie Raoul się jej oświadczył – nieco ją rozczarowało. Co chwila ktoś podchodził do nich z gratulacjami, pytaniami o plany i wszelkimi możliwymi sugestiami co do przyszłości. I w sumie niewiele mieli tego wieczoru czasu dla siebie. Dlatego, kiedy znalazła się już sam na sam ze swym małżonkiem na pokładzie *vaporetto*, kiedy usiedli na ławce i on otoczył ją ramieniem, poczuła wręcz ulgę, że przyjęcie już się skończyło i mogą się teraz zająć sami sobą. Jak miała wyglądać ta noc poślubna, o której obsesyjnie myślała od tamtego wieczoru na Lido?

– Boże, jak ja uwielbiam twój zapach! – powiedziała, wtulając się mocniej w Raoula. – Nigdy nie będę go miała dość – dodała, ocierając twarz o jego szyję, a następnie policzek, który, jak to u niego, błyskawicznie pokrywał się świeżym, twardym zarostem.

Marzyła w tej chwili o tym, by jak najszybciej znaleźli się w *palazzo*, w wielkim małżeńskim łożu w alkowie, otoczeni przez nimfy, herosów i satyrów. Kątem oka zauważyła jednak, że coś jest nie tak: nocna łuna nad miastem blednie zamiast narastać, zatem najwyraźniej oddalali się od Wenecji!

– Nie płyniemy do domu? – spytała.

– Nie – odpowiedział.

– A dokąd?

– Na lotnisko.

– Jak to...?

Była zszokowana, ale i trochę rozczarowana. Tak bardzo chciała się teraz znaleźć w jego ramionach, bez ubrania, i kochać się z nim przez resztę tej pięknej nocy, tymczasem on... No tak, wspominał coś o podróży poślubnej i to miała być niespodzianka, ale tak szybko, prosto z przyjęcia weselnego?

– A dokąd lecimy? – spytała.

– Do Hiszpanii.

– Teraz? W środku nocy? Miałam nadzieję, że...

– To nie jest daleko – odpowiedział zdecydowanie, dając jej do zrozumienia, że sprawa jest nieodwołalna. – Pośpisz w samolocie.

Hm... Nie wiedziała, co o tym myśleć. Z jednej strony to miłe, że przygotował dla niej niespodziankę, ale z drugiej... Czy naprawdę musiał to zaplanować na teraz, na tę akurat noc?

– Raoul – spytała. – Wszystko z tobą w porządku?

– Jak najbardziej.

– Jesteś pewien?

– Absolutnie – odpowiedział, kłamiąc. Wiedział, że powrót do tamtych miejsc nie obejdzie się bez konfrontacji z demonami przeszłości.

Gabriella uświadomiła sobie w tym momencie, że przebywając z Raoulem na co dzień, praktycznie zapomniała, że jest on Hiszpanem, tam się przecież urodził i mieszkał w dzieciństwie. Żyli przecież oboje prawdziwie kosmopolitycznym życiem, Wenecja, Paryż, Londyn, rozmawiali ze sobą po angielsku...

– Lecimy do domu twojego dzieciństwa?

W tym momencie zadzwoniła komórka Roula. Popatrzył na ekran telefonu i powiedział:

– Przepraszam cię, muszę to odebrać...

Szarpnięcie hamującego samochodu wyrwało Gabriellę ze snu. Spała niespokojnie, co chwila się budząc, najpierw w samolocie, a teraz w samochodzie, który czekał na nich na lotnisku.

– Jesteśmy na miejscu – powiedział Raoul.

Rozejrzała się, mrugając rozespanymi oczami, ale jedyne, co w gęstej nocnej mgle była w stanie dostrzec, to kamienny mur, który otaczał zapewne jakąś posiadłość ziemską.

Ktoś otworzył jej drzwi. Ze zdumieniem skonstatowała, że stoi przed nią Marco.

– Ty tutaj?

Kiwnął głową.

– A myślałaś, że dlaczego nie było mnie na weselu? – zapytał z figlarnym uśmieszkiem. No tak, dopiero teraz uświadomiła sobie, że Marco i Natania znikli zaraz po ceremonii ślubnej. – Witamy, signora del Arco.

Del Arco? No tak, nie była już Gabriellą D'Arenberg, była mężatką i nosiła nazwisko męża. Tyle że nie mogła jeszcze w to uwierzyć – to wszystko działo się tak szybko!

– Raoul, słyszałeś to? – wyszeptała. – Signora del Arco...

Ale on zajęty był czym innym.

– Weź bagaże, Marco – powiedział, po czym obrócił się do Gabrielli: – Chodźmy do domu.

Coś znowu musi go męczyć, pomyślała. Zamknął się w sobie i zrobił się wręcz szorstki, odkąd tylko opuścili przyjęcie.

– Co to za miejsce – spytała, stąpając ostrożnie za Raoulem po kamiennych płytach; była wciąż w szpilkach, w których wystąpiła na weselu, a przed wyjściem z hotelu na Lido zdołała jedynie przebrać się z sukni ślubnej w krótką sukienkę. – Jaki to region Hiszpanii?

– Galicia – odparł. – Wybrzeże atlantyckie.

Drzwi przed nimi otwarły się i stanęła w nich Natania. Patrzyła przez chwilę w milczeniu.

– Jesteście głodni? – spytała.

– Zaprowadź Gabriellę do jej pokoju – powiedział Raoul.

Jej pokoju? Mieli spać w oddzielnych pokojach? Czy Raoula znowu dręczy szaleństwo?

– Będę w gabinecie – dodał, po czym zwrócił się do Gabrielli: – A może ty... jesteś głodna?

Gabriella była w pełnym szoku.

– Nie, nie jestem. Ale...

– W takim razie Natania zaprowadzi cię na górę. Na pewno jesteś zmęczona.

To mówiąc, pocałował ją w policzek. Bez cienia namiętności. Jakby ojciec całował na pożegnanie córkę.

– Zobaczymy się rano. Dobranoc.

– No to idziemy – powiedziała do Gabrielli Natania, kierując się w stronę krętych schodów. Ale Gabriella nie zamierzała się tak łatwo poddać. Na szpilkach pobiegła nieporadnie w ślad za odchodzącym już w drugą stronę mężem.

– Raoul! – krzyknęła, chwytając go za rękę. – To jest nasza noc poślubna. Naprawdę zamierzasz spędzić ją w swoim gabinecie?

Raoul przystanął, coś najwyraźniej się w nim złamało. Zdecydowanie mniej władczym już tonem odpowiedział:

– Przepraszam, kochanie, ale jest coś, co absolutnie musi być załatwione w tej chwili. Poza tym myślałem, że jesteś zmęczona...

– Czy ta sprawa naprawdę nie może poczekać?

– Niestety, nie.

– W takim razie ja na ciebie poczekam. Poczekam, aż przyjdziesz do mnie do łóżka.

Popatrzył na nią, ale w jego spojrzeniu czaiła się jedynie przerażająca pustka.

– Dobrze. Jeśli tak chcesz...

– Chcę – odpowiedziała krótko i zdecydowanie. – Już idę – powiedziała do stojącej w połowie schodów i dyskretnie milczącej Natanii.

Ściany nad schodami obwieszone były obrazami, przedstawiającymi urwiste skały i spienione fale. Na jednym z obrazów widać było zamek, srogi, masywny, z blankami i wieżyczkami, uczepiony krawędzi skalnej. Czy to był ten zamek, w którym się znajdowali? – zastanawiała się Gabriella. Jeśli tak, to nie było to jej wymarzone miejsce na miodowy miesiąc. Zresztą, pomyślała gorzko, jaki miodowy miesiąc? Czy taki sam jak noc poślubna?

– Jak się nazywa to miejsce? – spytała, gdy po dłuższej wspinaczce po kręconych schodach wdrapały się na piętro. Nie liczyła schodków, ale musiały znajdować się dość wysoko; normalnie byłoby to drugie czy może nawet trzecie piętro domu.

– Castillo del Arco – odpowiedziała Natania. – To drugi dom Raoula.

– Jest... bardzo duży – zauważyła Gabriella.

– Nie lubię go – przyznała Natania. – To złe miejsce – dodała, wprowadzając Gabriellę do wnętrza wielkiego pokoju, jej pokoju. Od razu było widać, że to nie jest miejsce, gdzie lubiłby przebywać Raoul. Jego wystrój był zbyt łagodny, zbyt, chciałoby się powiedzieć, kobiecy: wzorzyste tapety, aksamitne czerwone zasłony, kominek przed jedną ze ścian, łoże z baldachimem.

– Złe? – zapytała Gabriella, nawiązując do słów Natanii. – W jakim sensie?

Ale Natania nie zdążyła odpowiedzieć, bo do pokoju wszedł Marco z bagażami, pytając, gdzie ma postawić walizki. Natania odruchowo chciała wziąć się za rozpakowywanie i układanie ubrań w szafie, ale Gabriella powstrzymała ją przed tym.

– Nie trzeba. I tak za parę godzin przeniesiemy to do sypialni Raoula.

Natania kiwnęła głową przytakująco, ale wyrwało jej się:

– Ach tak?

Marco wyszedł z pokoju, a Natania też kierowała się już ku drzwiom, gdy Gabriella powtórzyła swe wcześniejsze pytanie:

– Co to znaczy złe miejsce?

Natania spojrzała na nią z tak niewypowiedzianym smutkiem w oczach, że Gabriella natychmiast pożałowała swego pytania.

– Nie powinnam była mówić o tych sprawach – powiedziała Natania po chwili milczenia. – Dobranoc – dodała, wychodząc.

Jakich sprawach? – zastanawiała się Gabriella, gdy została sama w pokoju.

Zdjęła wreszcie z nóg szpilki i jakiś czas chodziła boso w tę i z powrotem, nie potrafiąc się uspokoić. I to ma być moja noc poślubna? – pytała samą siebie. Z mężem w pracy?

Za oknem rozległo się dudnienie gromu, a o szybę zabębniły krople deszczu. Nocne niebo przecinały co chwila zygzaki błyskawic i Gabriella zaczęła odczuwać jakiś irracjonalny lęk. Wyszła na korytarz i zaczęła się po nim przechadzać – nie było tu okien i trochę mniej się odczuwało szalejącą za oknem burzę. I nagle na drugim końcu korytarza Gabriella dostrzegła otwierającą drzwi i wchodzącą do pokoju kobietę. To musi być Natania, pomyślała Gabriella i zawołała ją po imieniu. Chciała poprosić, by chwilę z nią porozmawiała, bo boi się być sama w tym zamku podczas burzy, ale w tym momencie zagrzmiał kolejny grom i Natania jej nie usłyszała – znikła w pokoju i zamknęła za sobą drzwi. Gabriella zastanawiała się nawet przez moment, czy do niej nie zapukać, ale pomyślała, że może jest już w objęciach Marca i jej wizyta im przeszkodzi?

Wróciła do pokoju, położyła się w łóżku, na głowę naciągnęła kołdrę i starała się zapomnieć o burzy. Jak i o tym, że to jej noc poślubna.

ROZDZIAŁ ÓSMY

Raoul nie przyszedł.

Minęło już południe, gdy Gabriellę obudził brzęk wjeżdżającego do pokoju wózka z kawą i śniadaniem.

– Raoul prosił, żebym zobaczyła, co u ciebie słychać – tłumaczyła Natania, najwyraźniej nie czując się zręcznie w tej sytuacji.

– To miłe z jego strony – odpowiedziała Gabriella głosem pełnym ironii. – A co słychać u mojego męża?

– Czasami lepiej tych rzeczy nie wiedzieć. – Natania wzruszyła ramionami.

Gabriella wstała i podeszła do okna, podczas gdy Natania nalewała jej kawę. W dzień widok z okna był imponujący, zupełnie inny niż podczas burzy tej nocy. Zamek był jakby wrośnięty w nadmorską skałę, zupełnie jak ten na obrazie. Poniżej spienione fale uderzały o skalisty brzeg, choć na niewielkim jego kawałku, w zatoczce, znalazła się także maciupeńka piaszczysta plaża. Nad skałami odsłaniało się przepiękne niebo.

Gdyby tylko jeszcze Raoul był tu przy mnie, pomyślała Gabriella.

Po śniadaniu i kąpieli wyszła penetrować labirynt pomieszczeń zamku. Było to rzeczywiście sprawiające ponure wrażenie miejsce, co podkreślały ciężkie meble z ciemnego drzewa, takież belki na ścianie i suficie, a także stosunkowo mała liczba okien, przez które wpadałoby światło. Było jej zimno w sukience na ramiączkach, na którą narzuciła cienki sweter.

Wszędzie panowała tu cisza i brak było żywej duszy. Na schodach słychać było jedynie miarowe tykanie ustawionego na ich szczycie szafkowego zegara. Gabriella zeszła na dół, starając się iść jak najciszej, jak gdyby coś kazało jej zastosować się do panujących tu warunków. Nie chciała być w każdym razie tą, która pierwsza tę ciszę naruszy.

W tym momencie otworzyły się jakieś drzwi gdzieś z boku czy za nią i usłyszała głos:

– Gabriella! Jesteś wreszcie! Już myślałem, że prześpisz cały dzień.

Raoul podszedł do niej i ujął w swe dłonie jej ręce, po czym pocałował ją w oba policzki. Znowu poczuła ten zniewalający zapach jego skóry...

– Czekałam na ciebie – powiedziała, trochę z nutą pretensji w głosie, ale bardziej zdziwienia.

– Przepraszam cię, Bella. Skończyłem dużo później, niż myślałem, i nie chciałem cię już budzić.

Mówił teraz ponownie jak opiekuńczy, czuły mężczyzna. Jak gdyby demony opuściły go zupełnie.

– Chodź, pokażę ci zamek. A potem, jeśli się zgodzisz, zjemy lunch na naszej plaży. Tam, w zatoce osłoniętej przez skały, w ogóle nie czuć wiatru, choć rozpędzone fale uderzają o brzeg jak szalone.

Odetchnęła. Raoul najwyraźniej wracał do siebie i pewnie przez jakiś czas będzie teraz zachowywać się normalnie. Najbliższej nocy będą się zapewne kochać, pomyślała z nadzieją. I wszystko byłoby ponownie piękne, tylko... że też ta depresja musiała go dopaść w noc poślubną!

Zamek był jeszcze większy, niż dotąd sądziła. Schody główne, w środkowej części budynku, prowadziły do wielkiej jadalni, z kominkiem, w którym można by chyba upiec całą świnię czy nawet byka. Biblioteka, która była zarazem gabinetem Raoula, wyposażona była w najnowocześniejszą technologię, dyskretnie, na ile to się dało, wkomponowaną w stare, nobliwe szafy, wypełnione po sam sufit książkami – zupełnie jak biblioteka w *palazzo*, ale chyba jeszcze większa. Raoul zapewnił Gabriellę, że może tu wejść w każdej chwili i do woli myszkować po półkach. Następnie wdrapali się na piętro i Raoul pokazał jej po kolei każde z pomieszczeń. Było tu koło tuzina sypialni i takaż liczba łazienek – w większości od lat nieużywanych i pokrytych lekką warstwą kurzu. Z zadowoleniem stwierdziła, że przypadł jej w udziale najbardziej imponujący z pokojów. Nadal nie wiedziała, gdzie mieści się jego sypialnia, sądziła jednak, że w końcu ją do niej zaprowadzi i być może, biorąc pod uwagę jego obecny, lepszy stan, poprosi, by tam została. Była w końcu jego żoną.

– A to sypialnia Natanii? – spytała, pokazując na drzwi pokoju, do którego w nocy weszła Natania.

– Nie – odpowiedział. – Natania i Marco śpią na dole, w przybudówce nad garażem.

– Ale widziałam, jak wchodziła tu w nocy, w czasie burzy. Zawołałam za nią nawet, ale nie słyszała mnie.

Twarz Raoula zrobiła się blada jak ściana, ale w ciemności panującej na korytarzu Gabriella nie mogła tego na szczęście widzieć. Odruchowo położyła rękę na klamce.

– Zamknięte – powiedziała. – Masz klucz od tych drzwi?

– To tylko magazyn – odpowiedział grobowym głosem, którego ton za wszelką cenę starał się zamaskować. – Tu nikt nigdy nie wchodzi. Chodźmy, zjemy lunch.

Zaprowadził ją do jadalni i poprosił, by tam na niego poczekała; sam miał do niej dołączyć za kilka minut, ponieważ przypomniało mu się, że musi załatwić w bibliotece coś niecierpiącego zwłoki. W jadalni Natania, najwyraźniej poinstruowana wcześniej przez Raoula, pakowała już ich lunch do koszyka.

– Spodoba ci się na plaży – powiedziała, gdy tylko Gabriella weszła do kuchni. – To nasze prywatne miejsce, nikt nas tu nie dostrzeże. Można tam pływać choćby nago.

Gabriella zarumieniła się, ale spokojnym głosem odpowiedziała:

– Dziękuję, może gdyby woda była cieplejsza...

– Ależ jest ciepła, cieplejsza od powietrza! A skały doskonale osłaniają plażę od wiatru. Rób, jak chcesz, ale, jak wiesz, mężczyźni na widok nagiej kobiety w wodzie tracą często głowę.

– Dziękuję – odpowiedziała Gabriella, czerwieniąc się teraz jak burak. – Wezmę to sobie do serca.

– Co niby takiego? – spytał wchodzący właśnie do kuchni Raoul.

– A nic – zmitygowała się szybko Natania. – Radziłam właśnie Gabrielli, by nie wchodziła na skały przy silnym wietrze.

– Ale dziś nie będzie silnego wiatru – zaoponował Raoul. – Zapowiadają piękną pogodę. No, dobra, bierzmy koszyk i chodźmy, bo zgłodniałem.

Wychodzili już, on przodem, a ona za nim, kiedy Gabriella odwróciła się i zapytała:

– Natania, widziałam cię w nocy na górze w korytarzu. Wołałam, ale nie zareagowałaś. Nie słyszałaś mnie?

W pokoju zaległa grobowa cisza.

– Nie byłam w nocy na górze... – odpowiedziała wyraźnie zdziwiona Natania.

– Byłaś, widziałam cię! Parę minut po tym, jak wyszłaś ode mnie. Jak tylko zaczęła się burza.

– To nie ja – zapewniła Natania.

– Widziałaś pewnie zasłony miotane przez wiatr i wydało ci się, że to człowiek – powiedział szybko Raoul. – No chodźmy wreszcie.

Wyszli, ale pamięć kobiety widzianej w korytarzu nie dawała jej spokoju. Jakie zasłony? – powiedziała do siebie samej. Tam jest naga ściana, a poza tym nie ma tam okien, więc nie mogło być wiatru...

To niemożliwe, mówił z kolei do siebie w myślach Raoul, prowadząc Gabriellę kamienną ścieżką ku plaży. Przecież duch Katii nawiedza tylko mnie! Przecież to tylko produkt mojej chorej wyobraźni! Czyżby... ona istniała naprawdę?

Z zamyślenia wyrwał go głos Gabrielli:

– Myślałam, że mieszkasz w Barcelonie. Byłam tam przecież u ciebie bardzo dawno temu. Co się stało z tym domem?

– Sprzedałem go – odpowiedział. – To jest... przegrałem w karty.

– O Boże! – jęknęła.

– No, raz się wygra, raz się przegra. Przegrałem Barcelonę, a wygrałem Wenecję. Nie powiem, bym bardzo żałował.

Ale przypomniał sobie, że wtedy tak tego nie odczuwał. Tamtej nocy karta szła mu nieprawdopodobnie dobrze i myślał już, że świat leży u jego stóp.

– A... ten zamek? Też wygrałeś? – pytała Gabriella.

Raoul popatrzył w tył, na majaczące nad skałami wieżyczki zamku.

– No... – odpowiedział. – Można tak powiedzieć.

I w tym momencie zdał sobie sprawę z tego, co tak naprawdę zrobił. Do tej pory myślał, że wywozi Gabriellę z Wenecji, bo Garbas już deptał jej po piętach i lada moment pojawiłby się pod *palazzo*. Ale tak naprawdę... Tak naprawdę chciał, by Gabriella ochroniła go przed duchem Katii.

Tak czy inaczej, kiedy się wszystkiego dowie, zostawi mnie. I z tą myślą zszedł po ostatnich kilku kamiennych stopniach na plażę, nie oglądając się na idącą za nim Gabriellę.

Woda w zatoczce rzeczywiście była ciepła, tak jak powiedziała Natania. Sama zatoczka była zresztą większa, niż to się mogło wydawać z okna jej sypialni – prowadziła do szeregu jakby mniejszych „komnat", wyrzeźbionych przez morze w skałach.

Przez moment poczuła nieprzepartą ochotę, by pójść za sugestią Natanii, zrzucić z siebie ubranie i zanurzyć się w wodzie. Może wtedy zwróciłby na nią uwagę i zrobił z nią to, co powinien zrobić ostatniej nocy? Nocy poślubnej...

Może po to ją tu zresztą przyprowadził?

Widząc Raoula wyraźnie czymś zatroskanego, Gabriella otrząsnęła się z tych myśli.

– Co jest w tym magazynie na piętrze? – zapytała, bo pamięć wchodzącej tam w nocy kobiety nie dawała jej spokoju.

– Nic – odpowiedział po chwili, gdy doszło do niego, o co pyta Gabriella. – Nie używamy go od lat. Częstuj się, jesteś chyba głodna?

– Stamtąd musi być naprawdę niesamowity widok – drążyła podjęty przez siebie temat. Odwróciła się w stronę zamku i usiłowała zlokalizować okno należące do tajemniczego pokoju. Wydawało jej się, że znalazła je: maciupeńkie okienko, wcięte w spadzisty dach zamku, nad nim kolejne pięterko zwieńczone szpiczastą wieżyczką.

– Możliwe, ale teraz nęci mnie przede wszystkim ten widok – powiedział Raoul, wskazując na koszyk pełen wiktuałów.

Podał jej kieliszek miejscowego wina, które rumieniło się rubinową barwą w popołudniowym świetle. Z kieliszkiem w ręku położyła się na boku na rozścielonym przez Raoula kocu. Wygięła ciało tak, by pod ubraniem wyraźnie zarysowała się linia piersi. Nie miała może bardzo dużych piersi, ale z pewnością potrafiła je wyeksponować. Jeśli on mnie nie chce uwieść, pomyślała, to ja uwiodę jego!

– Ile lat Marco i Natania pracują dla ciebie? – spytała.

– Dziesięć – odpowiedział. – Albo jakoś tak. Czemu pytasz?

– Wydajecie się sobie bliscy.

Raoul wzruszył ramionami.

– Cenię ich pracę, nie zawodzą mnie.

– Na pewno kochają się bardzo?

– To nie moja sprawa – odpowiedział Raoul, nieco jakby oschle. – Mnie obchodzi tylko ich praca.

– On jest całkiem przystojny...

– Kto? – spytał Raoul z wyraźnym zdziwieniem w oczach, w których Gabriella dostrzegła też, ku swemu zadowoleniu, nutkę zazdrości.

– Marco, oczywiście – odpowiedziała. – Rozumiem, co Natanię może w nim pociągać.

Raoul wziął do ręki niewielki kamyk i wrzucił go z pluskiem do wody.

– Naprawdę myślisz, że jest przystojny? – zapytał z wyraźnym poirytowaniem w głosie.

Wzruszyła ramionami.

– Tak czy inaczej... – powiedziała. – Jest bardzo opiekuńczy. Dba o nią. Musi im być ze sobą bardzo dobrze.

Nie odpowiedział. Siedział na kocu, wpatrzony w toń zatoki. Gabriella odstawiła pusty kieliszek do koszyka.

– Bardzo tu ciepło – powiedziała. – Może... wykąpiemy się?

– Brr – wzdrygnął się Raoul. – Woda musi być lodowata!

– Myślę, że jest cieplejsza od powietrza. A zresztą... Są sposoby, by się potem ogrzać – powiedziała, patrząc na niego uwodzicielskim wzrokiem.

Wstała z koca i zaczęła powoli rozpinać górne guziki bluzki.

– To co? – spytała, uśmiechając się zachęcająco.

Chwycił ją za nadgarstki po tym, jak zdołała rozpiąć dwa guziki i zabierała się za trzeci.

– Gabriello, nie rób tego! – powiedział tonem, który był ni to błagalny, ni to rozkazujący.

– Niby czego? – spytała.

– Tego, co robisz.

Ale ona postanowiła się łatwo nie poddawać.

– Myślałam – powiedziała – że lubisz patrzeć na mnie, jak jestem naga.

– Ludzie nas zobaczą – mówił, zaklinając ją.

Nie zważała na jego słowa. Uklękła obok siedzącego Raoula, wzięła w ręce jego dłoń i zaczęła lubieżnie oblizywać każdy palec.

– Tu nas nikt nie zobaczy – powiedziała, przyciągając teraz jego dłoń do swojej częściowo odsłoniętej piersi. Palce Raola dotknęły koronkowej materii stanika, a po chwili pieściły już nabrzmiały do granic możliwości sutek. Gabriella, wstrząsana przeszywającymi ją kolejnymi falami rozkoszy, wygięła się, oddając dotykowi jego palców drugą pierś.

– Raoul – wyszeptała. – Kochaj się ze mną!

Ale Raoul w tym momencie wzdrygnął się jak ktoś nagle obudzony ze snu i oderwał od niej dłoń.

– Muszę iść – powiedział, zrywając się na równe nogi i ciężko dysząc. – Zostań tu, ile chcesz. Marco sprzątnie potem koszyk i koc.

I tyle go widziała. Gdy doszła jako tako do siebie, zobaczyła jedynie, jak sylwetka Raoula znika za załomem skały, przez którą wiodła kamienna ścieżka wspinająca się do zamku.

Opadła na koc i długo leżała nieruchomo, wpatrzona w niebo. Zapomniała nawet o swej rozpiętej bluzce. A zresztą, nawet jeśli przyjdzie Marco... Niech patrzy, skoro Raoul nie chce.

Raoul, powiedziała do siebie w myślach, ależ ty jesteś pokręcony!

ROZDZIAŁ DZIEWIĄTY

Gdy wróciła do zamku, Raoula tam już nie było.

– Pojechał do wsi – tłumaczyła Natania.

– Powiedział, kiedy wróci?

Natania pokręciła przecząco głową, podając Gabrielli kubek z herbatą. Gabriella poszła z nim do biblioteki i usiadła przy biurku, przy którym wcześniej siedział Raoul. Próbowała rozglądać się trochę po półkach, ale była w stanie takiego podenerwowania, że nie mogła się skupić na książkach.

Po chwili przyszła Natania, przynosząc Gabrielli talerz gęstej zupy z warzywami.

– Zaprowadź mnie do jego sypialni – poprosiła.

Natania zesztywniała.

– Naprawdę tego chcesz? – spytała po chwili.

– Tak. Jestem w końcu jego żoną.

Natania posłusznie zaprowadziła ją do niewielkiego, skromnego pokoju obok kuchni, przypominającego raczej pokoik służby.

– On tu naprawdę śpi? – spytała zdumiona Gabriella.

Natania kiwnęła głową.

– Odkąd ja i Marco tu bywamy, zawsze śpi w tym pokoju, zamiast w którejś z sypialni na piętrze – powiedziała, po czym dodała: – Gabriello, tak mi przykro! Nawet ja, chociaż go dobrze znam, nie wiedziałam, że będzie taki wobec ciebie okrutny. Inaczej nigdy bym ci nie pozwoliła go poślubić.

– Kocham go – odpowiedziała Gabriella słabym głosem. – I twoje ostrzeżenia i tak by mnie nie powstrzymały.

– Musimy porozmawiać, Raoul – powiedziała Gabriella, gdy późnym popołudniem kolejnego dnia udało jej się wreszcie namierzyć go w bibliotece.

– Bella! – odpowiedział. – Jak dobrze cię widzieć.

– Nic z tego, Raoul – rzuciła oschle Gabriella. – Nie jestem w nastroju na czułości.

Od kilku godzin narastał w niej wulkan wściekłości, który teraz szukał jedynie ujścia, by eksplodować.

– Czy... coś jest nie tak?

– Nie zgrywaj się. Wszystko jest nie tak! Nie mogłam się doczekać ciebie w moim łóżku, więc poszłam do twojego. Poszłam, bo chciałam się kochać z własnym mężem. Czekałam całą noc i nie doczekałam się...

– Bella, przepraszam, musiałem zostać, bo...

– Bo co?

Milczał, nie wiedząc, co powiedzieć.

– Raoul – podjęła po chwili rozmowę Gabriella. – Powoli odchodzę już od zmysłów. Unikasz mnie noc w noc, uciekasz przede mną. Co takiego jest, do cholery, ze mną nie tak?

– Bella, to nie ma z tobą nic wspólnego...

– Raoul, mam już tego dość! Wyszłam za człowieka, który jest zupełnie pozbawiony serca. Pozbawiony uczuć. Pusty jak łupina orzecha. I naprawdę... Powiem ci to wreszcie: Żałuję, że ciebie poznałam!

– Bella, to nie tak jak myślisz! Ja... Ty nawet nie domyślasz się, przez co ja przechodzę. Nie wiesz przecież...

– A skąd mam wiedzieć, skoro mi tego nie mówisz? Powiedziałeś kiedyś, że pewnych rzeczy nie trzeba mówić, żeby poczuć, że są one prawdziwe. Wtedy ci uwierzyłam, ale teraz już mi to nie wystarcza. Powiedz mi to teraz, Raoul: kochasz mnie?

– Bella! – wyszeptał błagalnym tonem. – Proszę, nie każ mi...

– Muszę to wiedzieć!

– Bella...

– Nie mów do mnie Bella!

– Boże – jęknął Raoul, mówiąc bardziej chyba do siebie niż do niej. – Czy ty myślisz, że ja tego chciałem?

Gabriellę zamurowało.

– Słucham? – zapytała już znacznie spokojniejszym głosem, jak gdyby jego słowa odebrały całą siłę jej wybuchowi.

Raoul patrzył na nią zdezorientowany. Wiedział, że powiedział za dużo i że nie uda mu się już z tego wycofać.

– Myślisz, że naprawdę chciałem kolejnej żony? – powiedział głosem pełnym rezygnacji.

Przez niebo przetoczył się grom.

– Ale... przecież oświadczyłeś mi się – powiedziała Gabriella, nie wierząc, że to wszystko dzieje się naprawdę. A po chwili usłyszała szloch. Swój własny szloch.

Wybiegła z biblioteki, nie zważając na krzyk Raoula, który próbował ją powstrzymać. Wiedziała, że jedyne, czego chce, to znaleźć się teraz jak najdalej od tego miejsca, jak najdalej od tego człowieka.

Przebiegła przez sień i przez oszklone drzwi wybiegła na zewnątrz. Odruchowo rzuciła się w stronę ścieżki wiodącej na plażę w zatoce. Dobiegła do piasku i zaczęła się wdrapywać na otaczające zatokę skały, a potem, to biegnąc, to znów skacząc z jednego bloku skalnego na drugi, brnęła dalej, zdeterminowana na tyle, że w razie potrzeby była gotowa rzucić się w morze.

I rzeczywiście, po chwili znalazła się w wodzie: poślizgnęła się na mokrym kamieniu i w tej samej sekundzie zanurzyła się po szyję. Po chwili uderzyło w nią czoło nadciągającej fali, rzucając jej ciałem o skałę. Poczuła przeszywający ból w plecach i zrozumiała, że nie jest już w bezpiecznej, otoczonej ze wszystkich stron skałami zatoce – była w miejscu chłostanym falami z otwartego morza. Kolejne uderzenie fali wgniotło ją w skalny blok. Poczuła ból ponownie. Szykowała się na trzecie uderzenie, ale kiedy nadeszło, zdziwiła się, że to, w przeciwieństwie do poprzednich, było miękkie, łagodne, wręcz przyjemne. Otworzyła oczy i zobaczyła przed sobą twarz Raoula, który wynosił ją właśnie w swych barczystych ramionach z niebezpiecznego miejsca.

– Raoul – wyszeptała.

Po chwili leżeli już na jakiejś półce ponad spienioną wodą, spleceni w uścisku. Ich usta i języki zaczęły wspólny taniec, a w rzadkich chwilach, kiedy Raoul odrywał od niej swe wargi, jęczała z rozkoszy, gdy on ocierał się o jej policzek czy szyję swym szczeciniastym zarostem.

Zaczął padać deszcz i to od razu rzęsisty, ale oni ledwie ten fakt zauważyli. Ręce Raoula rozbierały Gabriellę z mokrego ubrania i wkrótce jego ciepłe dłonie gładziły piersi Gabrielli, a palce zaciskały się na jej sutkach.

Tym razem Gabriella nie pozostawała mu dłużna. Jej ręce, kiedy tylko była w stanie je wyswobodzić z jego uścisku, próbowały rozpinać pasek i spodnie Raoula. Pomógł jej w tym, drugą ręką rozpinając jej spódnicę, a następnie zsuwając majtki. Po chwili czuła już jego rozpaloną twardość na swoim podbrzuszu. Zaplotła nogi na jego szyi, w oczekiwaniu na spełnienie. Ale on jedynie całował ją jak zgłodniałe zwierzę, wstrzymując się z wejściem w jej ciało. Modliła się, żeby wreszcie to zrobił, a kiedy tak się stało, wydało jej się, że jej mózg rozpryskuje się na kilka tysięcy kawałków.

Zajęło jej około sekundy zrozumienie, że to odezwał się kolejny grom i piorun uderzył gdzieś całkiem niedaleko nich. Ale to wszystko działo się jakby gdzieś w tle, a liczyło się tylko gorąco rozdzierające jej ciało i duszę od środka. Gorące ciało Raoula, który wchodził w nią i wychodził z niej miarowym szybkim rytmem, jęcząc w niewysłowionej rozkoszy. W pewnej chwili dostrzegła jego oczy, w których malowała się ekstaza – kwintesencja szaleństwa.

Orgazm targnął jej ciałem jak fala, czy raczej seria fal uderzających o skalisty brzeg. I nie wiedziała już, czy dudnienie, jakie słyszy w uszach, pochodzi z niej samej, czy też jest to kolejny przetaczający się po niebie grom.

Gdy tylko odzyskał oddech, Raoul podniósł się, założył ubranie, ubrał też nieprzytomną z rozkoszy Gabriellę, po czym wziął ją w ramiona i zaniósł, ostrożnie stąpając po skałach, a następnie po kamiennych płytach ścieżki, do swojej sypialni w zamku. Umył ją pod prysznicem, obficie namydlając ciało, po czym zawinął w ręcznik i zaniósł do łóżka.

– Śpij, skarbie – powiedział, widząc jej zamykające się ze zmęczenia oczy. A ona poczuła wreszcie głęboko w sercu, że Raoul ją kocha, nawet jeśli tak ciężko przychodzi mu wypowiedzieć te dwa piękne słowa. Miała wreszcie tę pewność. Do czasu, aż obudziła się następnego ranka i skonstatowała, że Raoula przy niej nie ma.

Na stoliku obok łóżka znalazła kartkę z króciutkim listem:

„Przepraszam Cię za wszystko. Wybacz mi".

I jej świat znów wywrócił się do góry nogami.

ROZDZIAŁ DZIESIĄTY

Wyjechał. Natania powiedziała jej, że słyszała warkot odjeżdżającego samochodu jakoś przed świtem.

– Myślałam, że mnie kocha... – powiedziała Gabriella, patrząc tępo na stojący przed nią kubek z herbatą.

– Mówiłam ci, że to złe miejsce – odpowiedziała na to Natania. – Myślę, że powinnaś stąd wyjechać. Masz przecież przyjaciółkę w Londynie, która pomoże ci się pozbierać. Marco zawiezie cię na lotnisko...

Zastanowiła się nad tą opcją. Jak powiedzieć o separacji z Raoulem Phillipie i jej mężowi? Przecież dopiero co przyjeżdżali z malutkim dzieckiem do Wenecji na ich ślub.

– Nie wiem – powiedziała. – Tak czy inaczej, muszę do niej zadzwonić.

– W porządku. Albo wyślij mejl. I telefon, i komputer są w bibliotece.

Nie było to jednak takie proste. Komputer był zabezpieczony hasłem. Wstukała „Raoul", ale bez skutku, „Raoul del Arco" też zaprowadziło ją donikąd. Obejrzała biurko w nadziei na jakąś podpowiedź, po czym przetrząsnęła jego szuflady.

Podeszła do biurka po drugiej stronie biblioteki. Otworzyła szufladę. Na jej dnie dostrzegała kilka rozrzuconych długopisów, zszywacz i klucz. Klucz? Wzięła go do ręki, był cięższy, niż na to wyglądał. Rozejrzała się po bibliotece w poszukiwaniu jakiegoś kolejnego biurka, szafki czy czegokolwiek, do czego by pasował. Nic takiego tu nie było. I wtedy przypomniała sobie o pokoju na piętrze.

Przekręciła klucz w zamku i drżącą ręką obróciła klamkę. Z otwartych drzwi uderzył w nią zapach zatęchłego pomieszczenia – nie był to smród czy jakiś szczególnie nieprzyjemny zapach, ale woń charakterystyczna dla zamkniętych od dawna, niewietrzonych pomieszczeń. Na ścianie namacała kontakt i próbowała zapalić światło, ale nic to nie dało. W pokoju panował półmrok – maleńkie okienko wpuszczało tu jedynie wąską smugę dziennego światła. Mimo wszystko Gabriella była w stanie rozpoznać przynajmniej kształty zgromadzonych w pokoju mebli i przedmiotów: przed sobą widziała duży, staromodny kredens, na którym stała lampa naftowa, a obok poustawiane jedno na drugim pudła. Nie był to może magazyn w dosłownym znaczeniu, niemniej na pewno pomieszczenie, którego nie używano na co dzień.

W głębi pokoju wiła się spirala krętych schodów prowadzących na jeszcze jedno, wyższe piętro czy może strych. Zaintrygowało to Gabriellę. Obok lampy naftowej znalazła pudełko zapałek. Zapaliła lampę i niosąc ją przed sobą, weszła na pierwszy ze stopni schodów. Konstrukcja zatrzęsła się i zatrzeszczała, Gabriella na chwilę zatrzymała się, wypróbowała kolejny schodek nogą – wydawał się stabilny, zaczęła się zatem wspinać wyżej. W ten sposób, przechodząc po wijących się schodach przez okrągłe wycięcie w suficie, znalazła się w pomieszczeniu, które, gdy tylko światło lampy pozwoliło trochę porozglądać się wokół, było najwyraźniej sypialnią przypominającą opowieści z *Tysiąca i jednej nocy*. Łóżko było niskie z naciągniętą nań narzutą z czerwonego jedwabiu, u wezgłowia leżały kolorowe, wyszywane poduszki ze złotymi frędzlami. Na ścianach, pokrytych jedwabnymi tapetami perłowej barwy, wisiały portrety jakiejś baletnicy, uchwyconej w scenach z *Jeziora łabędziego*, *Giselle* oraz *Romea i Julii*.

A na stojącej naprzeciw łóżka szafce stał portret tej samej baletnicy, uśmiechającej się do kamery. Na nim natomiast odręcznym pismem jakaś dedykacja. Gabriella podeszła bliżej, przyświeciła sobie lampą i odczytała napis: „Dla Raoula, z wyrazami miłości. Katia".

Załopotały otwarte okiennice, w które uderzył podmuch burzy.

Katia, żona Raoula... Pierwsza żona Raoula.

Postanowiła obejrzeć dokładniej fotografię, ale mdłe światło lampy naftowej okazało się niewystarczające. Rozejrzała się po pokoju. Jedyne oświetlone miejsce znajdowało się pod niewielkim okienkiem w kącie. Odstawiła lampę na szafkę i z portretem baletnicy w ręku podeszła do okna. Parapet był jednak od strony wewnętrznej zbyt wąski, by można było na nim usiąść, za to po stronie zewnętrznej był nieco szerszy. Gabriella otworzyła okno, wychyliła się i spojrzała w dół. Pod sobą dojrzała ostro spadzisty dach, a dalej spienione fale morza uderzające o skały.

Łatwo stąd wypaść, pomyślała, jednak nie mając innej możliwości, siadła na parapecie otwartego okna. Popatrzyła na niebo, na którym znów zebrały się ciężkie, burzowe chmury. Spojrzała następnie na trzymaną w dłoniach fotografię Katii, patrzyła na jej wyraźne, południowe rysy twarzy, wydatne usta i grube ciemne brwi. Była piękna, choć w pięknie tym zaklęty był jakiś smutek.

Czy on ją nadal kocha? – zastanawiała się Gabriella. Czy przez to te wszystkie jego dziwne zachowania, to uciekanie od niej w ostatnim momencie, kiedy wydaje się, że są już ze sobą tak blisko, jak to tylko możliwe? Ale przecież... Katia nie żyje.

I wtedy Gabriella przypomniała sobie o kobiecie w korytarzu wchodzącej do pokoju, który graniczył z tą sypialnią. Kobiecie, o której myślała, że jest Natanią, ale Natania zaprzeczyła, by tam wtedy była. Po plecach i karku Gabrielli przeszły ciarki.

Ktoś zawołał ją po imieniu, męski głos. Raoul? A może się przesłyszała? Może to odgłos gromu?

Odłożyła fotografię na stojący obok stolik i wyjrzała przez okno. W tym czasie ktoś energicznym ruchem otworzył drzwi w pokoju piętro niżej. Pęd powietrza pchnął skrzydło okna, które uderzyło w siedzącą na parapecie Gabriellę. Nim się ocknęła, zsuwała się już po spadzistym dachu ku przepaści.

W ostatnim momencie ktoś chwycił ją za łydkę. Po chwili czyjeś mocne ręce wciągały ją z powrotem przez okno do pokoju.

– Co ty tu, do cholery, robisz? – zapytał Raoul z wściekłością wypisaną na twarzy.

Gabriella nie wiedziała, czy ma mu dziękować za uratowanie życia, czy też bać się tego, co jej teraz zrobi.

– Przepraszam... – powiedziała. – Usłyszałam, jak uderzają okiennice, chciałam zamknąć okno i...

– Kłamiesz! – uciął krótko.

– No dobrze, kłamię – przyznała. – Chciałam obejść zabezpieczenie w twoim komputerze, żeby zarezerwować bilet i stąd wyjechać. Szukałam hasła, a znalazłam klucz.

– I chciałaś tu trochę poszperać? – zapytał drwiąco.

– Tak – odpowiedziała. – Powiedziałeś mi, że tu jest magazyn.

– Bo jest...

– Teraz to ty kłamiesz, Raoul. Dobrze wiesz, że to nie magazyn.

– A niby co?

– Co? Już ci mówię. Świątynia pamięci twojej zmarłej żony. W której nadal jesteś zakochany. To tutaj przecież tak naprawdę spałeś dwie ostatnie noce. To do niej ode mnie uciekałeś. Może zaprzeczysz?

Raoul usiadł na łóżku, ukrywając twarz w dłoniach.

– Zaprzeczę – powiedział cichym już głosem. A po chwili dodał: – Jeżeli ten pokój jest świątynią, to jedynie mojej naiwności i głupoty.

Gabriella zamilkła, nie spodziewając się podobnych słów. Raoul tymczasem kontynuował:

– Przestałem kochać Katię dawno temu, kiedy zorientowałem się, że... mnie zdradza.

– Katia?!

– Przyprowadzała tu kochanków. To był jej tajny pokój schadzek, jej miłosne gniazdko. Jest stąd zresztą wyjście awaryjne, droga ucieczki, na wypadek gdyby ktoś, ja na przykład, tu zajrzał.

– Ale jak stąd można wyjść?

– Przez okno. Tuż pod nim jest mały gzyms, po którym od biedy da się iść, opierając się o dach. Można w ten sposób dojść do metalowej drabinki po drugiej stronie zamku i zejść nią na same skały. Przy dobrej pogodzie to dość łatwa sprawa, gorzej przy burzy czy deszczu, wtedy łatwo można się poślizgnąć i spaść. Nie wiedziałaś o tym, kiedy się osunęłaś z parapetu, w przeciwnym razie pewnie próbowałabyś się zaprzeć o ten gzyms.

Gabriella chciała wyjrzeć przez okno, by to sprawdzić, ale pamięć tego, co zdarzyło jej się raptem parę minut wcześniej, nie pozwoliła jej na to.

– Zatem Katia... – powiedziała po chwili Gabriella.
– Zginęła wraz z kochankiem, spadając na skały?

Raoul siedział na brzegu łóżka w milczeniu, ze spuszczoną głową. Przypomniał sobie jeszcze raz tamten widok, który zobaczył, wchodząc na ostatni ze schodków: Manuela stojącego już na zewnątrz i wychodzącą właśnie przez okno Katię. Stojąc na parapecie, odwróciła się jeszcze na sekundę za siebie. W tym momencie ciemność nocy rozświetliła błyskawica i ich spojrzenia spotkały się po raz ostatni.

Jak sparaliżowany, Raoul stał wówczas na ostatnim stopniu kręconych schodów, nie mając odwagi podejść do okna. Coś w głębi niego tak bardzo chciało wierzyć, że to, co widzi, nie dzieje się naprawdę, że to tylko przywidzenie. Słyszał jedynie, jak tamci poruszali się pospiesznie po zewnętrznej stronie dachu, słyszał głos Katii popędzającej Manuela. A potem słyszał jego krzyk i niemal jednocześnie jej.

ROZDZIAŁ JEDENASTY

Burza nadal szalała na zewnątrz, a pioruny biły jeden po drugim. Raoul wstał i zamknął okno, po czym wrócił na swoje miejsce na brzegu łóżka. Gabriella niepewnie usiadła obok niego.

– Dlaczego zaproponowałeś mi małżeństwo? – spytała po chwili. – Bo że nie z miłości, to już wiem.

– Zabijesz mnie, ale... rzeczywiście nie z miłości.

Gabriella zamknęła oczy. Mimo że wiedziała już to w głębi serca, jego przyznanie się do tego, że jej nie kocha, zraniło ją do żywego.

– Obiecałem to – tłumaczył Raoul. – Obiecałem to komuś, kogo szanowałem i kochałem bardziej niż kogokolwiek na świecie. Człowiekowi, który był dla mnie jak ojciec. Obiecałem mu to, gdy leżał na łożu śmierci.

Gabriella patrzyła na niego pełna zdumienia.

– Mój dziadek kazał ci obiecać, że się ze mną ożenisz?

– Tak, Bella – odpowiedział Raoul. – Umierał i bał się o ciebie. Chciał, żebyś była bezpieczna.

Teraz to Gabriella ukryła twarz w dłoniach. Czy mi się to wszystko śni? – pomyślała.

– A ty się po prostu zgodziłeś? – zapytała.

– Próbowałem mu wyjaśnić, że to nie ma sensu, że zasłużyłaś na kogoś lepszego, kogoś, kto potrafi kochać, zapewni ci ciepło, wsparcie i bezpieczeństwo.

– Czyli oszukiwałeś mnie... Za każdym razem, kiedy się kochaliśmy, kiedy mnie przytulałeś, to było tylko oszustwo, bo marzyłeś, by jak najszybciej znaleźć się jak najdalej ode mnie?

– Nie, Bella, to nie tak!

– A jak?

– To było... – Raoul nie potrafił przez chwilę pozbierać myśli. – Uznałem, że muszę chronić cię przed Consuelem, widziałem, jak wyciąga po ciebie chciwe łapska...

W oczach Gabrielli zapłonęła teraz wściekłość.

– Chodziło o Consuela? Umberto był aż tak przerażony moją przyjaźnią z nim, że kazał swojemu wiernemu giermkowi się ze mną ożenić? Nie do wiary! Czemu po prostu mnie przed nim nie ostrzegł?

– A posłuchałabyś go? Ty, która w ludziach zawsze widzisz dobro? Przecież nie wierzyłaś w jego winę, nawet kiedy został aresztowany. Spójrz na to z punktu widzenia Umberta: wie, że umiera i że Garbas, jeśli zdoła cię uwieść i zmanipulować, będzie w stanie położyć łapy na rodzinnym majątku, gdy tylko skończysz dwadzieścia pięć lat.

Gabriella potrząsnęła przecząco głową.

– Nawet jeśli to, co mówisz, jest prawdą, to jak mógłby mi zagrozić teraz, kiedy jest za kratkami? A zresztą... – tu urwała, jak gdyby poraziło ją jakieś nagłe odkrycie, po czym zaczęła mówić, powoli akcentując każde słowo: – Nareszcie rozumiem... Tak... Bardzo przebiegłe... Nieprawdopodobne!

– Co takiego? – spytał Raoul.

– Nareszcie zrozumiałam... To ty nasłałeś policję na Consuela! Ty im doniosłeś! I wcale nie byłeś zaskoczony, tam, na cmentarzu, że na tak długo odszedł rozmawiać. Ani potem, kiedy nie pojawił się na stypie. Dobrze wiedziałeś, co się dzieje! Wsadziłeś go, Raoul! Wsadziłeś za kratki Consuela!

– Bella, to jest kryminalista. Jego miejsce jest za kratkami.

Te słowa Raoula załamały Gabriellę zupełnie.

– Boże! – zawołała, szlochając. – Ty nawet nie zaprzeczasz! Wrobiłeś mnie w tę całą machinację, żeby zniszczyć Consuela! Nienawidziłeś go od zawsze.

– A jak miałem go nie nienawidzić? Wcześniej wielokrotnie próbował wyciągnąć pieniądze ode mnie, a gdy mu ostatecznie odmówiłem, powiedział, śmiejąc się szyderczo: „Dobrze, wsadź sobie tę forsę w dupę. Ale nie masz się, stary, czym cieszyć, bo mój brat rżnie ci żonę!".

Niebo przeciął zygzak błyskawicy. A do Gabrielli dotarł powoli sens tego, co powiedział Raoul.

– Czyli... brat Consuela zginął tutaj?

– Manuel miał romans z moją żoną. Był moim przyjacielem. Obydwaj byli oficjalnie moimi przyjaciółmi.

– Zatem, żeby brat Manuela nie mógł mnie poślubić, wymyśliłeś cały ten cyrk: Wenecję, ślub, przyjazd tutaj. No, nieźle, nieźle...

– Bella, Consuelo to kanalia. Naprawdę zasługujesz na kogoś lepszego.

– Kanalia, mówisz? A jak wobec tego nazwałbyś siebie?

Raoul milczał.

– Ale powiem ci, Raoul – kontynuowała Gabriella – że ten cały twój wysiłek był na nic: ja i tak nie wyszłabym za Consuela. Owszem, był moim przyjacielem, poszliśmy kiedyś nawet do łóżka, tak jakoś wyszło. Ale żadnych planów życiowych z nim nie wiązałam.

– Bella, nie miej, proszę, złudzeń: interesowały go tylko twoje pieniądze. I dla nich tak łatwo by z ciebie nie zrezygnował.

– Być może. Nie on jeden chciał mnie wykorzystać wyłącznie dla zaspokojenia swoich celów.

– Bella, nie mów tak, proszę!

– Ale przecież przed chwilą sam przyznałeś, że tak właśnie jest!

– Nie, nie tak, w każdym razie nie do końca. Owszem, postąpiłem źle, niegodnie. Ale byłem związany obietnicą daną umierającemu przyjacielowi. Postanowiłem, przy jego łożu śmierci, że ożenię się z tobą, ale dam ci potem wolność, jak tylko uznam, że jesteś bezpieczna. Wtedy mogłabyś znaleźć sobie kogoś, kogo pokochałabyś i kto szczerze pokochałby ciebie.

– O, jakże to szlachetne z twojej strony! A tymczasem uwięziłeś mnie w tym ponurym zamczysku na skałach gdzieś w Hiszpanii i udajesz, że cię tu nie ma. Czy też może... udawałeś, że jesteś, kiedy kochałeś się ze mną?

– Nie, to nie było udawane.

– No cóż, niech będzie, że ci wierzę. Ale twoja miłość do mnie była udawana. Tak jak i małżeństwo. To było jedno wielkie oszustwo, Raoul. Chcę rozwodu, tak szybko jak tylko to się da załatwić.

– Bella – zaczął, po czym zmienił ton na bardziej formalny: – Gabriello, proszę, daj mi to sobie wyjaśnić: początkowo rzeczywiście miałem plan ożenić się z tobą, a kiedy uznam, że jesteś już bezpieczna, puścić cię wolną, tak byś mogła znaleźć kogoś lepszego niż ja. A dziś rano uciekłem, bo... zdałem sobie sprawę, że... zakochałem się w tobie. Tak naprawdę zdałem sobie z tego sprawę już w Wenecji, ale miałem nadzieję, że jeszcze zdołam zapanować nad uczuciem i zrealizuję swój plan do końca. Ale to okazało się silniejsze ode mnie i... kocham cię, Gabriello, nie mogę się dłużej przed tym bronić. Wróciłem tu teraz, żeby ci to powiedzieć: Kocham cię. I prosić cię o przebaczenie, jeśli to jeszcze możliwe.

Zaśmiała się śmiechem szaleńca. Może sprawił to szok – w końcu przed chwilą omal nie zginęła; a może była to reakcja na bezduszne potraktowanie jej przez Raoula. Ale ten wariacki śmiech, który długo nie ustępował, był dla niej jak *katharsis*.

– Teraz... – zaczęła mówić, kiedy doszła do siebie po dłuższej chwili. – Teraz, kiedy wyczerpały ci się inne środki, sięgasz po ostatni dostępny ci oręż: dwa słowa, na które czekałam bardziej niż na cokolwiek w moim życiu.

– Bella, to nie tak. Błagam...!

– Ostatnia karta, jaką masz, atutowa. Pewnie myślisz, że zbierze wszystko ze stołu. Ostatnia próba utrzymania mnie w małżeństwie, w którym nie ma miłości. Ale tym razem to ci się nie uda, Raoul, bo ci nie wierzę. Tak czy inaczej, nie chcę już twojej miłości, udawanej czy szczerej, wszystko mi jedno!

– Gabriello...

– Nic z tego – powiedziała, wstając. Jedyne, co teraz czuła, to gniew na samą siebie, że dała się komuś tak oszukać. Była naiwna, ale przetrwała to. I teraz stanie na nogi. I z tą pewnością siebie dodała: – Nie chcę słuchać tego, co masz mi jeszcze do powiedzenia, Raoul. Chcę rozwodu, chcę być od ciebie wolna, i to jak najszybciej.

ROZDZIAŁ DWUNASTY

Marco powiedział mu, że Gabriella czeka przed wejściem do *palazzo*. Z pewnością ma już podpisane dokumenty, pomyślał Raoul. Tylko dlaczego nie przekazała mu ich przez prawnika? A może zapomniała tu czegoś i przyszła to odebrać?

Wychodził już z biblioteki, gdy jego wzrok padł na leżący na biurku przycisk do papieru, ten który Gabriella kupiła mu w prezencie na Murano. Zatrzymał się, podniósł go i popatrzył pod światło, patrzył jak ciemne barwy ustępują jaśniejszym i pozwalają dostrzec bijące w środku krwistoczerwone serce. Przypomniało mu się, że Gabriella kupiła mu ten prezent na pożegnanie; miał mu o niej przypominać, kiedy jej przy nim nie będzie. Tyle że wtedy nie pozwolił jej odejść. Dlaczego to zrobiłem? – pomyślał. Wszystko byłoby dziś o tyle łatwiejsze...

I teraz, rzeczywiście, wszystko, co mu po niej zostało, to ten przycisk do papieru. A i to było więcej, niż sobie zasłużył. Odstawił przycisk na blat biurka.

Czekała na niego w gondoli, piękniejsza niż kiedykolwiek. W jasnej, pastelowej sukience odsłaniającej opalone długie nogi, z włosami upiętymi w warkocz, choć pojedyncze kosmyki tu i ówdzie wysuwały się z niego i trzepotały na wietrze, uderzając o policzki. Samo patrzenie na nią było dla Raoula torturą.

– Witaj, Gabriello – powiedział. – Wejdziesz?

Uśmiechnęła się, a może tylko przygryzła wargę. Pokręciła przecząco głową.

– Pomyślałam, że lepiej spotkać się na neutralnym gruncie.

-- Nie wiem, czy grunt jest tu dobrym słowem... – zauważył, siląc się na dowcip.

– No to, w każdym razie, na neutralnym terytorium – poprawiła się, tym razem ewidentnie się już śmiejąc. – Dołączysz do mnie?

Dołączyłbym do niej, nawet gdyby leciała na Księżyc, pomyślał Raoul. I zgrabnym ruchem zeskoczył na pokład gondoli. Szukając miejsca, gdzie mógłby usiąść, zauważył leżącą obok Gabrielli teczkę z dokumentami.

– Przywiozłaś papiery? – zapytał.

– Przywiozłam.

W tym momencie coś w nim umarło. Jakaś ostatnia nadzieja, czy raczej jej cień, zupełnie irracjonalna, niemająca żadnej racji bytu, a jednak... Jednak do tej pory łudził się, że może stanie się cud.

– Skąd wiedziałaś, że tu jestem? – zapytał, gdy gondoliero odbił długim wiosłem od brzegu i kierował się powoli w stronę Canal Grande. Gabriella uśmiechnęła się.

– Jakoś zgadłam – odpowiedziała. – Domyśliłam się, że długo w tym zamczysku nie wytrzymasz i skusi cię wreszcie weneckie słońce.

Tym razem to Raoul się uśmiechnął.

– Miło cię widzieć, Bella – powiedział.

– I ciebie też.

– Mogłaś przecież wysłać dokumenty pocztą.

– Wiem, ale... pewnych rzeczy nadal nie rozumiem, a chciałabym zrozumieć. I nie mogłam o nie zapytać w mejlu.

– Jakich rzeczy?

– Na przykład ta legenda, którą opowiedziałeś mi tu, w Wenecji, w tamtą mglistą noc. O kupcu, którego żonę uwiódł jeden z braci. To nie była żadna legenda, tylko twoja osobista historia, prawda?

– Prawda.

– Z twojej opowieści można było wysnuć wniosek, że to kupiec zabił żonę i jej kochanka. A przecież tak naprawdę nie było.

– Nie wiem. Mogło tak być.

Gondoliero wykonał ostry skręt i łódź płynęła odtąd szybszym nurtem Canal Grande.

– Co chcesz przez to powiedzieć? – spytała Gabriella.

Raoul nagle zasępił się i pogrążył zamyśleniu.

– Powinienem się domyślić, że coś takiego się stanie – powiedział po chwili. – Była baletnicą o światowej sławie, ale znajdowała się już u schyłku kariery, a bardzo przyzwyczaiła się do tego, że wszyscy ją podziwiają. Powinienem był przewidzieć, że nigdy nie wystarczy jej adoracja ze strony jednego mężczyzny, skoro przez tyle lat podziwiały ją tłumy. Potem okazało się, że wszyscy z naszego otoczenia wiedzieli o jej schadzkach na zamku, wszyscy z wyjątkiem mnie.

Raoul przerwał na chwilę, by wziąć głębszy oddech. Zacisnął powieki, jak gdyby nie chciał patrzeć na wywoływane przez siebie wspomnienia, po czym znów podjął opowieść:

– A potem, kiedy ich nakryłem, bo usłyszałem dziwne odgłosy dochodzące z nieużywanego, jak myślałem, pokoju, byłem jak uderzony obuchem. Stałem na ostatnim stopniu schodów i nie mogłem się ruszyć. Ale musiałem mieć też w oczach wściekłość i pewnie to ją dojrzała Katia, gdy się ku mnie obróciła, stojąc już w oknie. Słyszałem, jak popędzała Manuela, bo bała się pewnie, że będę ich gonił. Gdyby nie pośpiech, z pewnością doszliby bezpiecznie do drabinki i dalej na skały. A tak, spadli tuż po zejściu na gzyms. Gdybym za nimi pobiegł, może zdołałbym chwycić jeszcze Katię... Ale stałem jak sparaliżowany.

Raoul poczuł nagle w swojej dłoni rękę Gabrielli. Zdumiony otworzył oczy. Gabriella patrzyła na niego tak jak dawniej, wzrokiem pełnym ufności.

– Nie mogłeś jej uratować, Raoul – powiedziała. – Ale uratowałeś mnie. Uratowałeś mi życie.

Raoul potrząsnął głową.

– Ale to również ja cię niechcący z tego okna zrzuciłem. Uderzyła w ciebie przecież okiennica, gdy nagle otworzyłem drzwi. Wiedziałem, że tam jesteś, bo gdy podjechałem do zamku, zobaczyłem światło w oknie. Wbiegałem jak szalony po schodach, wiedząc, że jesteś tam ty albo...

– Katia?

– Katia. Czasem wydaje mi się, że ją widzę. Albo słyszę.

– Ja też widziałam ją nocą w korytarzu – powiedziała Gabriella, zamyślając się. – Ale tak czy inaczej, uratowałeś mi życie. Myślę, że teraz zaczynam cię rozumieć.

– Co chcesz przez to powiedzieć? – spytał Raoul.

– Wiesz, przez ostatnie dwa miesiące dużo o tym wszystkim myślałam. O tym, jak ode mnie uciekałeś i potem wracałeś. Tamtego wieczoru w Paryżu, kiedy wsadziłeś mnie w taksówkę... Chciałeś wtedy uciec przed obietnicą daną Umbertowi, prawda?

– Nie chciałem cię zranić. Zastanawiałem się, czy jest jakiś inny sposób zapewnienia ci bezpieczeństwa. Gdybym taki znalazł, na pewno nie zrobiłbym tego, co potem zrobiłem. Ale nie miałem wyjścia; zrozumiałem to następnego dnia rano.

– Kiedy przyszłam do ciebie do hotelu?

– Tak. Prosiłaś mnie, żebym ci pomógł bronić Garbasa, a kiedy odmówiłem, powiedziałaś, że zrobisz to sama. Wtedy zrozumiałem, że muszę zabrać cię z Paryża.

– I zabrałeś mnie tu, do Wenecji, żeby mnie uwieść i przekonać do małżeństwa.

– Bella, naprawdę nie jestem dumny z tego, co zrobiłem. Uwierz mi!

– Może to nawet nie takie okrutne, co zrobiłeś...

Raoul zamarł. Takich słów się po Gabrielli nie spodziewał.

– Jak to?

– W każdym razie nie głupie. Wiesz, prawnicy Consulea dzwonili potem do mnie kilka razy.

– I czego chcieli?

– Pieniędzy. Skończyłam dwadzieścia pięć lat i myśleli, że może zechcę ofiarować coś na koszty jego obrony.

– I co im powiedziałaś?

– Że mam lepsze pomysły na wydanie tych pieniędzy. Miałeś rację, Raoul, on wydusiłby ze mnie ostatni grosz. – Spojrzała mu prosto w oczy, po czym podjęła opowieść: – Poszłam do szpitala, gdzie mieściła się ta jego fundacja. Chciałam zapytać, czy mogę coś zrobić dla tych dzieci, które nagle znalazły się bez finansowania, skazane na śmierć. I ordynator szpitala powiedział mi, że już ktoś się nimi zajął, ktoś wpłacił pieniądze, tak że kontynuacja leczenia nie jest póki co zagrożona. Spytałam o nazwisko tego człowieka i, choć to wbrew regułom, ujawnili mi je. Tym kimś byłeś ty, Raoul. Zatem uratowałeś nie tylko moje życie...

Popatrzył na nią i wydawało mu się, że w jej oczach widzi wstające słońce. Słońce nadziei, którą przed chwilą właśnie pogrzebał.

– Przez te dwa miesiące – mówiła dalej Gabriella – starałam się znaleźć każdy możliwy powód, by cię znienawidzić, uwierzyć, że jesteś człowiekiem bez serca. Ale im dłużej nad tym myślałam, tym bardziej oczywiste stawało się dla mnie, że coś w tym z góry założonym obrazku nie pasuje. I wtedy, w tym szpitalu, złamałam się. Jak mogłabym nienawidzić kogoś, kto dokonał czegoś takiego?

Raoul uśmiechnął się.

– Miałem wyrzuty sumienia – wyjaśniał. – Fundacja oczywiście prała pieniądze, ale fakt faktem, że po jej upadku te dzieci znalazły się rzeczywiście w strasznej sytuacji. Nie mogłem postąpić inaczej – dodał, palcem dłoni ocierając spływającą po policzku Gabrielli łzę.

– Powiedz mi... – poprosiła, patrząc w górę w jego oczy. – Powiedziałeś mi to wreszcie, ale myślałam, że to wtedy na tobie wymusiłam. Powiedz mi teraz, czy to była prawda?

– Że cię kocham? Bella, wiem, że cię tak bardzo skrzywdziłem. I, Bóg mi świadkiem, robiłem wszystko, by się w tobie nie zakochać. Ale za każdym razem, gdy się kochaliśmy, gdy gładziłem twoje włosy albo choćby patrzyliśmy na siebie... za każdym razem czułem, jak to uczucie we mnie rośnie, a ja nie jestem w stanie się przed nim obronić. I to mnie przerażało.

– Przerażało?

– Bo wiedziałem, że któregoś dnia, kiedy dowiesz się prawdy, rzucisz mnie. I bałem się, że to mnie zabije. Starałem się więc uciec od ciebie, ale to też mi się nie udawało. Ponieważ... kocham cię, Bella, i zawsze będę cię kochać. I jeśli jest jakikolwiek sposób, w który mógłbym choć w części zadośćuczynić za wyrządzone ci krzywdy, poświęcę temu zadaniu resztę życia.

– Och, Raoul – powiedziała Gabriella, dotykając dłonią jego policzka i przypomniało jej się, jakie to miłe uczucie, gdy opuszki jej palców stykają się z twardą powierzchnią świeżego zarostu Raoula. – Jak ja cię kocham, Raoul!

Ich usta odnalazły się i trwały w długim pocałunku, podczas którego gondola zdołała skręcić w Rio di Palazzo i przemknąć pod Mostem Westchnień.

– A co do dokumentów… – powiedziała, z trudem chwytając oddech, gdy na chwilę wargi ich rozłączyły się.

– Tak?

– Myślisz, że obraziłyby się na nas bardzo, gdybyśmy ich nie wypełnili? Gdybyśmy dali naszemu małżeństwu jeszcze jedną szansę? Ty i ja, bez żadnych duchów tym razem. Bez przeszłości.

Podniósł do swych ust jej dłoń i pocałował osobno każdy z palców.

– Uczyniłaś ze mnie najszczęśliwszego człowieka na ziemi, Bella – powiedział. – Dałaś mi coś, czego nie spodziewałem się już w tym życiu dostać, coś, do czego, jak sądziłem, utraciłem wszelkie prawo: dałaś mi miłość. I będę jej strzegł jak najcenniejszego skarbu.

Tej nocy, w wielkim łożu w alkowie, Raoul i Gabriella odnowili swoją małżeńską przysięgę, wobec świadków w postaci syren, satyrów, bogów i boginek, pląsających w figurach ekstatycznego tańca.

Kolejne książki z serii
Harlequin Światowe Życie Duo
ukażą się 5 i 19 września

Klub
HARLEQUIN®
Dołącz na www.klubharlequin.pl
lub dzwoniąc pod numer [22] 110 50 33